LES ALCÔVES MAUDITES

PAR

HENRY de KOCK

(Paul de Kock fils)

10 CENTIMES
LA LIVRAISON

100 LIVRAISONS
2 LIVRAISONS PAR SEMAINE

50 CENTIMES
LA SÉRIE DE 5 LIVRAISONS

UNE SÉRIE TOUS LES QUINZE JOURS

rie, nº 1

LES ALCÔVES MAUDITES
PAR
HENRY de KOCK
(Paul de Kock fils)

LES ALCOVES MAUDITES

I

LA LOUVE DE PENNAUTIER

L'histoire, par le récit de laquelle nous commencerons cet ouvrage, ami lecteur, s'est passée en Languedoc, vers la fin du XVe siècle, sous le règne de Charles VIII.

Un assez bon roi, entre parenthèse, que ce roi. Pas très-heureux dans ses expéditions guerrières, — en dépit de son désir d'égaler, comme conquérant, les exploits de Charlemagne, — et peut-être aussi, par goût, un peu trop adonné aux plaisirs des sens...

Mais à tous péchés miséricorde, surtout lorsqu'ils sont rachetés par des qualités! Commines nous l'apprend dans ses *Mémoires* : à la suite de son infructueuse campagne en Italie, Charles VIII semblait animé des meilleures intentions...

« Il voulait vivre de son domaine comme anciennement faisaient les rois; ce qu'il pouvait bien faire, car son domaine était grand et, bien conduit, compris les gabelles et certaines aides, pouvait rapporter un million de francs. Et, s'il l'eût fait, c'eût été un grand soulagement pour le peuple. Il avait institué une audience publique, où il écoutait tout le monde, et par espécial, les pauvres; et l'y vis, huit jours avant son trépas, deux bonnes heures. »

Un coup qu'il se donne au front, contre une porte basse, en descendant voir ses courtisans jouer une partie de paume dans les fossés du château d'Amboise, et voilà Charles VIII qui expire, à peine âgé de vingt-huit ans.

C'est dommage! On aurait voulu voir ce que seraient devenues ses bonnes intentions!

∴

Enfin, c'était donc en 1490. Le premier dimanche du mois de décembre.

Ce jour-là, au village de la Cerisaie, près de Carcassonne, on célébrait — comme dans tous les villages environnants, d'ailleurs, — la fête du *Roîtelet*.

Une fête dont, assure-t-on, l'origine remonte aux temps les plus reculés.

Réunis, dès l'aube, sur la place du village, tous les jeunes gens de la Cerisaie, armés de gaules, commençaient par se compter.

Pas un ne manquait à l'appel. Bon! En route, alors, en route à travers les champs et les bois, les taillis et les buissons, à la recherche de ces petits oiseaux nommés roitelets, et honneur et gloire au garçon qui, le premier, en abattrait un, car, proclamé vainqueur, celui-là serait aussitôt décoré du titre de roi, ou *Roitelet;* un titre qu'il garderait tout un mois, s'il vous plaît! Jusqu'à l'Épiphanie. Le jour de l'Épiphanie, à neuf heures du matin, le roi sortait, en grande pompe, portant une couronne sur la tête, un sceptre à la main et un manteau bleu sur ses épaules. Il marchait au milieu d'officiers nommés par lui, et escorté d'une garde composée de ses jeunes camarades. L'oiseau mort, empaillé, était porté devant lui, attaché à un bâton orné d'une verte guirlande de gui de chêne. Il se rendait avec son cortége à l'église du village où il entendait une grand'messe, assis dans le chœur, entouré de ses officiers et de sa garde. Après la messe, le roi, avec la même suite, allait rendre visite aux notables du pays et leur faisait présenter un bassin où ils déposaient leurs offrandes. L'argent ainsi recueilli servait aux frais du festin royal, qui, avec de joyeuses danses, terminait la journée et mettait fin au règne du *Roitelet.*

Or, le premier dimanche du mois de décembre 1490, à la Cerisaie, ce fut André Soucaille qui fut le vainqueur à la fête du Roitelet...

Un grand beau gars, qu'André Soucaille! Tout jeune. Vingt-deux ans...

Ce qui ne l'empêchait pas d'être à la veille de se marier!...

Mon Dieu! oui, c'était décidé; le 1er janvier prochain, André Soucaille épouserait Blanche Peyriac. Une belle fille aussi. Oh! la plus belle du pays, non-seulement de l'avis de son fiancé, mais au dire de tout le pays même!...

Pas riche, par exemple! Orpheline au berceau, élevée par une brave vieille tante qui n'en avait pas trop pour elle, il n'était pas probable que Blanche se mît en ménage avec une armoire bien garnie [1]!...

Mais, bah! Quand on s'aime, est-ce qu'on a besoin d'argent!...

D'ailleurs, André Soucaille en aurait, de l'argent, lui! Son père, un des gros vignerons de l'endroit, lui donnait cinquante écus de dot. Cinquante écus, une maisonnette pour se loger, de bons bras pour travailler... Avec cela... et beaucoup d'ordre et d'économie... on ne meurt pas de faim, en ménage.

Le premier soin, on le conçoit, d'André Soucaille, proclamé vainqueur de la chasse aux roitelets, avait été de courir chez Blanche Peyriac lui annoncer cette grande nouvelle.

Son fiancé était roi; par conséquent Blanche était reine! Le jour de l'Épiphanie, elle siégerait, aux côtés de son auguste époux, dans le chœur de l'église. Comme elle allait être contente!...

Eh bien!... non! Blanche ne parut pas contente du tout!...

Elle s'habillait lorsque André entra dans sa chambre. Elle écouta, sans interrompre son occupation, le récit qu'il lui fit de ses prouesses; tout au plus daigna-t-elle jeter un regard sur l'oiseau, gage de son triomphe, que son amant lui présentait d'un air fier.

— Pauvre bestiole!... fit-elle, qui, l'automne, gazouillais si bien dans les buissons, et, l'hiver, venais si gentiment te chauffer à l'âtre de nos chaumières, c'était bien la peine de te tuer, vraiment!...

— Mais puisque c'est l'usage!...

— Quand un usage est sot ou méchant, ceux qui le suivent sont, eux-mêmes, des méchants ou des sots!...

— Mais...

— Mais cachez cet oiseau, André; il ne m'est nullement agréable de le voir...

« Et donnez-moi mon chapeau qui est accroché au coin de la cheminée. »

[1] Dans le Languedoc, autrefois, lorsqu'un garçon et une fille s'étaient *accordés,* la fille commençait aussitôt *à faire son armoire,* c'est-à-dire, du fruit de ses économies, à se munir de hardes et de linge.

André obéit ; il fourra le cadavre du roitelet dans une des poches de sa culotte, puis, tendant à sa fiancée son chapeau, — un grand chapeau de feutre, à larges bords, orné de tresses et de rubans :

— Vous sortez donc, ce matin, Blanche? demanda-t-il.

— N'est-ce pas aujourd'hui dimanche? répondit-elle, et ne vais-je pas, chaque dimanche, rendre visite à ma marraine?

Les traits de l'amant, quelque peu assombris par le piteux accueil fait au roi, reprirent une expression joyeuse.

— C'est juste! dit-il ; chaque dimanche matin, vous allez souhaiter le bonjour à madame de Laprade, votre marraine.

« Une grande et noble dame, que madame de Laprade... et qui vous aime fort!...

» C'est elle, n'est-ce pas, qui vous a donné cette belle robe?

— C'est elle qui me donne toute ma toilette... et heureusement pour moi, car si je ne comptais que sur ma tante pour m'habiller!...

— Viendra-t-elle à notre mariage, votre marraine, Blanche?

— Peut-être. Sur le point de se marier prochainement aussi, il serait bien possible que les soins de ses propres noces l'empêchassent d'assister aux nôtres.

« Mais, soyez tranquille! si elle ne vient pas à notre mariage, elle ne m'en fera pas moins son cadeau pour ce jour-là! Elle me l'a promis. Vous n'y perdrez rien! »

Blanche avait appuyé à dessein sur ces derniers mots : « Vous n'y perdrez rien! » André sentit le coup et y fut sensible, car, d'une voix émue :

— Quand votre marraine ne vous ferait pas de cadeau le jour de notre mariage, dit-il, je m'en soucierais comme d'une noix vide! Je ne vous épouse pas par intérêt, Blanche, et vous le savez bien!...

La jeune fille, qui achevait de se coiffer devant son miroir, regarda le jeune homme par-dessus son épaule, et, souriant, d'un accent adouci :

— Vous avez raison, André, reprit-elle ; je sais que vous m'aimez.

« Je suis donc une vilaine et une mauvaise de vous taquiner!

« Pour réparer mes torts, je vous permets de m'embrasser.

« Puis, si vous n'avez rien de mieux à faire, vous me conduirez chez madame de Laprade.

« Elle vous connait un peu déjà pour vous avoir rencontré quelquefois dans le village, mais il n'y a pas de mal à ce que vous fassiez plus ample connaissance avec elle avant de devenir mon mari.

« Voulez-vous m'accompagner chez ma marraine, Monseigneur le Roitelet?

— Si je le veux!... Oh! ma Blanche, mais avec vous j'irais au bout du monde!...

— Partons donc.

— Ah! mais... et mon baiser?...

— Ah! Ah!... Vous y tenez?...

— Et, vous, vous n'y tenez pas?...

Blanche ne répondit point, mais, fermant à demi les yeux, en inclinant la tête de côté, elle se plaça en face de son amant...

Et comme il se penchait vers cette joue rose, qui lui était ainsi gracieusement offerte, voilà que, sans y songer, sans doute, pensant à autre chose, la jeune fille tourna la tête de telle façon que ce ne fut pas sur sa joue mais sur sa bouche que les lèvres d'André se posèrent.

Il frissonna de la plante des pieds à la pointe des cheveux...

On était chaste, en ce temps-là, dans le Languedoc... — on l'est peut-être encore ; — c'était le premier baiser de cette espèce que notre fiancé savourait...

Et, comme honteux de son audace involontaire, il recula en murmurant :

— Oh! pardon! pardon! Blanche!...

Elle sourit de nouveau, elle ; mais d'un singulier sourire, cette fois. Un sourire qui, Dieu nous pardonne! semblait dire :

« Est-il bête!... Il s'excuse au lieu de recommencer!... »

* * *

Devançant, de quelques minutes, nos amoureux en train de cheminer, bras-dessus, bras-dessous, vers la maison de madame de Laprade, nous introduirons le lecteur chez cette dame, qui, paraîtrait-il, en sa qualité de marraine, daignait témoigner une certaine affection à Blanche...

Et qui, paraîtrait-il encore, malgré ses quarante-neuf ans sonnés, archi-sonnés, était sur le point, comme sa filleule, de prendre un époux.

Un second époux; car madame de Laprade était veuve. Et naturellement. Sinon elle n'eût pas été dame.

Justement, dans l'instant où nous pénétrons dans son boudoir, entre neuf et dix heures du matin, celui que la dame de Laprade devait incessamment épouser était près d'elle.

Le seigneur Raoul Gontran, comte de Pennautier.

Un beau nom!... Et comment était l'homme?

Hum!... S'il avait pu être beau en 1460, Raoul Gontran de Pennautier ne l'était plus guère en 1490. Agé d'une soixantaine d'années, alors, maigre comme un hareng saur, jaune comme un coing, ridé comme une pomme cuite, le digne comte n'avait, en vérité, comme tournure et comme mine, rien qui rappelât Adonis.

Et, du reste, ne prétendait-il pas non plus ressembler, d'aucune façon, à l'amant de Vénus!

La preuve, c'est que, veuf également, il se disposait à convoler avec une veuve frisant la cinquantaine. Un mariage de convenances, de raison. Lorsque, quatre ans auparavant, à la suite de la mort de son mari, madame de Laprade avait quitté Carcassonne pour venir se fixer à la Cerisaie, où elle possédait une assez jolie maison de campagne, le seigneur de Pennautier, désireux d'être agréable à notre veuve, — et à lui-même, car il s'ennuyait à avaler sa langue, depuis le trépas de sa femme, — était accouru lui dire qu'il serait ravi de mériter son estime et son amitié.

La dame de Laprade n'avait qu'une médiocre fortune; le seigneur de Pennautier était immensément riche; s'il pouvait gagner à la connaître, assurément elle gagnerait bien davantage à se lier avec lui.

La dame de Laprade s'était donc liée, intimement, très-intimement, avec le seigneur de Pennautier...

Si intimement, qu'un soir de l'été précédent qu'ils se promenaient ensemble sous les ombrages du parc du château:

— Il me pousse une idée, ma chère Blanche! s'était, tout à coup, écrié le comte.

— Quelle idée, mon cher Raoul?

— Si nous nous mariions?

— Oh!...

— Cela ne vous sourit pas?

— Pardonnez-moi! Votre proposition me flatte infiniment, au contraire! Mais, j'ai peur...

— De quoi?

— Je ne suis plus jeune!

— Et moi? Est-ce que j'ai vingt ans?

— Je ne suis pas riche!

— Ça, je le suis pour deux.

« Allons, allons, ma chère amie, j'ai soixante ans... vous en aurez bientôt cinquante...

— Quarante-neuf, comte.

— Mettons quarante-huit! Mettons quarante-sept!... On ne chicane pas avec ses amis. Marions-nous. Unissons votre automne et mon hiver...

« Ça ne fera jamais un printemps, mais, qui sait! quand nous serons bien disposés, ça fera peut-être un été!...

« Hein!... »

Le comte tendait la main à la dame...

— C'est accepté, dit-elle.

— A quand la noce?

— Nous sommes en septembre... nous nous marierons au mois de janvier prochain.

— Au mois de janvier!... Et pourquoi attendre si loin?

— Mesure de précautions, cher comte. On

dit qu'il faut reculer pour bien sauter... Reculons; nous n'en sauterons que mieux!

***

En imposant un stage de quatre mois aux désirs matrimoniaux du seigneur de Pennautier, la dame de Laprade avait, en effet, usé de sagesse.

De tout temps, on le sait, jeunes et vieux, les hommes ont été sujets à changer de goûts et de sentiments. Jeunes et vieux. Comme les barbes blondes, obéissant au vent qui souffle, les barbes grises ne se gênent point pour tourner aux girouettes...

Cela c'est vu souvent en France... depuis quelques années, notamment.

Et puis, s'il est avéré que les hommes sont généralement inconstants, il n'est pas moins prouvé que, selon la judicieuse observation gravée, au diamant, sur une vitre, par le roi François Ier :

Souvent femme varie,
Bien fol est qui s'y fie!...

La dame de Laprade s'était ménagé le temps de la réflexion en fixant à cent-vingt jours l'époque de son union avec le comte de Pennautier...

Et l'on va voir que, pour elle comme pour lui, en agissant de la sorte, la dame de Laprade avait été bien avisée.

***

Elle était donc dans son boudoir, au moment où nous entrons chez elle; elle terminait sa toilette...

Et, comme André Soucaille, tout à l'heure, avec sa fiancée Blanche Peyriac, le comte de Pennautier était là, regardant sa future Blanche de Laprade s'habiller.

Seulement, nous ne supposons pas que même genre de spectacle procurât même plaisir au seigneur qu'au paysan.

Et cela s'explique.

D'abord, Blanche Peyriac avait dix-huit ans et Blanche de Laprade en avait cinquante!

En outre, — d'après ce qu'on a pu remarquer en lisant l'épisode du baiser, — jusqu'au jour où commence notre histoire, les rapports d'André Soucaille et de Blanche Peyriac, bien que tendres, s'étaient toujours maintenus dans des bornes pudiques.

Jusqu'à ce jour, dans sa jolie fiancée, André Soucaille n'avait pas encore osé voir sa femme.

Au contraire, en épousant madame de Laprade, le seigneur de Pennautier faisait plutôt acte de réparation morale que d'amour, puisque, la nuit de ses noces, il n'aurait rien à demander qu'il n'eût obtenu déjà, son content, en vingt, cinquante, cent occasions précédentes...

Donc, sachant tout, le seigneur de Pennautier n'avait plus rien à apprendre.

Donc, n'ayant plus rien à apprendre, il assistait, aussi indifférent que s'il eût été déjà son époux, à la toilette de sa future.

Ah! que voulez-vous!...... On ne récolte quece qu'on a semé; et, somme toute, il n'est pas possible qu'on traite en rôti nouveau, doré, appétissant, les restes réchauffés du gigot sur lequel on a dîné la veille.

***

De temps à autre, comme cela, quand le temps le permettait, le comte de Pennautier venait, le matin, surprendre, au saut du lit, la dame de Laprade, et causer avec elle pendant qu'elle s'habillait.

Oh! causer seulement! Depuis qu'il avait été arrêté qu'on se marierait, on affectait mutuellement, vis-à-vis l'un de l'autre, un grand respect. A peine se permettait-on, par-ci, par-là, quelque privauté!....

Encore un acte de sagesse. Il est intelligent de se garder une poire pour la soif.

Assis dans un fauteuil près de la cheminée où flambait un bon feu, le sire de Pennautier, tout en causant avec sa fiancée, caressait un grand chien lévrier, son favori, qui avait nom Castor.

Debout devant une glace de Venise, présent du comte, tout en causant avec ce dernier, la dame de Laprade régularisait l'ensemble de sa coiffure, unissait ses sourcils et polissait l'émail de ses ongles.

Des ongles rosés, une main encore potelée, et une taille svelte et mince comme celle d'une jeune fille, voilà ce que la dame de Laprade avait conservé de ses jeune ans; du reste nous ne parlerons pas, et pour cause. Cependant la chère dame avait encore des prétentions quant à certaines parties de ce reste. Les prétentions sont ce qui meurt en dernier chez la femme... et chez l'homme aussi, soyons juste. On voit même des gens les emporter avec eux en terre. N'est-ce pas une prodigieuse marque de vanité posthume que de dormir son dernier sommeil dans un tombeau de porphyre et de marbre sur lequel, à l'avance, on a fait graver, en lettres d'or, la liste de ses mérites et de ses vertus ?...

L'homme sage, l'honnête femme, reposent sous une simple pierre. Il leur suffit, en fermant les yeux, de savoir que ceux qu'ils ont aimés viendront souvent prier et pleurer sur leur tombe.

Mais nous voilà loin de la dame de Laprade et de ses prétentions.

Or, le matin en question, principalement, la dame de Laprade s'était levée convaincue qu'il n'y avait pas, dans tout le Languedoc de jambe capable de rivaliser, comme finesse et comme rondeur, avec la sienne.

La suite d'un songe, évidemment. La brave dame avait rêvé que son mollet étai repoussé.

Ce qu'il y a de certain, c'est que depuis quelques minutes, sous prétexte de nouer les cordons de ses souliers, elle exhibait avec insistance aux regards de son fiancé une paire de petits bâtons secs à donner à craindre qu'ils ne s'enflammassent s'ils venaient à se frotter.

Insistance vaine, d'ailleurs ! S'il regardait les petits bâtons, le sire de Pennautier se comportait absolument comme s'il ne les voyait pas !

Pas le moindre mot flatteur à leur endroit ! Pas le plus léger éloge !

Baissant, avec dépit, ses jupons :

— Dites-moi, comte, fit brusquement la dame de Laprade, n'y a-t-il pas un proverbe latin qui dit que c'est une sottise de montrer des perles à des moutons ?

— A des moutons? répéta le seigneur de Pennautier, surpris de l'apostrophe ; non, ma bonne amie : autant qu'il m'en souvienne, le proverbe ne parle pas de moutons. *Margaritas antè porcos*, dit-il. Et *porcos* signifie une espèce d'animaux....

— Qu'on mange aussi, oui, mais qu'on ne comparerait pas, sans mauvais goût, à des gentilshommes.

« C'est pourquoi je les ai remplacés par des moutons.

— Mais à quel propos ?....

— Ces moutons et ces perles ? Eh ! à propos, cher comte, que plus le moment de notre mariage approche, et plus je regrette de ne l'avoir pas éloigné davantage !

— Vous regrettez !.... Parce que?.......

— Parce que... lorsqu'on paraît, comme vous, aussi peu désireux d'un bien, je ne vois pas quelle nécessité il peut y avoir de le posséder... en toute propriété.

« Soyez sincère, Gontran. Vous ne me trouvez plus de charmes.

« Alors, pourquoi m'épousez-vous ? »

Le sire de Pennautier garda, quelques secondes, le silence. La petite scène de l'exhibition des petits bâtons lui revenant en mémoire, il comprenait ses torts et cherchait, pour les réparer, quelque discours galamment tourné.

— Mon Dieu ! ma bonne amie, repartit-il enfin, vous êtes, ce matin, d'une susceptibilité cruelle !... Si je vous épouse, c'est que je vous aime !..

— Peuh !...

— Quant à des charmes, assurément je vous en reconnais... et beaucoup, que certes bien des femmes de votre âge n'ont plus !

— Des femmes de mon âge !... Ne dirait-on pas que j'ai cent ans !...

« Eh bien ! je serai plus franche que vous, moi, cher comte, je vous dirai que je vous

aime aussi... de bonne amitié..... comme on peut aimer un homme... *de votre âge*..... — un homme de soixante ans... — mais que s'il m'était permis de choisir pour me marier, je n'hésiterais pas à prendre, à votre place, un beau gars de vingt-cinq ans, persuadée que je suis qu'il serait, avec moi, plus aimable que vous !... »

Le comte se mordit les lèvres. On répondait à ses excuses par des impertinences ; son amour-propre se révolta.

— Si vous le prenez sur ce ton, ma bonne

amie, riposta-t-il, c'est différent; et je vous confesserai à mon tour que... malgré ma soixantaine... je préférerais épouser une jeune et belle fille de vingt ans...

— Qu'une vieille et laide femme de cinquante...

— Vous remarquerez que c'est vous qui avez achevé, à votre façon, la phrase !...

— Oh ! pour un mot de moins, peut-être, que vous y auriez mis, par politesse, qu'importe !...

« Ah ! Ah !... Monsieur le comte de Pennautier qui épouserait une fille de vingt ans !...

« Elle aurait de l'agrément en ménage, cette pauvre petite !... »

— Elle en aurait bien autant que le gars de vingt-cinq ans avec vous, j'imagine !

— J'en doute ! Eh ! eh !...

— Et moi, je n'en doute pas ! Ah ! ah !

***

La discussion s'envenimait.....

Une servante gratta à la porte du boudoir.

— Qu'est-ce? cria la dame de Laprade.

— Madame, dit la servante, montrant son nez, c'est mademoiselle Blanche Peyriac, votre filleule, qui demande à vous souhaiter le bonjour et à vous présenter son futur, M. André Soucaille.

La dame de Laprade était de méchante humeur.

— Dites à ma filleule que je ne puis la recevoir ce matin, répliqua-t-elle. Peuh !... Me présenter son futur !... Voilà, ma foi, qui est bien intéressant !...

« Qu'elle revienne ! Qu'elle revienne demain ou tantôt !...

— Mais, fit le sire de Pennautier en se levant, pourquoi renvoyer cette jeune fille, ma bonne amie ? Dix heures vont sonner ; il faut que je retourne au château ; par conséquent...

— Vous avez raison, comte, interrompit madame de Laprade, dont le visage, tandis que M. de Pennautier parlait, s'était illuminé d'une subite inspiration ; vous avez raison..... pourquoi ne recevrais-je pas cette jeune fille et son fiancé qui arrivent ici comme marée en carême !...

— Comment, comme marée en carême ?...

— Oui, oui ; je vous expliquerai mon idée plus tard. Une idée superbe, je ne vous dis que cela !...

« Vous ne connaissez pas ma filleule, n'est-ce pas, Gontran ?

— Je l'ai aperçue, je crois, une fois ou deux, chez vous.

— Eh bien ! vous allez la voir tout à votre aise aujourd'hui. Et nous causerons ensuite. Demeurez là.

« Jeanne, faites entrer mademoiselle Blanche Peyriac et son futur M. André Soucaille; dépêchez. »

Et, pendant que la servante s'éloignait, la dame de Laprade, tout en s'inventoriant complaisamment dans la glace, ajouta entre ses dents :

— Tiens ! tiens ! à quelque chose querelle est bonne ! Si *elle* lui plaît, — et *elle* lui plaira, — *s'il* me plaît, — et *il* doit me plaire, — avant peu, tous les quatre, nous serons tous contents !...

***

Blanche Peyriac était belle, avons-nous dit: elle était plus que belle, elle était jolie ; elle était plus que jolie, elle était charmante, ravissante, adorable, avec ses traits mignons, sa forêt de cheveux, drus et crespelés, d'un noir d'enfer; sa bouche en cœur, aux lèvres d'un rouge vif, laissant luire dans leur sourire une denture qui eût fait honneur à un jeune loup.

Et les délicieux yeux qu'elle avait, pétillants, étincelants, fulgurants ! Des yeux « à la perdition de son âme, » comme disent les bonnes femmes. Après l'avoir contemplée à son aise quelques instants, ainsi qu'on l'y avait invité, et, surtout, dans les dispositions où il se trouvait à cette heure, c'est-à-dire appelé à comparer le présent au passé, la rose en bouton, au fruit — baptisé d'un assez vilain nom, — de l'églantier, quel ne fut pas l'enthousiasme du sire de Pennautier ! Pour lui, Blanche Peyriac était une merveille.

De son côté, la dame de Laprade ne se lassait pas de regarder André Soucaille. Quel gaillard! les larges épaules! Le solide jarret!... Le vigoureux teint! La splendide et luxuriante chevelure! .. Comme on sentait bien la vie et la force dans ce corps! Comme ces mains, un peu lourdes, mais cependant élégantes de forme, devaient bien tenir ce qu'elles tenaient!. . Comme cette bouche, un peu grande, mais fraiche et garnie de dents d'un blanc d'ivoire, devaient bien appliquer un baiser!...

Anticipant sur l'avenir, et, dans ses amoureuses aspirations, ne doutant point de la réussite de ses projets, la dame de Laprade, en admirant le fiancé de sa filleule, fermait à demi les yeux et soupirait... en se croyant déjà dans les bras du beau paysan.

La première, toutefois, la brave dame sut s'arracher aux séductions du moment.

C'est que, si elle voulait dresser ses batteries, elle n'avait pas une minute à perdre!

— Eh bien! dit-elle, avec son sourire le plus gracieux, à André, nous félicitons sincèrement cette chère Blanche, M. le comte de Pennautier et moi, du sort heureux qui lui est promis en vous épousant...

« Et nous vous félicitons également, mon ami. Sans conteste, vous aurez en elle une bonne et gentille femme!

« Mais, à présent, si vous le permettez..... nous étions en conversation sérieuse, à votre arrivée, M. le comte de Pennautier et moi... »

Blanche et André s'inclinèrent et marchèrent vers la porte.

— Cependant, reprit la dame de Laprade, s'adressant à sa filleule, ne t'en vas pas toi, petite! Nous déjeunerons ensemble, ce matin. Reconduis ton futur jusqu'à la rue et remonte.

— Bien, marraine.

Les deux jeunes gens n'étaient plus là.

— Et puis? fit la dame de Laprade en se posant comme un point d'interrogation devant le sire de Pennautier.

— Et puis, s'exclama celui-ci, encore sous l'impression des éblouissants attraits de Blanche Peyriac, cette jeune fille est à croquer!...

— Et vous la croqueriez volontiers?

— Ah!... si je le pouvais!...

— Vous le pourrez. Je m'en charge.

— Mais par quels moyens réussirez-vous...

— A vous la donner pour femme? Car, je vous en avertis, pour pouvoir la croquer, force vous sera de l'épouser!...

— Eh! je suis prêt à tout pour la posséder!

— A la bonne heure!...

« Ce que c'est, pourtant que de s'entendre, cher comte! Faute d'explications, nous allions sottement unir à jamais nos vieilles années! Nous causons.... nous nous disputons même un peu.... la lumière se fait dans notre esprit....

« Et voilà que, réalisant nos rêves les plus doux, dans un mois vous aurez, vous, pour femme, une jeune et belle fille; j'aurai pour mari, moi, un drille jeune et beau!... »

Le sire de Pennautier bondit dans son fauteuil.

— Il est certain, reprit-il, que si vous ne vous leurrez pas, ma bonne amie, si vous parvenez à arranger les choses comme vous le dites...

— Vous ne me refuserez pas quelques milliers d'écus d'or en vue de m'aider à les accommoder?

— Oh!... cinq, dix, quinze, vingt mille écus d'or, si vous en avez besoin, ma chère!...

— Il suffit. Considérez-vous donc d'avance comme l'époux de ma filleule, comte.

— Mais.....

— Mais, si vous désirez qu'elle réussisse, vous me laisserez conduire cette intrigue à ma guise, Gontran.

« Ce que je puis vous dire seulement, maintenant, quant à ma filleule, — vous concevez que je l'ai étudiée à fond depuis dix-huit ans?... — c'est qu'elle a des penchants à la coquetterie... à l'ambition. Eh! eh!... Elle me l'a avoué vingt fois en confidence : mademoiselle s'estime trop belle pour rester au village; elle voudrait être dame ou, tout au moins, bourgeoise!...

— Elle sera dame, la chère enfant! Grande dame!...

— Soit!... Elle ne demandera pas mieux que de vous épouser.... mais André Soucaille, le paysan à qui elle est fiancée, comment prendra-t-il ce qu'il sera en droit de considérer comme une trahison?...

« Il n'y a pas à se le dissimuler, il est fort épris de Blanche Peyriac, André Soucaille! »

Le sire de Pennautier fronça ses sourcils gris.

— Eh! dit-il, s'il se permet de crier trop, ce manant, je le ferai égorger dans un coin par mes hommes d'armes!

La dame de Laprade haussa les épaules.

— Et je l'épouserai quand il sera occis, n'est-ce pas? dit-elle.

Le sire de Pennautier se gratta le front.

— C'est juste! repartit-il. J'avais oublié...

— Que, si vous tenez à prendre une femme à votre goût, je tiens, moi, à avoir un mari à mon gré...

« Sinon, je ne m'occupe de rien!

— Alors?...

— Alors, ne vous inquiétez pas; c'est par la ruse... une ruse dont ma filleule elle-même sera la complaisante complice... que j'arriverai, je l'espère, à mes fins.

« Mais la voici. Soyez aimable et galant près d'elle, mais rien de plus! Pas un mot de nos projets! »

***

Blanche Peyriac rentrait, en effet, dans le boudoir.

— Tu ne sais pas, petite, la proposition de M. le comte de Pennautier, mon futur? lui dit gaiement la dame de Laprade.

« Il veut que j'aille déjeuner avec lui à son château, et que je t'emmène...

« Qu'en penses-tu? »

Blanche rougit de plaisir.

Aller dans un château! Et un château qu'on disait magnifique!...

— Dame! marraine...

— Est-ce que cela vous déplaira, mon enfant, d'accompagner chez moi madame de Laprade? interrogea le sire de Pennautier en roulant des yeux, comme si on lui eût fourré des chardons dans le dos.

— Oh! nullement, monseigneur!

— En ce cas, partons vite!

« Ordonnez qu'on attelle votre litière, chère dame...

« Avant une demi-heure nous serons à Pennautier, où je serai enchanté de vous recevoir, mademoiselle Blanche.... enchanté, parce que... je ne vous cacherai pas que...

— Hum! hum!...

La dame de Laprade qui toussait pour modérer la joie, trop prompte à s'épancher, du sire de Pennautier.

Et vingt fois, dans cette journée, elle eut sujet ainsi de le rappeler à la prudence. Quand ils s'en mêlent, les vieux sont plus fous que les jeunes!

Enfin la litière était prête. Une belle litière, — encore un présent de fiancé du seigneur de Pennautier à la dame de Laprade, — que portaient deux mules harnachées à l'espagnole. Blanche Peyriac y prit place en face de sa marraine...

Et il fallait voir, chemin faisant, quels coups d'œils dédaigneux elle jetait sur les paysans et les paysannes qu'elle rencontrait!

L'ambition a ses pressentiments. Blanche Peyriac se croyait déjà une dame, parole d'honneur! Dans les yeux du vieux comte caracolant à ses côtés sur Apollon, — un de ses chevaux préférés de promenade, — elle lisait, mieux que dans un livre, les destins qui lui étaient réservés.

Le château de Pennautier s'élevait, à un quart de lieue de la Cerisaie, dans une position superbe, sur le penchant d'une montagne escarpée, hérissée de rochers, sillonnée de ravins et de précipices. Sa porte, flanquée de tourelles et couronnée d'un haut corps-de-garde, se présentait toute couverte de têtes de sangliers et de loups. Pour atteindre cette porte, il y avait trois enceintes, trois fossés et trois ponts-levis à franchir; ensuite on se

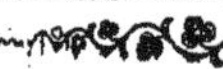

trouvait dans la grande cour carrée où étaient les écuries, les poulaillers, les colombiers, les remises. Au milieu de cette cour se dressait le donjon, renfermant les Archives et le Trésor.

Oh! c'était, en vérité, une magnifique résidence que ce château, et dans laquelle on pouvait vivre en repos! Pas de danger que personne y pénétrât sans votre permission!

Et quel luxe à l'intérieur! Blanche Peyriac eût volontiers oublié de déjeuner pour admirer en détail, l'une après l'autre, ces grandes chambres à vitres de verre peint, ces grandes salles parées de carreaux de diverses couleurs, toutes meublées d'armoires sculptées, de coffres rouges, de bahuts ferrés, de fauteuils à bras, de lits à colonnes et à piliers; toutes tendues de précieuses tapisseries dont les personnages, de grandeur naturelle, tenaient à la bouche des rouleaux sur lesquels on lisait de belles sentences de morale et de vertu.

Mais la dame de Laprade avait faim, elle! Et, d'ailleurs, il entrait dans ses combinaisons de séduire autant sa filleule par l'estomac que par les yeux. Fille de dix-huit ans n'est point gourmande, habituellement; pourtant, en comparant l'ordinaire du château de Pennautier à celui auquel elle était accoutumée au village, forcément, Blanche Peyriac ferait des réflexions qui ne seraient pas à l'avantage de la cuisine de sa tante.

On se mit à table à midi. On y était encore à six heures. Le repas fut aussi varié que délicat; le sire de Pennautier avait donné ses ordres en conséquence. Et voulez-vous un aperçu d'un déjeuner, au XVe siècle, pour trois personnes, chez un grand seigneur? Vous allez voir qu'on mangeait, en ce temps-là, comme on ne mange plus aujourd'hui.

Ce déjeuner était, selon la règle établie, à cinq services, ou *mets*.

Le premier service se composait de tout ce qui tend à ouvrir ou exciter l'appétit : limons, radis, salades, cornichons, concombres...

Au second *mets*, il y avait six espèces de potages : potage au riz, potage à la *fromentée*, aux macarons, à la chair pilée, au fenouil et aux tripes.

Troisième service : six rôtis, dont trois secs et trois à la sauce. Les trois premiers de bœuf, de mouton et de veau ; les trois autres de gibier : chevreuil, lapin et perdrix. Les sauces à la cannelle, aux bourgeons, aux mûres, au genêt et aux roses...

Le sire de Pennautier insista particulièrement pour que Blanche mangeât une aile de perdrix à la sauce aux roses. — « Une sauce digne d'elle! » roucoula-t-il.

Quatrième service : quatre pâtés et autant de poissons. Pâté d'agneau et pâté de porc, pâté de canard et pâté de cigogne ; un saumon, une carpe de douze livres, un brochet de même calibre, une anguille grosse comme un serpent boa.

Cinquième mets ou service : des tartes de toutes sortes : aux citrouilles, aux châtaignes, à l'avoine, à l'amande, à la crême; des confitures sèches ou liquides, des sucreries figurant des fleurs, des animaux, voire des hommes et des femmes ; des dragées, des oublies, des biscuits...

Tout cela arrosé de vins de Corse miellés et de vins de Bourgogne et de Bordeaux sucrés, aromatisés de cannelle et de girofle.

Quand, après avoir mangé de tous ces mets et bu de tous ces vins, on lui donna à laver les mains avec de l'eau à la fleur d'oranger, si Blanche Peyriac avait encore sa tête, — parce que, somme toute, en sa qualité de jeune fille, elle avait, de tout peu, mangé et peu bu, — au moins sa tête était-elle *près du bonnet*, autrement dit, selon le désir de la dame de Laprade, préparée aux propositions les plus extraordinaires...

En sortant de table, cependant, la marraine et la filleule ne quittèrent pas immédiatement le château, le châtelain ayant à cœur de montrer à Blanche Peyriac qu'on ne savait pas que manger et boire chez lui, mais qu'on pouvait encore s'y récréer d'autre façon.

On avait passé dans un vaste salon où l'on s'était assis sur des banquettes aux housses de drap écarlate brodées d'or. Sur un appel de l'écuyer du comte, — Galeron, une manière de géant, — six pages, somptueusement habillés, vinrent tour à tour divertir ces dâmes, les uns en faisant exécuter devant elles, par des singes ou des papegais, différents exercices fort curieux ; les autres en jouant de la flûte, de la trompette, de la harpe ou de la vielle.

Un de ces pages, principalement, — un enfant de quinze ans, beau comme un ange, du nom de Rémy, — intéressa beaucoup Blanche Peyriac en chantant sur son luth une chanson du pays dont le refrain était :

Robin m'acheta corroie
Et aumonière de soie ;
Pourquoi donc ne l'aimeraie?
Robin m'aime ; Robin m'a.

A trois ou quatre reprises, la jeune fille applaudit de toutes ses forces le charmant chanteur, et, quand il eut terminé, comme entrainée malgré elle, du bout des doigts elle lui flatta doucement la joue.

La dame de Laprade souriait dans sa guimpe à ce spectacle...

Le sire de Pennautier, qui n'y voyait pas plus loin que son nez, lui, — et il était camard, — souriait également.

— Ce page vous plait, mademoiselle, s'écria-t-il ; il est à vous !...

— Comment, à moi !... murmura la jeune fille, étonnée.

— Le seigneur de Pennautier plaisante ! intervint la dame de Laprade, en appliquant à la dérobée un grand coup de coude à son ex-futur ; il sait bien qu'une pauvre paysanne comme toi n'a que faire d'un page !...

— Mais... reprit le comte.

— Mais, interrompit la dame de Laprade, on s'amuse fort, sans doute, chez vous, cher seigneur, mais la journée s'avance et il est temps que nous retournions à la Cerisaie, ma filleule et moi...

Et emmenant le comte à l'écart, tandis que Blanche jouait avec le singe :

— Êtes-vous fou, Gontran, avec vos cadeaux? poursuivit la vieille dame. Pourquoi ne dites-vous pas tout de suite à cette petite que votre château et tout ce qu'il contient... y compris votre personne... est à elle?

— Ah ! soupira le sire de Pennautier, si je ne lui ai pas dit cela encore, ce n'est pas l'envie qui m'en a manqué !... Je suis fou, en effet ! Fou d'amour !... Plutôt que de renoncer maintenant à cette petite, voyez-vous, je brûlerais la Cerisaie...

— André Soucaille et moi avec, n'est-ce pas?... Merci ! vous êtes aimable !...

— Ma bonne amie...

— Mon bon ami, vous êtes un égoïste, et j'ai d'autant moins de regret, à cette heure, de ne pas devenir votre femme, persuadée que je suis que vous m'auriez rendue très-malheureuse !...

— Enfin ?...

— Enfin, contenez votre impatience, trop ardent amoureux, et, sans brûler quoi ni qui que ce soit, de demain en huit, vous serez l'époux de ma jolie filleule !...

— Vous le jurez?...

— Sur ma vie ! Demain matin, par suite de mon entretien de tout à l'heure avec Blanche, je viendrai ici vous confirmer ce serment...

« Et chercher, les dix mille écus — je me contenterai de dix mille, — que j'apporterai en dot à André Soucaille.

— Les dix mille écus vous attendront, ma chère.

— Bon ! A demain.

Et, pendant que le sire de Pennautier rejoignait en courant, pour lui faire ses adieux, Blanche Peyriac, encore occupée, en apparence, des grimaces du singe, mais, en réalité, tout entière toujours, des yeux, du cœur et de l'esprit, à cet amour de petit page qui chantait si bien les chansons d'amour, la dame de Laprade, marchant à pas mesurés derrière le comte, de dire entre ses dents :

— Va ! va ! vieil idiot, tu apprendras à tes dépens ce qu'il en coûte d'épouser, à ton âge, une jeune fille !...

« Et surtout une jeune fille de l'acabit de ma filleule ! Eh ! eh !...

« Ah ! tu lui donnes déjà des pages... pour s'amuser !...

« Eh bien ! moi, je ne te donne pas six mois pour t'en aller jouer à la paume aux enfers avec tes aïeux !... Eh ! eh ! »

Cette brave dame de Laprade !... Comme il a raison, le proverbe qui dit : « qu'on voit une paille dans l'œil de son prochain et qu'on ne voit pas une poutre dans le sien ! »

La dame de Laprade se moquait du sire de Pennautier ; elle prédisait une issue aussi prompte que funeste à ses séniles ardeurs, et, sans appréhensions pour elle-même, dans sa cinquantième année, elle s'apprêtait à s'unir à un jeune homme de vingt-deux ans !...

Et cela, par l'effet d'un criminel subterfuge, encore !... Ce qui devait lui porter doublement malheur.

***

Quoi qu'il en soit, les conséquences de son secret entretien avec sa filleule furent telles, sans doute, que les avait désirées la dame de Laprade, car, le lendemain matin, selon sa promesse, elle accourait dire au seigneur de Pennautier, qui, dans l'excès de son allégresse, pour la remercier, manquait de l'étrangler en l'embrassant :

— C'est arrangé. Nous sommes, aujourd'hui, lundi ; lundi prochain, Blanche Peyriac sera votre femme.

Cependant, à la même heure où la dame de Laprade apportait cette bonne nouvelle au comte de Pennautier, Blanche Peyriac disait à André Soucaille, qui était venu lui rendre sa visite du matin :

— Réjouissez-vous, mon ami ; j'ai un grand bonheur à vous annoncer.

— Quoi donc?

— Ce n'est plus dans un mois... ce n'est plus le 15 janvier prochain que nous nous marions...

« C'est ce mois-ci. C'est dans huit jours.

« Et... — laissez-moi achever. Oh ! je ne vous ai pas tout appris encore ! — et ce n'est plus une pauvre fille que vous épouserez en m'épousant...

« J'ai cinq cents écus de dot, aujourd'hui, plus une maison... et une belle maison, s'il vous plaît !...

« Vous la connaissez bien ! vous m'y avez conduite hier. Elle est située sur la place du village et s'appelle la maison de madame de Laprade. »

André se frottait les yeux et secouait les oreilles.

— Vous croyez rêver? reprit gaiement Blanche. Vous ne rêvez pas.

« Tout ce que je vous dis là est bien réel.

— Vous avez cinq cents écus de dot?

— Que le seigneur de Pennautier me donne, oui.

— Et pourquoi vous les donne-t-il?

— Mais parce qu'il s'intéresse à moi... à vous... à nous, donc ! Parce que c'est un digne et généreux seigneur chez qui je suis bien contente d'avoir été déjeuner hier !...

— Ah ! vous avez été déjeuner hier...

— Au château de Pennautier, avec ma marraine, oui. Et le seigneur de Pennautier s'est montré on ne peut plus aimable avec moi !...

« A preuve encore la maison de ma marraine, tenez ! Elle n'y songeait pas, elle, à me la donner ! Le seigneur de Pennautier lui a dit :

« Qu'est-ce que vous en ferez, de cette « maison, puisque vous allez habiter mon « château? Donnez-la donc à votre filleule ! »

« Vous n'êtes pas satisfait de ce cadeau, André? Cela vous ennuie que je sois devenue riche?...

— Oh ! non !... seulement...

— Seulement?...

— Tout cela me semble si extraordinaire !...

— Que vous avez peine à le croire. Ah ! ah !... Vous ne douterez plus, lundi soir, après que le chapelain du château nous aura unis.

— Lundi soir?... le chapelain du château?

— Oui, c'est un désir du seigneur de Pennautier et de ma marraine que nous nous marions en même temps qu'eux, au château.

— Mais leur mariage ne devait avoir lieu...

— Que le mois prochain, comme le nôtre. Eh bien ! ils ont changé d'avis, et c'est parce qu'ils ont changé d'avis que nous devons en changer également. C'est bien le moins que nous leur soyons agréables, à leur idée, en reconnaissance de tout le bien qu'ils nous font !

« N'étant jeunes ni l'un ni l'autre, ils ne se soucient pas d'avoir nombreuse assistance à leur mariage...

— Mais nous sommes jeunes, nous! Il nous sera donc permis d'avoir comme témoins de notre bonheur...

— Personne ! Absolument personne !...

— Quoi ! pas un parent? pas un ami !...

— Pas un ami, pas un parent! C'est à prendre ou à laisser, mon cher ! Maintenant, si vous préférez vous marier à l'église du village en société de votre famille, soit ! Nous nous marierons de la sorte, comme il était convenu, le mois prochain...

« Mais, alors, ne comptez ni sur une dot ni sur une maison.

« Allons ! il serait trop niais de repousser la fortune par cette unique raison qu'on tient à se divertir le jour de ses noces !

« D'ailleurs, ce n'est qu'un sacrifice de quelques heures ! Si nous ne rions et ne dansons pas ce jour-là, nous rirons et danserons le lendemain ! Rien ne nous empêchera, le lendemain, de célébrer notre bonheur par une petite fête à notre logis.

« Et puis, que répondrai-je à ma marraine et au seigneur de Pennautier, que je dois voir tantôt, André? Acceptez-vous? Nous marions-nous, lundi soir, à la chapelle du château, avec eux?... »

Blanche détourna la tête, pour cacher un malicieux sourire, en prononçant ces deux mots : *avec eux*.

André Soucaille hésitait. Il devinait, d'instinct, que les bienfaits, non moins excessifs qu'imprévus, du vieux couple, voilaient un piége.

— Mais, murmura-t-il, au moins puis-je dire à mon père...

— Pas un mot ! interrompit nettement Blanche. Comme tous les gens du village, il faut que votre père ne connaisse notre mariage que quand il sera accompli. C'est la volonté expresse de monseigneur et de ma marraine.

— La volonté ! la volonté !... A quel propos...

— Ah! c'en est assez! Acceptez ou n'acceptez pas... je suis bien bonne, après tout, s'il vous déplaît d'être riche... et heureux trois semaines plus tôt... je suis bien sotte de vous prier !...

Blanche tournait, d'un air d'humeur, le dos à son amant !...

Il lui prit la main, et, d'une voix grave :

— J'accepte ! dit-il ; mais Dieu veuille, ô ma Blanche, que ni vous ni moi ne nous repentions d'avoir cédé, en vue d'un peu de bien-être, à des volontés que nous ne nous expliquons pas !...

La jeune fille hocha la tête.

— Nous ne nous repentirons de rien, soyez tranquille, mon ami ! dit-elle.

Et, lui tendant ses lèvres, elle conclut :

— Vous êtes obéissant... pour votre peine, embrassez-moi.

Une nouvelle édition, considérablement augmentée, du baiser de la veille, dont on le gratifiait.....

Sa chère et belle Blanche l'aimait !... — Il faut aimer pour vous donner des baisers pareils !... — Décidément, André n'avait rien à craindre ; il ne se repentirait de rien !.....

***

Le lundi suivant, à huit heures du soir, André Soucaille, quittant furtivement le toit paternel, après avoir, non moins furtivement, endossé ses habits des dimanches, rejoignait sa fiancée à la maison de la dame de Laprade, où elle l'attendait.

Elle aussi, la jeune fille, était en costume de circonstance. Et en beau costume, ma foi! Elle était vêtue d'une robe de soie blanche ; chaussée et gantée de soie, de même cou-

Car tout lui était bon. Quand le pain blanc lui manquait, elle mordait au pain bis. (Page 31.)

leur. Un voile de mousseline brodée recouvrait sa tête ornée de la couronne de fleurs d'oranger sacramentelle.

— Mais vous avez vraiment l'air d'une dame ! s'exclama André, à la fois surpris et charmé.

— Et puis ! répliqua Blanche, vous en plaignez-vous ? Ne suis-je pas assez jolie pour ressembler, une fois par hasard, à une dame ?

— Oh ! si !...

— D'ailleurs, c'est ma marraine qui a voulu que je fusse habillée, pour cette solennité, tout comme elle !

— Oh ! tout comme elle !... Elle n'a pas la couronne de fleurs d'oranger, j'imagine, votre marraine !...

— Pardonnez-moi, elle l'a. Une fantaisie de sa part.

— Une singulière fantaisie chez une veuve!

« Mais où est-elle donc, votre marraine.?

— A Pennautier, depuis tantôt. Mais sa litière est revenue avec l'ordre de nous transporter, à notre tour, au château, et de nous ramener ici après la cérémonie.

André soupira.

— Qu'avez-vous, mon ami? lui demanda Blanche.

— Je ne sais... mais je voudrais que tout fût fini déjà.

« C'est malgré moi. J'ai tous sujets d'être joyeux, et je suis triste!

— L'effet de la neige qui tombe; cela vous refroidit le cœur.

Le fait est que l'aspect de la campagne, couverte de neige, à la lueur de la lune toute enveloppée de pâles vapeurs, n'avait rien qui provoquât l'âme à la gaieté. Durant le trajet de la Cerisaie à Pennautier, André, assis en face de Blanche dans la litière, ne desserra pas les dents. On eût plutôt dit qu'il allait au supplice que se marier à une femme aimée.

En entrant au château, pourtant, il essaya de secouer sa malencontreuse tristesse.

Le sire de Pennautier, mis comme un prince, et la dame de Laprade, identiquement vêtue comme Blanche, — et, quand son voile était baissé sur son visage, comme elle avait, nous l'avons dit, la tournure encore jeune, la taille encore fine, c'était à s'y tromper: marraine et filleule, on eût pris l'une pour l'autre; — le sire de Pennautier, donc, et la dame de Laprade attendaient nos amants dans une salle basse au milieu de laquelle, sur une table, fumait un gigantesque bol de vin chaud; de l'excellent vin de Bordeaux sucré et aromatisé.

— Eh bien! jeune homme, dit cordialement le comte au paysan, êtes-vous content?...

— Monseigneur, balbutia André, certainement..... assurément... je.....

— Une belle dot! Une belle maison!... Une femme charmante!... Si vous ne filez pas des jours d'or et de soie avec cela, vous serez bien maladroit!...

— Il les filera, il les filera, ses jours d'or et de soie, ce cher André! s'écria la dame de Laprade en couvant d'un tendre regard le jeune homme, tandis que, de son côté, le sire de Pennautier adressait un doux sourire, — auquel on ripostait, celui-là, — à Blanche Peyriac.

Le châtelain poursuivit:

— Mais tout est préparé; trinquons à notre félicité à tous quatre, mes enfants, et rendons-nous à la chapelle.

« Verse, Galeron. »

L'écuyer emplit quatre gobelets d'argent, de forme différente, et les distribua aux quatre fiancés.

On trinqua et l'on but.

— Eh! eh! reprit le sire de Pennautier en frappant sur l'épaule d'André, cela fait du bien, un bon verre de vin comme cela, n'est-ce pas, mon garçon?

« Vous étiez tout pâlot en entrant... vous voilà tout rouge!...

« Allons, Blanche Peyriac, la main à votre futur, ma belle.

« Chère dame de Laprade, quand il vous plaira...

« Galeron, marche devant, mon ami, pour nous ouvrir les portes. »

* * *

Qu'y avait-il dans le gobelet où on lui avait versé son vin? Quelques gouttes d'un élixir magique, sans doute, car, ainsi que l'avait railleusement remarqué le comte, André n'était plus le même après avoir bu qu'en arrivant.

Gauche et gêné alors, il se redressait, maintenant, alerte et dispos; une bienfaisante chaleur avait succédé, dans ses veines, au froid qui les glaçait; ses yeux brillaient; bref, ce fut d'un air allègre et fier, à la fois, que, la main de sa fiancée dans sa main, obtempérant à l'invitation du seigneur de Pennautier, il emboîta le pas de celui-ci, se dirigeant, aux côtés de la dame de Laprade, et précédé de l'écuyer Galeron, vers la chapelle.

Elle était assez vaste, cette chapelle, mais si mal éclairée que c'est à peine si l'on y voyait pour la traverser sans se heurter contre les piliers et les siéges. Deux maigres cierges tremblotaient sur l'autel devant lequel était agenouillé le chapelain. Les deux couples se placèrent, l'un à droite et l'autre à gauche de la sainte table, et parurent se plonger dévotieusement eux-mêmes dans les profondeurs de la prière.

Et, pour son compte, ce que nous certifions, c'est qu'André — le seul des quatre qui fût de bonne foi à cette heure solennelle, — éleva sincèrement son âme vers Dieu, lui demandant le bonheur pour la femme qui allait devenir sienne, et pour lui.....

Et pour les enfants qui naîtraient de cette union.

Pauvre André !...

Cependant l'effet du philtre perfide, qu'on lui avait fait boire, en était à sa deuxième phase sur le cerveau du paysan; tout à l'heure il n'était qu'agréablement exalté, maintenant il se troublait, s'obscurcissait au point de ne plus avoir conscience de ce qui se passait. Et que se passa-t-il ? André se le rappela plus tard en recueillant ses souvenirs : à un moment donné, quelques minutes avant que la cérémonie ne commençât, la dame de Laprade, s'approchant de sa filleule, lui dit en lui prenant le bras :

— Viens donc, Blanche, que je te dise un mot.

Un mot. A coup sûr, il ne dut guère en être dit davantage, car à la suite d'une disparition de deux ou trois secondes à peine, avec sa marraine, derrière un pilier, Blanche revint se placer près de son fiancé.

Il était temps; le prêtre s'était relevé; il conviait, du geste, les deux couples à s'avancer.

A cette époque, le lecteur ne l'ignore point, la célébration du mariage, se résumant uniquement en une cérémonie religieuse, était une des choses les plus simples du monde et des plus promptement exécutées, surtout, — comme dans cette circonstance, — lorsque l'officiant avait ses instructions *ad hoc*.

— Consentez-vous à prendre une telle pour femme?

— Oui.

— Consentez-vous à prendre un tel pour époux ?

— Oui.

Deux anneaux échangés ; une bénédiction ; et c'était tout. On était mariés pour la vie.

Le sire de Pennautier et la dame de Laprade, les premiers, — du moins, à travers les brouillards où flottait sa raison, André crut-il voir et entendre unir d'abord la dame de Laprade et le sire de Pennautier, — puis, lui et Blanche Peyriac...

Et le chapelain s'éloigna ; les cierges s'éteignirent...

Entraîné par une petite main, le jeune paysan sortit de la chapelle.

La litière était à la porte, dans une cour ; il y monta avec sa femme...

Stimulées d'un coup de fouet par leur conducteur, les mules franchirent en neuf bonds les trois enceintes, les trois fossés et les trois ponts-levis du château.

Troisième et complémentaire effet du philtre : de Pennautier jusqu'à la Cerisaie, du château jusqu'à la maison de la dame de Laprade, André demeura immobile dans le véhicule, les yeux fermés et la bouche close. Il ne dormait pas, non ; il sentait même parfaitement le corps de sa compagne s'appuyer contre le sien et la petite main, qui n'avait pas quitté la sienne, la serrer amoureusement...

Mais il lui était impossible de bouger ni de parler. Tout au plus usait-il de la faculté de penser. Et que pensait-il? Qu'il faisait preuve de bien peu d'amabilité à l'endroit de sa chère femme, mais que tout à l'heure, quand il aurait secoué cet engourdissement, causé par le froid sans doute, qui pesait sur lui, il prendrait sa revanche !...

*
* *

La litière s'arrêta.

Toujours guidé par la petite main, André gravit, en silence encore, un escalier, et, après avoir traversé deux ou trois pièces sombres, entra dans une chambre illuminée à la fois par les reflets d'un bon feu et les rayons d'une douzaine de chandelles de cire bleue et rose.

— Là ! fit la compagne du paysan, en le poussant devant elle, dans un fauteuil, près de la cheminée.

Là ! Un mot bien bref, — il ne se compose que de deux lettres, — et qui, par conséquent, n'exige qu'une bien courte émission de son !...

Eh bien ! si bref qu'il fût, ce mot, frappant son oreille, fit tressaillir douloureusement André. La voix qui l'avait proféré ne lui avait pas semblé être celle de sa Blanche !...

L'influence du feu, de la lumière, commençait de dissiper sa torpeur. Il promena ses yeux autour de lui : il était dans une chambre à coucher élégamment meublée ; au fond, le lit, avec ses draps de lin blancs comme neige ; au milieu de la chambre, une table chargée de victuailles et de bouteilles.

L'amour n'exclue pas l'appétit, entre époux : avant de se coucher, on souperait.

Bien ! André ne s'étonna point, et il n'avait pas non plus à s'étonner. Il était chez la dame de Laprade, dans sa maison, dont, en marraine généreuse, elle avait fait présent à sa filleule...

Il était riche, il allait être heureux.

Mais pourquoi Blanche restait-elle en face de lui, dans son fauteuil, fixe et rigide comme une statue ? Pourquoi, surtout, gardait-elle son voile sur sa figure ?

Le vague soupçon qui avait effleuré, une minute auparavant, son esprit, le ressaisit ; le paysan se leva, et, d'un mouvement rapide, enleva le voile de la statue...

Et un grand cri lui échappa...

C'était bien une Blanche qui était devant lui, mais pas la sienne ! Pas sa Blanche Peyriac. C'était madame Blanche de Laprade !

Madame Blanche de Laprade essaya de sourire, mais la physionomie d'André avait un caractère si effrayant de stupeur et de rage, qu'au lieu d'un rictus gracieux, les lèvres de la chère dame dessinèrent une grimace qui la rendit plus laide que d'habitude.

Elle comprenait — un peu tard, — le péril dans lequel elle s'était jetée en se substituant comme épouse, à cinquante ans, près d'un jeune homme épris, à une jeune fille de dix-huit ans.

Enfin, il n'y avait plus à reculer !

— Eh bien ! oui, André, dit-elle, d'une voix tendre, c'est moi qui suis votre femme.

— Vous ! Vous !! Vous !!! fit André d'un ton rauque.

« Et Blanche ?... Ma Blanche ?... Blanche Peyriac ?...

— Blanche Peyriac est, de ce soir, la femme du seigneur de Pennautier.

— Blanche Peyriac est, de ce soir, la femme du seigneur de Pennautier !!!...

En répétant cette phrase, André, d'une main tremblante, essuyait de grosses gouttes de sueur froide qui perlaient le long de ses tempes.

Toutefois, retombant assis près de la dame de Laprade :

— Expliquez-moi donc comment cela s'est fait ? reprit-il avec un calme relatif.

— Eh bien ! dit la vieille dame, le sire de Pennautier, en voyant Blanche Peyriac, il y a huit jours, est devenu éperdument amoureux d'elle...

« Il y a huit jours, moi, en vous voyant, je suis devenue éperdument amoureuse de vous...

« Blanche Peyriac ne vous aimait pas, elle, mon ami. Non, elle ne vous aimait pas ! La preuve, c'est qu'aux premiers mots que je lui ai glissés touchant la proposition du comte, elle a accepté tout de suite !...

— Ah ! elle a accepté tout de suite !...

« Mais c'est vous qui lui avez appris que le comte de Pennautier désirait l'épouser?

— Sans doute!... Il fallait bien que... Si je ne le lui eusse pas appris, vous concevez, elle ne....

— Et alors?

— Alors, quoi?

— C'est vous encore, probablement, qui avez eu l'idée de la comédie qui s'est jouée, ce soir, dans la chapelle du château?...

— La comédie?

— Oui; le mensonge, le subterfuge à l'aide duquel j'ai été abusé.

« Vous vous étiez, à dessein, habillée comme votre filleule...

« A dessein, vous aviez commandé que la chapelle fût sombre...

« Quand vous êtes venue prendre Blanche, à mes côtés, soi-disant pour lui parler.....

— Oh! je me rappelle tout! J'étais ivre, alors, ivre d'une ivresse maudite, que je vous devais sans doute encore... il y avait quelque substance infernale dans le vin que j'avais bu!... Oui, j'étais ivre alors, mais à présent je ne le suis plus!... — quand vous avez emmené Blanche à l'écart, c'était concerté à l'avance entre vous : ce n'est pas elle qui devait me rejoindre, mais vous, tandis qu'elle irait, elle, prendre votre place près du seigneur de Pennautier.

— Mon Dieu! mon ami... en effet...

— Et, dans mon ivresse, je ne me suis aperçu de rien, pas plus que je n'ai entendu que le nom de la femme à laquelle le prêtre m'unissait n'était pas le nom de celle que j'aime!...

« Ah! ah!... D'ailleurs, n'est-ce pas, on lui avait donné ses instructions, au chapelain de Pennautier? Il parlait bas... tout bas... exprès; je ne pouvais rien entendre!... Ah! ah!... »

***

Riant ainsi, d'un rire nerveux, convulsif, André s'était couvert la figure de ses mains pour cacher les larmes qui coulaient, malgré lui, de ses yeux. Des larmes amères, âcres; elles prenaient leur source dans le désespoir.

Il y eut un silence que, de quelques minutes, la dame de Laprade n'osa rompre.

Pourtant, s'armant de courage, — et elle en avait besoin, vraiment, de courage, la bonne dame; elle ne se sentait pas rassurée sur l'issue de cette aventure... et elle n'avait pas tort, comme on va voir!... — donc, s'armant de courage, et tâchant de donner à ses accents les intonations les plus persuasives :

— Voyons, mon cher André, dit-elle, j'admets, qu'amoureux comme vous l'étiez de Blanche Peyriac, il vous soit désagréable d'avoir, comme cela, tout d'un coup, à sa place, pour femme, une personne... que vous n'aimez pas....

« Mais réfléchissons un peu, je vous prie.

« D'abord, puisqu'il vous est prouvé que ma filleule ne vous payait pas de retour, — sinon, vous eût-elle sacrifié si facilement à sa coquetterie, à son ambition! — vos regrets à son égard doivent, ce me semble, être moins profonds. N'est-ce pas folie de pleurer qui ne mérite pas vos larmes?

« Ensuite... regardez-moi, André. Je ne suis plus toute jeune, c'est vrai, mais je ne suis pas, non plus, vieille et laide à faire peur. Et puis, j'ai reçu de l'éducation, moi! Je suis une dame; et une dame vaut mieux, sous tous les rapports, qu'une paysanne....

« Sans compter les soins dont je vous entourerai, vous aurez, certes, plus à gagner dans ma société que dans celle d'une... Blanche Peyriac!...

« En outre, je suis riche... très-riche!... Ouvrez ce coffre, tenez, là-bas, au chevet de notre lit, vous y trouverez dix mille écus... dix mille écus d'or, qui sont à vous... que je vous donne du premier jusqu'au dernier, mon ami... comme, tout à l'heure, à la chapelle, je vous ai donné mon âme!...

« Car si vous ne m'aimez pas, je vous aime, André! Je vous aime, à la fois, comme une mère, une amie, une maîtresse et une épouse, cher enfant!... Hein! n'est-ce pas gentil d'être tant aimé que cela?...

« Enfin, dernière raison, et qui ne sera pas, je crois, la moins concluante pour vous engager à vous incliner devant un fait accompli : c'est que vous voudriez, à cette heure, empêcher d'être ce qui est, que vous n'y réussiriez pas !

« Un prêtre nous a unis comme il a uni Blanche Peyriac et le seigneur de Pennautier; vous avez au doigt mon anneau; j'ai le vôtre; le Roi... le Saint-Père lui-même ne sauraient nous séparer!...

« Il faut donc en prendre votre parti, mon André!... Et cette résignation vous sera-t-elle si pénible? Est-il si difficile de se laisser choyer, dorloter par une bonne petite femme bien tendre, bien attentionnée, bien dévouée?...

« Allons, méchant, écartez vos mains, que je baise vos grands beaux yeux chéris!.... »

En prononçant ces derniers mots, la dame de Laprade s'était approchée de son époux, et, — ces vieilles femmes ne doutent de rien! — s'asseyant doucement sur ses genoux, en attendant qu'elle pût baiser ses beaux grands yeux, elle lui baisait les doigts, le front, les cheveux...

Quelle chose étrange que, selon l'âge et la figure des personnes qui nous les donnent, les mêmes caresses aient sur nos sens un effet si différent! Embrassé de la sorte par Blanche Peyriac, André eût frémi de bonheur; au contraire, sous le poids — assez léger, pourtant, — de la dame de Laprade, au contact de ses lèvres, il frissonna de dégoût, et, se levant si brusquement que la pauvre amoureuse s'en alla, en trébuchant, se heurter contre le lit :

— Savez-vous une prière, madame ? dit-il, en lui montrant un visage d'autant plus terrible que son expression était calme et froide... — La tête du tigre à l'affût d'une gazelle. Il est bien sûr qu'elle ne pourra lui résister; il n'a donc pas besoin de se mettre en frais de colère contre elle.

— Une prière? Si je sais une prière? balbutia la dame de Laprade. Pourquoi cette question?...

— Parce que vous allez mourir, et qu'avant de vous tuer, je veux bien — quoique vous ne le méritiez guère, — vous permettre de recommander votre âme à Dieu.

— Vous allez me... me... tuer!... Oh! vous voulez rire, André!...

— Ai-je l'air de rire, dites?

— André... mon ami... par grâce!... J'ai eu tort, je le confesse!... Mais puisqu'elle ne vous aimait pas, cette fille!... Vous concevez? Si elle ne s'était pas prêtée à notre stratagème, nous n'aurions pas pu... C'est elle qui est la plus coupable, certainement!...

— Aussi payera-t-elle, à son tour, son infamie! Et plus cher encore que vous, je vous le jure!... Oh! elle souffrira davantage!...

« Je vivrais mille ans que je ne lui pardonnerais pas!...

« Mais c'est vous qui l'avez séduite, entrainée, subornée. C'est vous qui me l'avez arrachée au moment où elle allait m'appartenir!...

« C'est vous qui avez conçu la première idée de ce mensonge odieux, sacrilége, dont j'ai été la dupe!...

« Donc, je le répète : vous allez mourir.

« Vous disiez, tout à l'heure, que rien ni personne en ce monde ne saurait nous séparer. Eh bien! je vais m'adresser, dans ce but, à quelqu'un hors de ce monde. Voici votre anneau, tenez; vous rendrez le mien à la mort.

« Votre prière est-elle faite?...

— André!... pitié!... Au nom du ciel, André, ne me tuez pas!... laissez-moi vivre, je vous en supplie!... Grâce, grâce!...

Folle de terreur, la malheureuse femme se trainait, à deux genoux, sur le plancher, aux pieds du jeune paysan.

— Vous ne voulez pas prier? dit-il. Allons! après tout, vous aurez toujours le temps de demander pardon à Dieu de vos péchés!

Il la saisit. Elle tenta, mais en vain, de se débattre. Elle ne s'était pas trompée en pensant — vous vous le rappelez? — que les mains d'André *devaient bien tenir ce qu'elles tenaient.* Bâillonnée, garrottée, en un clin d'œil, avec des serviettes, des attaches de rideaux, il la jeta, comme une masse inerte, sur le lit...

Ce lit que, quelques heures auparavant, elle considérait, voluptueusement émue, en songeant au bonheur qu'elle y savourerait bientôt.

La dame de Laprade réduite à l'état de momie, André tira de l'âtre cinq à six brandons enflammés qu'il dissémina de toutes parts dans la chambre nuptiale, sous les meubles, sous les tentures; jusque sous le lit.

Puis il ouvrit la fenêtre et sauta au dehors.

Il n'avait pas fait plus de cent pas que la réverbération de l'incendie sur le ciel noir lui prouvait que le premier acte de sa vengeance était accompli...

Sa femme brûlait.

***

Cependant, que se passait-il au château de Pennautier?

Ce qui devait se passer entre un vieillard libertin et amoureux, et une jeune fille rusée, ambitieuse et coquine. — Nous voulions dire : coquette, mais coquine, dans la circonstance, vaut mieux.

Au sortir de la chapelle, le comte avait conduit Blanche Peyriac dans une salle où était dressé un succulent souper. Là, seulement, elle s'était dégagée de son voile. Ce voile dont les plis fallacieux l'avaient si bien aidée à trahir le pauvre André!

Et, disons-le, tout en aspirant impatiemment à cet instant où il lui serait permis de contempler, son content, les attraits de celle qui lui appartenait alors, qui était bel et bien, désormais, sa femme, le sire de Pennautier n'était pas sans une secrète appréhension; il redoutait, chez Blanche, dans cette première entrevue intime, une certaine tristesse; quelques regrets; quelques larmes même, peut-être!

Ah! écoutez donc! On a beau être un grand seigneur, très-puissant et très-riche, avec tout cela, lorsqu'on a soixante ans, si l'on n'est pas un imbécile, dans son for intérieur on comprend, sans que personne ait besoin de vous le corner aux oreilles, que, pour une jeune femme, on ne vaut pas un jeune mari!...

Immense fut donc la surprise et aussi la joie du sire de Pennautier, quand, son voile relevé, Blanche lui montra, non pas, comme il s'y attendait, une tête pâle et rêveuse, mais un visage animé par les reflets du contentement et du plaisir; des yeux étincelants, une bouche souriante, des joues colorées d'un vif incarnat... — Une nuance qui n'a pas pour habitude de s'allier aux souffrances du cœur.

Blanche Peyriac, à la suite de la cérémonie de son union avec le vieux comte, s'était mentalement demandé comment elle se comporterait lorsqu'elle se trouverait, pour la première fois, seule en face de lui; si elle *le ferait* — style moderne, — à la mélancolie ou à la gaieté?

Être triste était plus sentimental, mais être gaie était plus amusant... et aussi plus dans ses cordes à cette heure. Réellement, elle ne regrettait rien.

— Chère petite! s'exclama le sire de Pennautier, que vous êtes jolie!

— Vous paraître telle toujours est mon vœu le plus cher, monseigneur.

— Vrai?... Alors, vous êtes heureuse?...

— Et qui ne le serait à ma place!... Moi, une simple paysanne, devenue la femme d'un grand et noble seigneur comme vous!...

—Ah! Blanche, vous m'enchantez!.. Vous me transportez!.. Vous me ravissez!.....

« Je suis franc, voyez-vous; je craignais...

— Quoi?

— Qu'il ne vous restât dans l'âme... un souvenir.....

— De qui ?

— Eh ! vous savez bien !... De....

— D'André Soucaille?... Ah! ah !.. Mais je ne l'aimais pas, je ne l'ai jamais aimé, ce garçon !... Je l'épousais... pour faire comme les autres... pour avoir un mari !... Voilà tout !...

— Et vous n'êtes pas fâchée, qu'au lieu d'André Soucaille, ce mari se nomme....

— Le sire de Pennautier ? Mais certainement que j'en suis bien fière et bien contente !...

— Et vous l'aimerez, le sire de Pennautier, ma Blanche ?.. Vous l'aimerez... un peu ?...

— Mais je l'aime déjà beaucoup !

— Ah ! mignonne adorée !... Amour !... Chérubin !... Ah ! mon bijou !... Ma perle !.. Mon diamant !... Mon escarboucle !

Toutes ces gracieuses épithètes accompagnées de baisers donnés et rendus.

Mais les plats se refroidissaient sur la table; et, sans perdre de leur force, et au contraire, si les désirs sensuels peuvent attendre, un souper, pour être mangé bon, doit être mangé chaud.

— Si nous soupions, ma déesse ? fit M. de Pennautier.

— Soupons, mon doux ami, répondit Blanche.

Le repas fut servi par Galeron, l'écuyer géant, et Rémy, le petit page qui plaisait tant à Blanche. Et à diverses reprises, tandis qu'il lui servait à boire, ou qu'il lui présentait d'un mets, Blanche, lorgnant en dessous Rémy, ne put retenir un soupir !...

Au second ou troisième qui frappa son oreille:

— Qu'est-ce, ma chère? questionna, inquiet, le sire de Pennautier ; seriez-vous incommodée?

— Du tout, monseigneur! Pourquoi me demandez-vous cela ?

— Mais parce que j'ai cru vous entendre soupirer.

— Ah ! ne faites pas attention ! C'est mon *corps* [1] qui me serre un peu.

— Pauvre petite ! Il fallait le retirer avant de vous mettre à table !...

— Ce n'est rien. Cela ne m'empêche pas de souper, vous voyez !...

Non, ce qui faisait soupirer Blanche ne l'empêchait pas de manger ; mais c'est égal, nous croyons que la nouvelle mariée eût soupé d'un meilleur appétit encore, si, pour plat de dessert, elle eût espéré, qu'au coup de baguette d'une fée, son vieux et laid mari se transformerait en un gentil jouvenceau tel que le petit page Rémy !

Enfin, le présent était au sire de Pennautier mais l'avenir était à elle ! Blanche étouffa ses soupirs.

Le repas achevé, les époux se disposèrent à s'acheminer vers la chambre nuptiale.

Comme ils se levaient de table, le petit page, regardant par une croisée de la salle à manger, poussa un cri d'effroi.

— Qu'y a-t-il ? fit le sire de Pennautier.

— Un incendie, monseigneur.

— Où cela ?

— Il me semble que c'est au village de la Cerisaie.

— Tiens ! tiens !....

M. et madame de Pennautier s'approchèrent de la fenêtre que l'écuyer ouvrit pour que ses maîtres pussent jouir plus commodément du spectacle que le malheur ou le crime leur offrait.

— Autant qu'on en peut juger à distance et à travers l'ombre, dit le comte, ce doit être, en effet, à la Cerisaie que ce feu flambe.

— Oui, dit la comtesse ; et je serais même

[1] *Le corps*, au xve siècle, n'était autre chose que ce qu'on nomme maintenant *corset*. Mais, quelle différence entre l'auxiliaire de toilette à l'aide duquel, aujourd'hui, les femmes savent se rendre la taille plus svelte et plus fine, et la lourde machine, inventée par les Allemands, toute bardée de fer, comme une cuirasse, dans laquelle elles emprisonnaient jadis leurs appas !

Le châtelain commença à filer un vilain, un très-vilain coton. (Page 26.)

portée à croire qu'il flambe sur la place du village.

— Oh! oh! sur la place du village... où habite cette bonne dame de Laprade, votre marraine?...

— Sur la place du village... juste à l'endroit où habite cette excellente dame de Laprade, ma marraine!

Le sire de Pennautier se tut... mais il n'en pensa pas moins.

Et, silencieuse comme son mari, pendant une couple de minutes, Blanche Peyriac fit, *in petto*, ses petits commentaires à propos du sinistre nocturne.

Pendant ce temps, la maison de la dame de Laprade continuait de flamber...

Et la dame de Laprade avec.

— Hum! hum!

C'était Blanche qui toussait.

— Hein! s'écria le sire de Pennautier, sot que je suis!... A quoi pensé-je!...

« Mais vous vous enrhumez, chère enfant, à humer ainsi, après souper, l'air glacial de la nuit!

— Le fait est que l'air est bien froid!

« Et puis, quand nous resterions là une heure.....

— Cela n'éteindrait pas le feu; c'est évident. Allons nous coucher, ma mie, allons nous coucher!... Demain, nous enverrons à la Cerisaie savoir des nouvelles. »

Et, sur ce, sans plus se soucier d'un événement dont lui comme elle avaient parfaitement deviné la cause, bras-dessus, bras-dessous, précédés de deux chambrières portant chacune un candélabre, le comte, — aux nombreux et glorieux ancêtres, — et la comtesse, — qui avait eu pour père un maçon et pour mère une gardeuse de vaches, — gagnèrent l'alcôve où, sous les respectables auspices de l'Hyménée, l'Amour allait leur distribuer ses plus ineffables délices.

L'Amour!... Le sire de Pennautier aimait Blanche, sans doute. Des délices... il en goûta certainement dans la possession de la charmante fille. Il en goûta même plus et de plus ravissantes, que son imagination, bien surexcitée pourtant, ne lui en avait promis!...

Mais elle!... O profanation! ô honte! ô folie!... Être jeune et belle... être adorée d'un homme jeune et beau... et, par soif du luxe, du plaisir, de la toilette, se livrer à un vieillard décrépit, répugnant, hideux!... lui prodiguer ses baisers comme si l'on partageait sa passion, sourire à ses désirs, aviver ses transports!...

Allons! nous disions juste, plus haut : Blanche Peyriac était une franche coquine. Après avoir lâchement renié ses dix-huit ans, en abandonnant André pour le comte, elle les reniait encore, et d'une façon plus indigne, en jouant l'amour quand elle ne pouvait éprouver que du dégoût!

« Qui veut la fin veut les moyens! » dit un proverbe. Très-bien! Mais quand *les moyens* sont méprisables, c'est de toute justice si *la fin* est triste.

***

En attendant que Dieu — qui, quoi qu'en pensent certaines gens, s'occupe parfaitement de ce que nous faisons, en bien ou en mal, sur cette terre, — en attendant que Dieu punit Blanche, pouvant être une honnête et estimable femme au village, d'être devenue, au château, une femme sans cœur et sans pudeur, le châtelain, ce cher comte Raoul Gontran de Pennautier, commença, dès les premiers temps de son mariage avec la trop belle fiancée d'André Soucaille, à filer un vilain, un très-vilain coton.

La dame de Laprade lui avait donné six mois pour rejoindre ses aïeux, après avoir épousé, à soixante ans, une fille qui ne comptait pas encore quatre lustres...

C'était quatre mois de trop. Vers le milieu du second mois qui suivit ses noces, c'est-à-dire au bout de six semaines de félicités conjugales, le sire de Pennautier montra qu'il n'en avait plus que pour quelques jours à descendre au tombeau.

Ah! mais, aussi, c'est que les félicités conjugales, soit les plus licites, peuvent devenir funestes lorsqu'on en abuse! Vous savez qu'une indigestion rend fort malade, n'est-ce pas? Et quand on la prolonge, donc! Quand, au lieu de se mettre sagement à la diète, pour rétablir l'équilibre de son estomac, on continue de l'obliger à des excès... on en meurt, tout simplement!

Le cas du sire de Pennautier. Il s'était tout d'abord indigéré d'amour; — un genre d'indisposition plus dangereuse encore à son âge qu'une indigestion de bonne chère; — au lieu d'enrayer, comme la plus vulgaire prudence le lui conseillait, lorsqu'il se vit souffrant, il s'entêta à faire le jeune homme...

Cela lui coûta la vie.

Le médecin, mandé à son chevet, ne put que déclarer qu'il n'y avait pas de ressource; que, très-prochainement, le seigneur de Pennautier trépasserait.

Blanche était près de son époux quand le docteur prononça son arrêt funèbre. Elle éclata en lamentations, en sanglots...

— Là! là! ma poulette, fit le comte, ne te désole pas! Nous nous retrouverons dans un monde meilleur!...

« Et ce qui me console de sortir si tôt de celui-ci, c'est la conscience d'y avoir été heureux au possible, grâce à toi!... Ce qui adoucit l'amertume de mes derniers moments, c'est la sincérité de tes regrets!...

« Tu m'aimais bien, hein?...

— Oh! c'est-à-dire que je me demande ce que je vais devenir quand vous ne serez plus!...

« J'ai envie de me retirer au fond d'un monastère!...

— Non! tu es trop jolie, ma Blanche, pour t'ensevelir dans un couvent! Tu resteras à Pennautier, entends-tu?... dame et maîtresse du domaine de Pennautier, et des prés, bois, fermes, vignes et étangs qui en dépendent...

— Mais...

— Mais un acte dressé en bonne et due forme, dont tu trouveras un double dans ce coffret, sur ce meuble, et dont l'original est confié aux soins de maître Guillaumet, tabellion à Carcassonne, t'institue, après mon décès, ma seule et unique héritière, envers et contre tous les collatéraux qui tenteraient de revendiquer ma succession.

— Quoi! vous avez songé...

— A toi... toujours, depuis que tu es ma femme, ma Blanche! Et, quand je serai mort, je crois que j'y songerai encore!...

« Ton image me suivra jusque dans mon cercueil!...

« En récompense, dis, chère petite, tu vas me promettre d'exaucer une prière qui me tient à cœur?

— Qu'est-ce, mon ami?

— C'est un enfantillage, peut-être, mais, je te le répète, j'y tiens! Oh! j'y tiens beaucoup!...

« Je voudrais... je souhaiterais que tu restasses fidèle à ma mémoire... l'espace d'un an.

« Comprends-tu? Tu vas me jurer de ne pas te remarier avant douze mois révolus? »

Blanche haussa les épaules d'un air de dédain.

— Je suis prête, s'il vous plaît, à vous jurer de ne me remarier jamais! dit-elle.

— Oh! jamais... c'est trop long!

— Non! je vais être libre et riche... pourquoi donc partagerais-je ma richesse et compromettrais-je ma liberté?

« Que pas si sotte!...

« Je ne me remarierai jamais, je vous le jure!...

— Vrai?... Tu es un ange, ma Blanche! Je suis content! bien content!... Ces charmes que j'adore ne seront à personne après moi! A moi seul, — seul! — auront appartenu ces yeux de velours, cette bouche vermeille, ce menton avec sa séduisante fossette, ces beaux cheveux noirs, ces petites dents de nacre, cette oreille rose, ce sein modelé par Cupidon!...

Le regard attaché au coffret qui renfermait l'acte l'instituant légataire universelle de son mari, Blanche, tandis que ce dernier énumérait complaisamment ainsi des biens qu'il se réjouissait de ne devoir être jamais à d'autres, après avoir été siens, Blanche souriait d'un étrange sourire...

Un sourire qui disait: « Oui, oui, je resterai toujours fidèle à ta mémoire... je n'appartiendrai jamais à personne après toi!...

« Compte là-dessus... et meurs!... »

Mais le malade s'était animé plus que de raison dans sa nomenclature admirative. Une quinte de toux sèche, accompagnée de rougeurs, en forme de taches, aux pommettes, lui rappela que, sur le seuil de la tombe, c'est une faute de rendre, même et seulement en paroles, un hommage trop vif à ce qu'on a trop aimé ici-bas.

— Donne-moi à boire, je te prie, Blanche, murmura-t-il ; j'étouffe.

— Que faut-il vous donner?

— Sur la table, là-bas, dans cette carafe... de ce que le médecin a préparé avant de partir.

« Du vin d'Espagne, dans lequel il a plongé cinquante fois des lames d'or en incandescence [1]. Il affirme que cela me soutiendra au moins jusqu'à demain matin !

« Cela te fait plaisir, n'est-ce pas ? nous aurons encore toute une nuit à causer !...

« Mais, pour que ce médicament agisse, il est nécessaire que je le boive dans une tasse d'or...

— Et je n'en vois pas ici... Mais il y en a une dans ma chambre. Je cours la chercher.

— Oui ! Dépêche-toi ! dépêche-toi, ma bonne!...

— Je suis de retour dans une seconde, mon ami !...

Une seconde !... Une seconde qui dura trois quarts d'heure. Le temps, pour cette bonne Blanche, de lire et relire ligne à ligne, mot à mot, le testament qu'elle avait emporté, avec le coffret, dans sa chambre.

Si bien que, lorsqu'elle revint près du comte, ce ne fut plus un moribond qu'elle retrouva mais un cadavre.

Faute d'une gorgée d'*infusion d'or*, le pauvre homme avait rendu l'âme sept ou huit heures plus tôt qu'il ne devait la rendre.

— Tiens ! fit Blanche, en le voyant inanimé, il est mort !...

« Ah ! bien ! ce n'était pas la peine de tant me presser de lui apporter une tasse ! »

***

Voilà donc Blanche Peyriac, en chef et sans partage, dame et souveraine maîtresse du domaine de Pennautier !...

[1] Ce médicament n'est point de notre invention. Sous le nom d'*infusion d'or*, il était en usage autrefois pour rendre la force aux gens affaiblis.

— Mais, interrompt ici le lecteur, et André Soucaille ? Et la dame de Laprade ? Vous ne nous avez pas dit ce qu'était devenu l'un, et si réellement, pour l'autre, la mort avait été la conséquence de l'incendie de sa maison ?...

C'est juste, lecteur ; il y a une lacune dans notre récit. Nous la réparons.

D'André Soucaille, cependant, nous vous demanderons la permission de ne vous parler, en détail, qu'un peu plus loin. Ce que nous pouvons vous dire seulement, maintenant, c'est qu'il s'était enfui du village à la suite de son crime.

Quant à la dame de Laprade, c'est différent. Oui, lecteur, oui, la mort, et une effroyable mort, fut, pour la malheureuse femme, la conséquence de l'incendie de son logis ! Oh ! elle fut rôtie toute vive ! Et ce qu'il y a de plus affreux, c'est que ses domestiques — un valet et une servante, — partagèrent son sort; surpris, dans leur premier sommeil, par la fumée et les flammes, ils ne purent s'échapper !...

En sorte, — et nous soupçonnerions Blanche Peyriac et son époux de n'avoir été que médiocrement mécontents de cette complication de faits, — en sorte que, personne ne restant pour donner des éclaircissements sur les causes probables de l'incendie, ces causes, pour tous les gens du village, demeurèrent à l'état de mystère.....

De même que la disparition soudaine d'André Soucaille...

Et celle de sa fiancée.

Après les avoir vainement cherchés, de toutes parts, l'un et l'autre, pendant huit jours, le père et la mère d'André et la vieille tante de Blanche n'eurent plus qu'à pleurer, qui, leur fils, qui, sa nièce...

Et tout fut dit. Comme on croyait très-fort aux sorciers, en ce temps-là, au village, — et à la ville, — le bruit se répandit que c'était le diable qui avait enlevé Blanche et André, et brûlé la dame de Laprade et ses deux serviteurs.

Quelques-uns, même, assurèrent que, du

même coup, l'incendie, allumé par Satan, avait anéanti ces cinq personnes, en train, probablement, d'offenser le ciel par un commun et épouvantable méfait.

Au château, qui que ce fût, sachant qui était la seconde femme du sire de Pennautier, ne se fût hasardé à en dire un mot au dehors, de crainte d'attirer sur soi le courroux du maître!...

D'ailleurs, ils étaient peu nombreux ceux qui savaient que la nouvelle dame de Pennautier n'était autre qu'une petite paysanne de la Cerisaie; le chapelain, l'écuyer et le petit page Rémy; ils étaient trois, pas davantage.

Donc, tant que son époux vécut, Blanche Peyriac n'eut à redouter aucune indiscrétion compromettante, et, quand elle fut veuve, comme, depuis deux mois, par son incessante gracieuseté, sa générosité de tous les instants, et, surtout, l'influence de son extraordinaire beauté, elle avait réussi à capter le respect et l'affection de tous ses serviteurs, nul, du premier jusqu'au dernier, ne songea à lui refuser obéissance.

Galeron, entre autres, l'écuyer du sire de Pennautier, témoigna, de ce moment, un dévouement sans bornes à la noble châtelaine. Le jour même où le sire de Pennautier était mort, Blanche avait dit à Galeron :

« Je double vos gages, mon ami. Vous gagniez trois cents écus; vous en gagnerez désormais six cents. Et là ne se bornera point ma munificence si vous continuez de me bien servir ! »

Trois cents écus de plus par an! Pour moitié moins, Galeron se fût fait couper en morceaux pour Blanche!

Le chapelain était un brave homme qui, pourvu qu'on arrosât à flots ses cinq repas quotidiens, ne demandait qu'à garder, toute sa vie, le silence sur des événements, desquels, du reste, y ayant, comme on sait, complaisamment prêté la main, il eût été assez maladroit, de sa part, de parler!

Quant au petit page Rémy...

Nous vous conterons tout à l'heure comment et pourquoi, deux ans durant, pour le petit page Rémy, Blanche Peyriac ne fut réellement que la maîtresse la plus chérie... et la plus digne de l'être.

***

Veuve, riche, belle, et, avec cela, vicieuse qu'elle était, ayant ses coudées franches pour donner l'essor à ses mauvais instincts!... Blanche Peyriac en profita.....

Et elle en profita de manière, bientôt, à mériter l'épithète par laquelle elle est désignée en tête de cette histoire : LA LOUVE DE PENNAUTIER.

Elle avait de la lave, en guise de sang, dans les veines, cette femme. Venue au monde à l'époque du paganisme, Vénus Aphrodite et Éros [1] se la fussent assurément disputée pour prêtresse. Pour avoir mis deux mois à consumer son vieux mari, il avait fallu qu'à dessein elle jetât, de temps à autre, de l'eau sur le brasier.

Ah! mais, aussi, c'est qu'il était important pour elle, qu'avant de s'en aller *ad patres* le sire de Pennautier réglât convenablement ses petites affaires ici-bas!

Avec les autres, elle n'avait pas tant de ménagements à garder...

Et elle n'en garda pas non plus.

Le premier qui eut à subir les effets de la terrible puissance de cette Circée moderne, qui faisait pis, celle-ci, que de changer les hommes en bêtes, — qui les annihilait, qui les tuait, — le premier fut un neveu du comte de Pennautier, le baron de Barsas.

Il était venu au château de Pennautier dans l'intention sinon de disputer, au moins de discuter avec cette femme, sortie on ne savait d'où, pour lui ravir, par droit d'épouse, un héritage sur lequel il avait longtemps compté.

C'était un homme de quarante ans envi-

[1] Vénus Aphrodite et Éros étaient les divinités protectrices des passions violentes.

ron; grand, fort, à l'air dur et sévère, au geste brusque, au ton tranchant.

Il n'avait pas vu Blanche cinq minutes, qu'il se transformait complétement; aussi doux et aimable qu'il était tout l'opposé un instant auparavant; ne pensant plus à menacer, mais à supplier...

Des supplications qui furent mieux accueillies, d'ailleurs, que ne l'eussent été des menaces.

Bref, après un séjour d'une semaine chez sa chère et belle tante, le baron se retirait... en ne regrettant que de partir si tôt!...

Et ce n'était pas sa faute s'il ne restait pas davantage, c'était celle de sa chère et belle tante qui lui affirmait que, dans l'intérêt de sa santé, il avait besoin de quelques mois de calme et de repos à son logis.

Le fait est que le pauvre baron ne se ressemblait plus en quittant Pennautier. Arrivé, nous l'avons dit, au château, alerte et vigoureux, il en partait maigre et hâve, paraissant avoir peine à se soutenir sur ses jambes aux mollets évanouis, l'œil atône, le visage blême, la respiration oppressée...

Si bien que c'était tout au plus s'il pouvait atteindre sa résidence pour y exhaler son dernier soupir.

Même destinée fut celle du marquis d'Andelaze pour avoir eu l'imprudence, en chassant aux environs de la Cerisaie, d'entrer demander une heure d'hospitalité à la châtelaine de Pennautier...

L'heure se prolongea huit jours; pendant huit jours le marquis fut traité au château de Pennautier avec une prodigalité de soins... à faire honte aux montagnards écossais, si renommés pourtant, de longue date, pour leur caractère hospitalier...

Mais, rentré à Castelnaudary, qu'il habitait, M. d'Andelaze, tout grelottant de fièvre, fut contraint de se mettre au lit...

Où il ne tarda pas à expirer, au grand désespoir de sa femme.

Car il était marié, le marquis d'Andelaze; nouvellement marié à une très-jolie femme!... Et il n'avait pas craint de se laisser séduire par les charmes d'une sirène!...

Il en mourut. Gageons que toutes les femmes seront de cet avis que ce fut bien fait pour lui?

Quand on possède une jolie femme, n'est-ce pas, mesdames, on ne lui est point infidèle! Tout au plus est-ce pardonnable quand votre moitié est laide.

Et le vicomte de Mas-Cabardès, donc! Il mérita bien plus encore, pour être venu se brûler les ailes jusqu'aux entrailles à un foyer infernal, d'être converti en poussière!

Imaginez-vous qu'il avait vingt-huit ans, le vicomte de Mas-Cabardès, et qu'il était à la veille d'épouser sa cousine, Mademoiselle de Lastours; une enfant de seize ans, véritable joyau de beauté, de candeur et de grâces...

Eh bien! tenté par le démon, Mas-Cabardès s'en alla rendre visite à la dame de Pennautier...

Une visite qui dura la huitaine. C'était son compte, à Blanche Peyriac. Huit jours. Et puis, va te mettre au vert! Si tu te rétablis, nous le verrons bien!

Le jeune vicomte ne se rétablit pas plus que ses devanciers. Il succomba après avoir langui quelques semaines; il succomba en maudissant sa faute!...

Hélas!... et — quand il se rappelait les huit nuits de délire qu'il avait passées dans les bras de la dame de Pennautier, — en regrettant de n'en avoir point passé quinze!...

C'est avéré: non-seulement Blanche Peyriac tuait ses amants, mais, d'abord, elle les ensorcelait!...

A moins qu'il ne fût absolument réduit à l'état d'imbécilité en la quittant, — ce qui arrivait quelquefois, — pas un qui, près de fermer les yeux, ne regrettât de n'être plus près d'elle! Pas un qui ne murmurât avec amour son nom!...

Vous citer toutes ses victimes serait trop long, puisque, dans l'espace de deux années, on n'évalue pas leur chiffre à moins de cinquante, tant gentilshommes que bourgeois et paysans.

Car tout lui était bon. Quand le pain blanc lui manquait, elle mordait au pain bis. Après plusieurs jours écoulés sans qu'un grand seigneur eût heurté à sa porte, pressée par ses exécrables appétits, elle courait, sous prétexte de chasser, par les bois et les plaines, *quærens quem devoret*, comme dit le poëte ; cherchant une proie à dévorer, n'importe laquelle.

Et malheur alors au vigneron, au laboureur, voire au berger doué de bonne mine, qu'elle rencontrait et qu'elle entrainait à la suivre, pour causer un instant, à Pennautier ! Il n'en sortait que pour trainer quelques jours et tomber, comme une plante piquée au pied par un ver.

— Mais, nous direz-vous, les paysans ne la reconnaissaient donc pas?

Non. Et comment eussent-ils reconnu Blanche Peyriac, la villageoise, dans cette dame, richement vêtue, caracolant sur un cheval fougueux, escortée d'une troupe nombreuse d'archers et d'hommes d'armes?

Un seul — le fils d'un meunier, un bossu, sournois comme un chat, malin comme un singe, — un seul, la voyant passer, une après-midi, près de son moulin, se permit de lui dire en ricanant:

— N'est-ce pas vrai, la dame de Pennautier, que, si vous le vouliez bien, vous nous diriez ce qu'est devenue Blanche Peyriac ?

Blanche ne répondit pas à cette question, mais, se tournant vers Galeron, elle lui glissa deux mots à l'oreille...

Et, le lendemain, on trouva le bossu, une pierre au cou, au fond du ruisseau qui faisait tourner la roue de son moulin.

La *Louve de Pennautier* détestait les curieux et les indiscrets.

Car c'est ainsi qu'on l'appelait à vingt lieues à la ronde : *la Louve de Pennautier*.

« Voyageur, ne t'arrête jamais chez la *Louve de Pennautier!*

« Jeune mari, beau fiancé, sauvez-vous sans regarder derrière vous, si vous rencontrez *la Louve de Pennautier !*... La *Louve de Pennautier* aime la chair fraiche !.... »

Après quatre siècles bientôt, ces dictons sont encore vivants dans le Languedoc.

*
* *

Et le petit page ? Le petit page Rémy que, de prime saut, Blanche Peyriac avait trouvé si avenant, qu'en avait fait la *Louve de Pennautier ?* A quelle sauce l'avait-elle croqué ?...

Ah ! c'est là une preuve de plus, et frappante et splendide, que Dieu est dans tout et partout ; Dieu qui ne veut pas qu'une créature humaine, si avilie et si infâme qu'elle soit, vive et meure sans quelque chose de noble et de bon dans un recoin de son cœur ; afin que, lorsqu'elle comparaîtra devant le tribunal suprême, cette créature, après le châtiment, puisse réclamer le pardon.

Blanche Peyriac avait aimé tout de suite Rémy, oui, et cet amour — le seul qu'elle dût jamais éprouver, — cet amour, conçu en une minute, n'avait fait que croître et embellir, à mesure que les jours, les mois, les années avaient passé dessus.

Mais c'était justement parce qu'elle aimait le petit page que la *Louve de Pennautier* se gardait de le lui témoigner... comme il est ordinaire, sinon moral, de le faire, de jeune femme à jeune homme ; surtout quand il semble que rien ne vous empêche de laisser éclater votre passion, et, au contraire, quand vous pouvez croire qu'on sera heureux et fier d'en partager les transports.

La Louve avait conscience du danger qu'il y aurait pour Rémy à recevoir ses baisers ; donc elle les lui épargnait. Par amour, elle refrénait son amour, elle enchainait ses désirs. Quand elle lui parlait, elle avait, exprès, la voix lente et froide ; quand elle le regardait, elle jetait un nuage gris dans ses yeux.

Et pour qu'il l'aimât, cependant, — car elle voulait qu'il l'aimât... comme une sœur, une amie, comme une bienfaitrice, — elle se plaisait à développer les facultés de son esprit,

Depuis la mort du sire de Pennautier, un vieux savant, mandé, sur l'ordre de Blanche, au château, — maître Clavasius, un ancien recteur de l'Université, — avait entrepris de compléter l'éducation de Rémy. Une tâche qui devait être longue, vu, qu'entre nous, en entrant, à quatorze ans, en qualité de page, à Pennautier, Rémy, fils d'un bourgeois de Carcassonne, ne savait guère que ce que savaient alors les fils de bourgeois : c'est-à-dire presque rien.

Avec maître Clavasius, — que Blanche payait en reine, — Rémy allait apprendre le grec, le latin, l'hébreu, l'histoire, la physique, les mathématiques, la chimie, la philosophie, la théologie, l'astronomie, la magie... Tout ce qu'il voudrait apprendre !...

Et comme il avait des dispositions naturelles, il voudrait apprendre tout.

Et voilà comme et pourquoi, relégué, avec son professeur, dans une tourelle isolée, n'ayant, pour se délasser par des promenades au parc, que certaines heures, comme jours de vacances, que des jours assignés, voilà comme et pourquoi, à Pennautier, le château maudit, tandis qu'en compagnie de ses amants successifs, la Louve s'abandonnait avec fureur à l'orgie et à la débauche, le jeune Rémy, sans qu'un écho seulement d'un mauvais bruit, d'une fâcheuse parole, vînt le troubler, se livrait à l'étude...

L'étude qui, d'un petit garçon sans nom, sans avenir, sans fortune, ferait un homme qui serait peut-être l'honneur et la gloire de son pays.

Car Blanche le lui disait souvent :

« Travaille, mon ami, travaille ! Et, quand tu seras ce que tu peux être, où tu voudras aller tu iras. J'ai de l'or pour t'aplanir les chemins ! »

Maintenant, aux jours de vacances, par exemple, lorsque Rémy se promenait avec elle sous l'ombrage, ou bien encore en automne, en hiver, quand, assis à ses côtés, il lui lisait, à sa demande, un chapitre de quelque beau livre d'histoire ou de quelque intéressant fabliau, dire qu'en contemplant la charmante tête du page, en écoutant sa douce voix, l'instinct ne reprenait pas le dessus chez Blanche, serait mentir. Maintes fois, en ces circonstances, la Louve fut sur le point de bondir sur le jeune homme et de lui crier, dans une ardente étreinte : « Assez de science ! assez de poësie ! Je t'aime ! sois à moi !... »

Mais quand elle sentait le feu lui monter du cœur au visage, aux lèvres, aux yeux, au front, aussitôt Blanche tournait le dos ou se levait en disant :

— J'en ai assez !

Ou :

— Cela m'ennuie ! Va-t'en, Rémy ?

Et le pauvre petit de s'éloigner bien vite pour ne pas déplaire à sa bienfaitrice.

Elle en était quitte pour une larme, lorsqu'il n'était plus là,... et un grand verre d'eau qu'elle avalait d'un trait.

Allons !... Avouons que, pour une malhonnête femme... amoureuse, Blanche Peyriac se comportait, à l'égard de l'objet aimé, comme bien des honnêtes femmes... éprises... ne se seraient pas comportées.

***

Mais nous touchons au dénouement de cette histoire. Un dénouement prévu, nous n'en doutons pas. Enfin, si ce n'est le fond, la forme en surprendra peut-être.

Or, c'était par une après-midi du mois de décembre 1492 ; le jour anniversaire de celui où Blanche Peyriac était devenue, d'une si singulière façon, la femme du sire de Pennautier.

Comme deux ans auparavant, il faisait très-froid, le 12 décembre 1492, dans tout le Languedoc. Depuis près de deux semaines la neige couvrait les prés, les monts et les bois.

Assise près d'une fenêtre dans une pièce attenant à sa chambre à coucher, — une manière de boudoir décoré avec un goût exquis, — la dame de Pennautier s'occupait, en rêvant, d'un ouvrage de tapisserie.

Rémy recula en poussant un cri d'horreur. (Page 38.)

En rêvant à quoi ou à qui? Aux événements qui s'étaient passés, ce même jour, deux ans plus tôt?... Au vieux gentilhomme qui l'avait faite ce qu'elle était maintenant et qui, lui, maintenant, dormait dans la tombe? A sa marraine... cette infortunée dame de Laprade, morte si misérablement... à qui elle devait, plus encore peut-être qu'au sire de Pennautier, ses titres et sa richesse? A André Soucaille, son fiancé... ce pauvre André Soucaille qui, de désespoir d'avoir perdu une femme qu'il aimait et gagné une femme qu'il n'aimait pas, s'était enfui du pays en semant, derrière lui, le meurtre et l'incendie?

Eh bien! non; c'est en vain que nous voudrions présenter, en ce jour, cependant pour elle si plein de souvenirs, notre héroïne en proie à un sentiment qui touchât au repentir, à la tristesse; la vérité est que, tout en faisant voltiger son aiguille sur la trame, la Louve se disait... qu'il y avait des siècles... au moins un grand mois... qu'elle n'avait reçu de visite...

Et que la solitude commençait à lui peser; que, s'il ne venait personne encore, ce jour-là, à Pennautier, le lendemain, sans soucis de la neige et de la bise, elle s'en irait, n'importe où, chercher fortune.

Juste au moment où elle formait ainsi, mentalement, ce louable projet, Blanche, en regardant, d'un œil distrait, par la croisée, aperçut une petite troupe de cavaliers qui montait la route conduisant au château.

Le diable l'avait entendue! Il lui envoyait de la chair fraîche! La Louve poussa une exclamation de plaisir.

Mais qu'étaient-ce que ces cavaliers? Hum!... Ils n'avaient pas noble mine! Non; celui en tête portait le costume d'un homme d'armes, et ceux qui le suivaient... Ceux qui le suivaient étaient ses gens, selon l'ordonnance: un valet, un page, deux archers et deux courtilliers[1].

Blanche s'était trop hâtée de se réjouir. Ce n'était pas un galant qui lui arrivait, c'était un messager de quelque seigneur des alentours.

Eh! mais, ne s'abusait-elle pas? L'homme d'armes!... Mais c'était... Oh! elle le reconnaissait bien!... C'était...

Il avait fait le signal de paix pour qu'on abaissât le pont-levis devant lui et ses gens...

Redevenue rayonnante, Blanche, pelotonnée au fond de son fauteuil, attendit, en frémissant d'impatience, Galeron.

Enfin, l'écuyer gratta à la porte du boudoir.

— Qu'est-ce?

— Un messager du baron de Montferrier, madame.

— C'est bon! amenez-le, amenez-le vite!...

« Et puis, n'avez-vous pas entendu, Galeron? Je vous ai dit de m'amener tout de suite ce messager? Pourquoi demeurez-vous là comme un Terme?

— Parce que... d'abord... je voulais avertir madame...

— De quoi?

— Je me trompe peut-être, mais il me semble avoir reconnu dans cet homme d'armes...

— Reconnu qui? Vous êtes fou, Galeron! D'ailleurs, quand je ne vous demande rien, vous n'avez rien à me dire!

« Allons, dépêchez-vous de m'amener l'envoyé du baron de Montferrier! »

***

Galeron avait la mémoire des yeux comme Blanche. L'homme d'armes, l'envoyé du baron de Montferrier, c'était bien André Soucaille.

Il entra dans le boudoir, d'un air à la fois respectueux et dégagé; l'air d'un homme qui sait à qui il a affaire et qui ne s'en effraye pas.

Galeron l'avait accompagné. Sur un signe impérieux de sa maîtresse, l'écuyer se retira.

Les anciens fiancés se considérèrent mutuellement, un instant, en silence.

Il était plus beau qu'autrefois; bien plus beau! Le costume de soldat lui seyait bien mieux que les habits de paysan! — Du moins telle fut l'opinion de Blanche.

Et elle, la trouvait-il aussi jolie qu'autrefois?...

Le sourire qui se jouait sur ses lèvres assurait qu'il la trouvait plus jolie encore!

Du geste, elle lui montra un siége à ses côtés.

[1] Au XVe siècle, un homme d'armes, en campagne, n'avait pas moins de six domestiques montés à sa charge. Les *courtilliers* étaient une sorte de valets armés de grands couteaux.

Il s'assit sans plus de cérémonies.

— Alors, entama-t-elle, alors, André, vous êtes, à présent, au service du baron de Montferrier?

— Oui, madame; il y aura tantôt deux ans que j'appartiens au baron de Montferrier.

— Je vous en félicite. Le métier de serviteur d'un noble seigneur est préférable, certes, à celui de vigneron!

« Au moins, on voit du monde dans ce métier.

« Et... vous venez de la part de votre maître? Il vous a chargé d'un message pour moi? »

André ne répondit pas, mais son sourire s'accentua.

— Eh bien! reprit Blanche, qui crut deviner le sens du jeu de physionomie du jeune homme, eh bien! parlez donc! Pourquoi êtes-vous venu?

— Parce que je désirais vous voir, madame.

— En vérité! C'est de vous-même et pour vous-même que...

— J'allais à Narbonne rejoindre mon maître chez un de ses amis; en passant à Carcassonne, l'idée m'a pris de me détourner un peu de mon chemin, pour venir saluer la Louve de Pennautier.

Blanche fronça le sourcil.

— Ah! fit-elle, vous connaissez le surnom que les imbéciles de ce pays me donnent?

— Oh! je le connais depuis longtemps, car il n'y a pas que les imbéciles de ce pays qui vous appellent *la Louve,* on vous désigne aussi par ce surnom dans tout le Vivarais, l'Albigeois et le Gévaudan.

— Sur ma foi! je suis charmée que ma renommée s'étende si loin!...

« Et cela ne vous a pas fait peur, de venir voir une louve, mon cher?

— Peur!... Oh! oh! une louve qu'on a connue brebis ne saurait vous épouvanter!...

« D'ailleurs, quel mal pourriez-vous me faire, madame, après celui que vous m'avez déjà fait!... »

La voix d'André s'était altérée; son sourire s'était effacé...

Blanche lui prit la main.

— Tu te souviens du passé? fit-elle.

Il secoua la tête, son sourire reparut...

— Je m'en souviens pour vous le rappeler en passant, voilà tout! répondit-il. Si je vous en gardais rancune, je ne serais pas ici aujourd'hui!

— A la bonne heure! Voyons, conviens-en donc, puisque tu ne me détestes plus maintenant... comme tu as dû me détester, il y a deux ans!... — Car tu me détestais furieusement alors, hein?...

— Oh! oui!...

— Et tu avais raison! Tu m'aimais! Tu étais en droit de me reprocher mon abandon!

« Et moi aussi, mon Dieu! je t'aimais... et beaucoup! Mais... est-ce que je n'aurais pas été bien niaise, dis? quand la position la plus éblouissante m'était offerte, quand un grand et riche seigneur voulait m'épouser, de le refuser pour devenir la femme d'un paysan?...

— J'en conviens: vous eussiez fait preuve de sottise en refusant de partager la couche du sire de Pennautier.

— Cependant, peut-être eût-il mieux valu que je te disse franchement la vérité, au lieu d'user, pour rompre avec toi, d'un subterfuge... dont tu devais souffrir!

« Mais ce n'est pas moi qui ai eu l'idée... tu sais?... du mariage dans l'ombre, avec substitution de mariées, à la chapelle de ce château; c'est la dame de Laprade.

— Je le sais.

— Ah! elle te l'a confessé? Pauvre femme! tu l'as cruellement punie d'avoir voulu, comme le sire de Pennautier, unir sa vieillesse à la jeunesse!

— Ne parlons pas de cela, je vous prie!...

— Non, n'en parlons pas... tu dis bien!... laissons dormir les morts.

« Enfin, tu ne m'en veux plus? Tu es content de me revoir?

— Très-content!

— Et disposé, par conséquent, après m'avoir pardonné... de pensée... à me pardonner... de fait ?

— Je ne vous comprends pas, Blanche.

— Menteur !...

Elle avait proféré ce mot sur une intonation qui fit rougir André jusqu'à la racine des cheveux. En même temps, avançant son fauteuil, elle s'était approchée de son premier amant, et, se penchant sur lui, en lui entourant le cou de ses bras:

— Quand comptes-tu me quitter ? poursuivit-elle.

— Mais... tout à l'heure ! répliqua-t-il en fermant les yeux sous le souffle caressant de l'enchanteresse.

— Tout à l'heure ! répéta-t-elle en riant. Ah ! ah !...

« Et moi je t'affirme que tu ne me quitteras que demain matin !... et encore, si je te le permets !...

— Impossible !... mon maître m'attend.

— Et puis, qu'il t'attende !... le beau malheur !...

— Mais...

— Plus un mot !... C'est accepté ! c'est signé !... Tu restes ici jusqu'à demain... ou après-demain...

« Allons, mon hôte, en attendant l'heure du souper, venez avec moi visiter mon castel...

« L'intérieur de mon castel, car il fait trop froid pour aller dans le parc. Et c'est dommage ! il y a de délicieuses promenades dans mon parc !

« Bah ! tu reviendras au printemps... en été... lorsque les rosiers seront en fleur... et nous pourrons alors nous promener à notre aise sous la feuillée ! »

***

Elle s'exprimait ainsi, gaiement, tout en marchant, mollement appuyée au bras d'André, par les magnifiques appartements du château ; s'arrêtant, toutes les cinq minutes, pour appeler l'attention du jeune homme sur quelque beau meuble, quelque superbe objet d'art ; lui montrant tour à tour *ses* glaces de Venise, *ses* tableaux de maître, *ses* tapis, *ses* bronzes, *sa* vaisselle d'argent....

Une exhibition vaniteuse qui sentait un tant soit peu sa parvenue ! Mais avec un ex-paysan on n'agit pas, non plus, comme avec un gentilhomme.

Et puis, cela amusait Blanche de répéter, à chaque instant, à André :

— Franchement, tu ne m'aurais jamais donné tout cela, n'est-ce pas ?

Elle avait gardé la visite à sa chambre à coucher pour la bonne bouche. Et, vraiment, cette chambre méritait l'admiration, avec ses siéges de velours cramoisi, ses miroirs taillés à bizeau, son tapis aux couleurs éclatantes, son lustre en cristal de roche, ses cabinets d'ébène incrustés de corail et de nacre, et son lit, son grand lit, aux colonnes torses vernies et rougies, entouré de rideaux de satin garnis de glands et de ganses d'or, et surmonté d'un baldaquin portant cinq panaches de plumes peintes, semées de paillettes d'or et d'argent.

— Ton avis ? fit Blanche, après avoir laissé à son hôte le temps de contempler toutes ces merveilles. Cette chambre n'est-elle pas belle, et m'en aurais-tu jamais donné une pareille ?

— Non, certes ! repartit André. A moins de vendre mon âme au diable !

« Oh ! l'autel est digne de la divinité ! »

Le compliment ne fut pas désagréable à Blanche.

— J'ai commandé qu'on servit le souper ici, reprit-elle. Cela ne te déplait pas ?

— Au contraire !...

— Ah ! au contraire !... Ah ! ah !... Monsieur s'apprivoise !

— Avais-je donc l'air farouche ?

— Non !... et pourtant... Après cela, tu n'étais pas bien audacieux autrefois !... Ah ! ah !... Je me souviens de deux certains baisers... — t'en souviens-tu aussi ? — que je t'ai forcé à prendre... plutôt que tu ne me les as pris !...

— Je m'en souviens aussi !...

— On ne le croirait pas!...

Des pages entraient dans la chambre, apportant une table servie...

Ils allumèrent les chandelles de cire du lustre, car le jour baissait, et jetèrent du bois dans la cheminée.

— Là! fit Blanche, à présent, je n'y suis pour personne.

Les pages se retirèrent en fermant soigneusement, après eux, toutes les portes. La Louve tenait à n'être point dérangée dans ses repas.

On se mit à table.

Le souper était des plus recherchés. — La cuisine du comte de Pennautier n'avait pas dégénéré sous sa veuve. — André y fit honneur. Il fêta largement les dons de Comus et de Bacchus. Et Blanche lui tint tête. Les capacités de son estomac s'accordaient avec les ardeurs de ses sens; ce qui est assez commun chez les femmes de son espèce, plus dépensières de forces animales qu'intellectuelles.

Donc les anciens futurs avaient, à eux deux, mangé de plus de vingt plats et vidé plus de dix flacons...

Neuf heures sonnaient; il y en avait au moins trois qu'ils étaient à table...

On en était au dessert; le moment, d'ordinaire, où les convives s'animent... surtout lorsque ces convives sont des amoureux...

Et Blanche semblait d'humeur à ne point déroger à l'usage. La chevelure en désordre, l'œil noyé d'une voluptueuse langueur, la lèvre humide, après avoir vidé, pour la vingtième fois, sa coupe, par André, pour la vingtième fois, remplie à pleins bords de vin mousseux, elle s'était rapprochée du jeune homme, en sorte que leurs genoux se touchassent, et, d'une voix où vibrait le désir:

— Alors, tu me trouves toujours belle, André? avait-elle dit. Tu m'aimes toujours?

Mais lui, écartant son visage de la bouche qui déjà l'effleurait, et répondant à une question d'amour par une question en apparence des plus banales:

— Alors, vous êtes heureuse, Blanche? fit-il.

Elle éclata de rire.

— Si je suis heureuse? répliqua-t-elle. Et qu'est-ce qui m'empêcherait de l'être?

— Quelquefois... un regret... un remords...

— Un regret? un remords? Et qu'ai-je à regretter? quel crime ai-je commis?

— C'est juste! quand on n'a pas de mauvaise action sur la conscience...

« Et votre vieille tante?...

— Ma vieille tante?...

— Oui, cette bonne Jeanne Escourrou, qui vous avait élevée, nourrie depuis votre enfance, qu'est-elle devenue?

— Ma foi! je l'ignore... Je ne m'en suis guère occupée, depuis deux ans, de la bonne femme!...

— Ah!... Eh bien! je m'en suis occupé, moi. Aujourd'hui, en traversant la Cerisaie...

« J'ai frappé à la porte de sa chaumière.

« C'est une étrangère qui m'a ouvert.

« Jeanne Escourrou est morte de chagrin deux mois après votre disparition.

—Elle est morte? vous en êtes sûr?... Ah! elle est morte!...

« Au reste, elle était si vieille!...

« Et puis, pourquoi me parles-tu d'elle, André? N'avions-nous pas dit que nous laisserions dormir les morts?...

« Embrasse-moi, tiens! Tu m'aimes toujours? Et moi... oh! je t'aime bien plus maintenant que je ne t'ai jamais aimé!... Embrasse-moi!... Veux-tu que je te chante la chanson que je chantais autrefois pour te faire plaisir quand tu venais me voir dans ma petite chambre? Tu ne l'as pas oubliée, la chanson en patois?... Écoute:

« Sé saviès quinté es lou tourmén
« Qu'ésprouva ta douça méstréssa,
« Doutariès-pas d'un soul mouméu
« Dé moun cor et dé ma tendréssa.
« André, jusqu'à moun dergné jour,
« Serai fidèla aou diou d'amour!

« Tant qué véyrai lous aoasselous
« Sé béquéta su la coudreta,
« Tant qué véyrai lous parpaious
« Din lou prat cerça la flourèta,
« André, jusqu'à moun dergné jour,
« Serai fidèla aou diou d'amour [1] !

***

Blanche ne put achever le dernier vers du second couplet de sa chanson. Elle s'était levée pour mieux chanter, sa coupe d'une main, et l'autre posée sur l'épaule d'André... Tout à coup, elle s'arrêta, et, laissant choir la coupe en tombant elle-même sur son fauteuil, elle porta, par un mouvement convulsif, ses deux mains à sa poitrine en poussant un gémissement de douleur...

André la regardait, impassible.

— Qu'est cela ? murmura-t-elle.

— La mort ! dit André.

« Tu es empoisonnée, Blanche.

— Empoisonnée !...

— Oui... par moi. Je te mentais en te disant que je t'aimais toujours...

« Je te hais.

« Je te hais pour m'avoir trahi et m'avoir contraint à me souiller d'un abominable meurtre ! Je te hais pour avoir été, depuis deux ans, la plus impudique et la plus méchante des femmes !... Si méchante et si impudique que ton nom est et restera en exécration, *Louve de Pennautier !...*

« Je te hais, enfin, pour, — après avoir laissé mourir... de misère peut-être... celle qui t'avait, pendant dix-huit années, donné du pain, — avoir été cause qu'aujourd'hui, quand je me suis glissé dans la maison de mon père et de ma mère pour les embrasser, je n'ai plus trouvé qu'*elle*, vivante ! *Lui*... il s'en est allé au cimetière en pensant à moi !

« Tu es empoisonnée ! Dans quelques minutes tu auras cessé de vivre. Oh ! les plus habiles médecins n'y pourraient rien ! Le poison vient de Florence ; on ne lui échappe pas !

« Maintenant, appelle, si tu veux, ton écuyer, tes hommes d'armes, et fais-moi égorger. Cela m'est égal. Je voulais me venger ; j'ai réussi ; je suis prêt à mourir !... »

***

Déchirée par les plus atroces tortures, se roulant, se tordant dans son fauteuil, tandis qu'André parlait, Blanche avait eu le courage, pour mieux l'entendre, de retenir ses plaintes...

Lorsqu'il se tut, fixant sur lui deux yeux déjà glauques :

— Tu me haïssais... tu t'es vengé !... C'est bien ! dit-elle. J'aurais dû me douter que tu ne me pardonnerais pas !

« Mais moi, je te pardonne. Va-t'en !

— Soit ! fit André en se levant. Adieu donc.

« Prie... et meurs !

— Attends ! En échange de ma générosité, tu ne me refuseras pas une grâce ?

— Qu'est-ce ?

— En passant... dis... à Galeron, mon écuyer... qu'il m'envoie tout de suite... mon page Rémy. Lui seul !... tout seul !...

— Il sera fait comme tu le désires. Adieu !...

Et André s'éloigna.

Elle voulait jouir d'un dernier moment de bonheur avant d'expirer, la Louve de Pennautier ; pour voir encore une fois Rémy,

[1] Si tu savais quel grand tourment
Éprouve ta douce maîtresse,
Ne douterais pas un moment
De mon cœur et de ma tendresse.
André, jusqu'à mon dernier jour,
Serai fidèle au dieu d'amour !

Tant que verrai les oisillons
Se béqueter sous la coudrette,
Tant que verrai les papillons
Dans les prés cueillir la fleurette,
André, jusqu'à mon dernier jour,
Serai fidèle au dieu d'amour !

Si cette chanson est naïve, elle a le mérite, du moins, d'être de l'époque et du pays.

elle luttait contre la mort qui la gagnait, de seconde en seconde; elle étouffait ses cris dans sa gorge; elle domptait ses souffrances !...

Oh ! voir Rémy ! Lui dire : « Je t'aimais !... » Il lui semblait que c'était la meilleure prière qu'elle pût offrir à Dieu !

Mais elle avait compté sans les effroyables effets du poison florentin : ce poison, en circulant dans les veines, décomposait le sang...

Accouru en toute hâte près de sa bonne maîtresse, Rémy recula en poussant un cri d'horreur à son aspect.

Ce n'était plus une femme, c'était un monstre au visage couleur d'encre et de boue.

— Mon Dieu ! fit-il.

Et il s'enfuit.

*
* *

Ainsi mourut la *Louve de Pennautier,* sans avoir reçu un baiser de l'homme qu'elle aimait, après en avoir prodigué par milliers à cinquante amants qu'elle n'aimait pas !

II

CLAIRON

doucissons les couleurs de notre palette, car si la femme dont nous allons parler, une femme intelligente, une grande artiste, — gâta les dons heureux qu'elle avait reçus de la nature par de mauvaises mœurs, et mérita ainsi de souffrir en ce monde et d'en sortir tristement, au moins n'a-t-on pas à lui reprocher, comme à la précédente, d'avoir poussé la satisfaction de ses passions jusqu'au crime !...

Capricieuse, volage, elle fit, souvent peut-être, couler des larmes ; jamais de sang.

Claire-Josephe-Hippolyte Leyris de Latude, dite Clairon, — un nom évidemment fait de celui de Claire, son premier nom de baptême — était née à Saint-Wanon-de-Condé, près Condé, en Flandre, département du Nord, le 7 février 1723.

En dépit de la multiplicité de ses noms, elle ne connut jamais son père.

Quant à sa mère....

« La Providence, — dit-elle, au début de ses *Mémoires*, un livre curieux auquel nous aurons recours souvent, — la Providence m'a déposée dans le sein d'une bourgeoise pauvre, faible et bornée. Mon malheur a précédé mon existence. »

Voilà une arrivée au monde qui se produit, en effet, sous de fâcheux auspices! « *Pauvre, faible et bornée.* » Une telle mère ne devait certes pas être un guide bien sûr pour une jeune fille !

Cependant, en commençant la confession de sa vie par une critique acerbe du caractère de sa mère, Clairon ne prouve-t-elle pas qu'elle ne valait guère mieux qu'elle ? Appartient-il à un enfant de se considérer comme fatalement dévolu au malheur parce que sa mère sera « pauvre, faible et bornée »?...

C'est ce qui nous semble douteux.

Ce qu'il y a de certain, c'est que la naissance de Clairon eut lieu dans des circonstances bizarres, que nous lui laisserons raconter [1], ne voulant pas qu'on suppose qu'elles sont de notre invention :

« L'usage de la petite ville où je suis née était de se rassembler, en temps de carnaval, chez les plus riches bourgeois, pour y passer tout le jour en danses et en festins. Loin de désapprouver ce plaisir, le curé le doublait en le partageant, et se travestissait comme les autres.

« Un de ces jours de fête, ma mère, grosse seulement de sept mois, me mit au monde entre deux et trois heures après midi. J'étais si chétive et si faible qu'on crut que très-peu de moments achèveraient ma carrière.

« Ma grand'mère, femme d'une piété vraiment respectable, voulut qu'on me portât sur-le-champ même à l'église, recevoir au moins mon passe-port pour le ciel. Mon grand-père et la sage-femme me conduisirent à la paroisse; elle était fermée ; le bedeau même n'y était pas, et ce fut inutilement aussi qu'on fut au presbytère. Une voisine dit que tout le monde était à la fête, chez M. *** ; on m'y porta. Le curé, habillé en arlequin, et son vicaire en gille, trouvèrent mon danger si pressant qu'ils jugèrent n'avoir pas un intant à perdre. On prit promptement sur le buffet tout ce qui pouvait être nécessaire, on fit taire les violons, on dit les paroles requises, et l'on me rapporta à la maison. »

L'anecdote est singulière, assurément, et, comme dit Andrieux dans sa notice, « la superstitieuse Antiquité n'eût pas manqué d'y voir un présage de la destinée future de Clairon, et de son talent pour le théâtre. »

Laissons encore Clairon nous dire les premières années de sa vie à Paris, où sa mère était venue habiter...

Il y a un cachet de vérité dans ce récit, qui, malgré tout, milite en faveur de la plume qui l'a tracé :

« Nulles caresses, nulles douceurs, nuls soins n'ont soutenu mon enfance ; aucune idée d'art, de talent, de connaissance quelconque n'a favorisé mon éducation ; lire était la seule chose que je susse à l'âge de onze ans ; mon catéchisme et mon livre de prières étaient les seuls livres que je connusse; des contes de revenants, de sorciers qu'on me disait être des histoires véritables, étaient tout ce dont on m'entretenait.

« Une femme ignorante, violente et superstitieuse, ne savait que me tenir inactive dans un coin, ou m'appeler auprès d'elle pour me faire trembler sous ses menaces et ses coups. Mon horreur pour le travail des mains, auquel on voulait m'assujettir, était cause de ce traitement, et ce traitement redoublait mon horreur pour le travail. J'ignore où j'avais puisé mes dégoûts, mais je ne pouvais supporter l'idée de n'être qu'une ouvrière.

« A l'âge de onze ans, le sort eut enfin pitié de moi ; il obligea ma mère à changer de logement. Ma position était toujours la même, mais des voisins, touchés de l'état de langueur où mon malheur me réduisait, de ma figure, de la beauté de mon organe, de quelques marques de jugement, d'une douceur inaltérable quand on ne me présentait point d'aiguilles, obtinrent qu'on me laisserait quelque temps à moi-même, sans en rien exiger. Je respirai pour la première fois, sans avoir à me plaindre...

« Mais, soit par suite de caractère, soit qu'on voulût se débarrasser de moi, on m'enfermait souvent seule dans une chambre qui donnait sur la rue ; là, sans aucun moyen de m'occuper, n'ayant pas même la possibilité d'ouvrir la fenêtre et de voir les passants, je montai, dès le premier jour, sur une chaise, pour regarder au moins dans le voisinage...

[1] Les *Mémoires* de Clairon, précédés d'une notice sur sa vie par Andrieux, de l'Académie française, ont été publiés en 1822.

Nous primes les balais, les pelles, et nous chassâmes ce malheureux. (Page 41.)

« Mademoiselle Dangeville[1] logeait positivement devant moi ; ses fenêtres étaient ouvertes, elle prenait une leçon de danse ; tout ce que la nature et la jeunesse avaient pu réunir de charmes était répandu sur elle. Tout mon petit être se rassembla dans mes yeux; je ne perdis pas un de ses mouvements... Elle était entourée de sa famille; la leçon finie, tout le monde l'applaudit, sa mère fut l'embrasser.

[1] La meilleure des soubrettes qui aient paru sur le Théâtre-Français.

« Cette différence de son sort au mien me pénétra d'une douleur profonde; mes larmes ne me permettaient plus de rien voir. Je descendis de ma chaise, et quand mon cœur, moins palpitant, me permit d'y remonter, tout était disparu.

« Autant que ma faible raison pouvait le permettre, je me mis alors à causer mentalement; je me promis de ne rien dire de ce que j'avais vu, de peur qu'on ne m'en privât à l'avenir; ensuite, j'essayai de sauter et de faire toutes les jolies mines que j'avais vu faire. On vint enfin me tirer de là en me demandant ce que j'avais fait. Pour la première fois de ma vie, je mentis; je répondis très-prestement : *« N'ayant rien de mieux à faire, « j'ai dormi. »*

« Ce détail peut paraître minutieux, mais doit faire connaître à ceux qui ont des enfants la nécessité de ne point perdre leur confiance.

« Ce premier tort m'enhardit à faire de nouveaux mensonges. Il développa toute la malice dont j'étais susceptible. Je n'avais plus de moments de repos que lorsqu'on me mettait en pénitence, et heureusement la mauvaise humeur où les affaires de ma mère m'y condamnaient souvent.

« Aussitôt, je courais à la fenêtre, d'où je voyais jusqu'au fond de la chambre de ma divinité. Je l'étudiais autant qu'il m'était possible, et, dès qu'elle disparaissait, je faisais tout ce que j'avais vu faire...

« Ma mémoire et mon application me servirent si bien, que ceux qui venaient à la maison crurent qu'on m'avait donné des maîtres. Ma façon de me présenter, de saluer, de m'asseoir, n'était plus la même; mes idées se débrouillaient et mes raisonnements, ma gentillesse, m'obtinrent le suffrage de ma mère même.

« Cependant mon secret me pesait; j'avais un désir extrême de savoir ce qu'était mademoiselle Dangeville...

« J'osai me confier à un homme de notre société, qui m'avait toujours traitée moins en enfant que les autres; il m'apprit en gros ce que c'était que la Comédie-Française, et quel emploi mademoiselle Dangeville y tenait. Il me promit, de plus, de me faire voir tout cela, et l'obtint... non sans peine. Ma mère ne voyait dans les spectacles que des damnations éternelles!...

« Enfin, on me mena voir une représentation du *Comte d'Essex* et des *Folies amoureuses*.

« Il n'est point en mon pouvoir de rendre aujourd'hui ce qui se passa alors en moi; je sais seulement que, pendant le spectacle et le reste de la soirée, on ne put ni me faire manger ni m'arracher une parole!...

« — *Allez vous coucher, grosse bête!* » me cria ma mère, à la fin; et j'y courus, mais, au lieu de chercher à dormir, je ne m'occupai que du soin de retrouver, de dire, de faire tout ce que j'avais vu; et l'on fut stupéfait, le lendemain, de m'entendre réciter plus de cent vers de la tragédie et les deux tiers de la petite pièce.

« Cette prodigieuse mémoire étonna moins encore que la façon dont j'avais saisi le jeu de chaque acteur. Je grasseyais comme *Grandval;* je bredouillais et faisais le saut de Crispin comme *Poisson;* je singeais l'air fin de mademoiselle Dangeville et l'air roide et froid de mademoiselle *Balicourt* [1]; bref, on me regarda comme une merveille...

« Mais ma mère, en fronçant le sourcil, dit qu'elle aimerait mieux que je susse faire une robe ou une chemise que toutes ces sottises-là! Ce propos m'exaspéra. Je me voyais soutenue, j'osai dire que je n'apprendrais jamais la couture, et que je voulais jouer la comédie!... Les injures et les soufflets m'o-

[1] *Grandval* jouait les premiers rôles dans le tragique et le comique. La famille des *Poisson* est célèbre dans les fastes du théâtre. Les *Poisson* ont tenu, de père en fils, pendant près d'un siècle, l'emploi des valets et des Crispins. Plusieurs d'entre eux furent auteurs comiques. Le rôle de Crispin est de l'invention de Raymond *Poisson* qui le joua le premier. Mademoiselle *Balicourt* jouait les reines et les grandes princesses.

bligèrent à me taire, et m'empêcher d'expirer sous les coups fut tout ce que purent pour moi les témoins de cette scène.

« Ce premier moment passé, on me déclara qu'on me laisserait mourir de faim ou qu'on me casserait bras et jambes si je ne travaillais pas. Les traits de caractère ne s'oublient jamais, et je me vois encore, retenant fièrement mes larmes et répondant avec toute la fermeté que mon âge pouvait permettre :

« — Eh bien ! tuez-moi donc tout de suite, « car sans cela, je vous le jure, je jouerai la « comédie !... »

« Les traitements les plus cruels ne purent ébranler ma résolution, pendant deux mois qu'ils durèrent... Mais je me mourais.

« Les préjugés d'une chétive éducation étaient les seuls motifs qui guidassent ma mère ; son cœur, foncièrement, était bon. Mon état désespéré la toucha d'autant plus que je ne proférais pas une plainte...

« Elle alla déposer sa douleur dans le sein d'une femme, aussi bonne que spirituelle, pour laquelle elle travaillait ; le fruit de cette démarche fut de me faire éprouver un sentiment de tendresse dont je n'avais jamais eu la moindre idée jusque-là...

« Ma mère, à son retour, me prit dans ses bras, m'inonda de ses larmes, et me promit d'exaucer mes désirs, pourvu que je l'aimasse, que le passé restât dans l'oubli, et que je prisse à cœur de me rétablir.

« Ce changement soudain pensa me coûter la vie ; mais je repris bientôt le dessus ; on me mena chez ma bienfaitrice, on me fit entendre à Deshais, auteur de la Comédie Italienne ; il fut assez content pour me présenter à tous ses camarades.....

« On me donna mes entrées à ce spectacle ; on me prescrivit ce que je devais apprendre ; on m'obtint un ordre de début, et je parus enfin sur le théâtre, n'ayant pas encore treize ans accomplis. »

*
* *

Elle est donc au théâtre, à treize ans..... pas encore accomplis, et la voilà qui, pour répondre aux protections dont elle est l'objet, déploie autant d'empressement au travail qu'elle en témoignait peu autrefois !

Il est vrai qu'autrefois c'était le travail à l'aiguille qu'on voulait lui imposer, et qu'elle exécrait ce genre d'occupation.

Hélas ! ne valait-il pas mieux pour elle, pourtant, être une simple et honnête ouvrière, qu'une comédienne dans les conditions où elle le fut ? Maintes fois, certainement, dans le cours de sa longue existence Clairon se posa cette question, et maintes fois, nous le parierions, en regrettant d'avoir préféré *les planches* à l'aiguille.

On lui avait donné des maîtres d'écriture, de danse, de musique et de langue italienne ; son application, son ardeur, sa mémoire surprenaient ses professeurs.....

Mais elle devait apprendre aussi, bientôt, qu'il ne suffit pas de vouloir pour pouvoir, au théâtre, même lorsqu'on est protégé et qu'on justifie, par son application, l'intérêt qu'on excite.

Il y avait, en 1736, à la Comédie Italienne, un acteur du nom de Thomassin, qui y faisait, administrativement parlant, la pluie et le beau temps, par suite de la célébrité qu'il s'était acquise dans les rôles d'Arlequin.

Or Thomassin avait deux filles, de l'âge à peu près de Clairon, et qui, comme Clairon, mais moins bien qu'elle, commençaient à jouer la comédie.

Jaloux, pour ses filles, du talent de leur rivale, craignant qu'elle ne leur nuisît, Thomassin exigea l'expulsion de Clairon.

— Ou l'on renverra cette petite, ou je quitterai la Comédie Italienne ! dit-il.

En face d'un pareil *ultimatum*, point d'hésitation possible. On invita Clairon à se retirer.....

En lui offrant d'ailleurs, comme fiche de consolation, un engagement dans la troupe de Rouen, pour jouer tous les rôles de son âge, chanter et danser.

Elle continuerait de jouer la comédie !.... Clairon quitta, le cœur léger, Paris pour Rouen.

Elle s'en fût allée de même en Chine, s'il y eût eu un théâtre, pour elle, à Pékin.

Favorablement accueillie à Rouen, où elle sut se créer de nouvelles protections, pendant trois ans Clairon s'estima heureuse au point « *de ne pouvoir s'imaginer qu'on pût être plus heureuse qu'elle !* »

C'est son propre sentiment, relaté dans ses *Mémoires*, que nous reproduisons ici.

Comme *Jenny l'ouvrière*, Clairon se contentait de peu, alors, paraîtrait-il ; car elle ne roulait pas sur l'or, à Rouen !

« Mes appointements,—dit-elle,—et ceux de ma mère, qui remplissait un poste au théâtre, suffisaient à notre ménage. Je travaillais alors volontiers à tout ce dont nous avions besoin l'une et l'autre. »

Ce que c'est que la satisfaction de ses désirs pour vous faire envisager différemment les choses ! Devenue comédienne, Clairon ne trouvait plus au-dessous d'elle les travaux d'aiguille !....

Sans doute, même, elle ne répugnait pas à soigner le pot-au-feu quand sa mère s'absentait.

Mais qu'était-ce que ce poste que sa mère, madame Leyris, *remplissait* au théâtre ?

Vous l'avez deviné ? Ce poste était celui d'ouvreuse de loges. Ouvreuse de loges ! Entre nous, jusque-là, nous ne voyons pas que la bonne dame eût à se congratuler beaucoup d'avoir permis à sa fille d'embrasser la carrière artistique !

Mais, attendez ! Cette chère madame Leyris allait aviser à mettre d'autres cordes à son arc pour essayer d'atteindre une position plus fortunée ! Des cordes d'une vilaine espèce, peut-être, mais à qui la faute, si ce n'est à sa fille, qui l'avait entraînée dans cette galère !..

On hurle avec les loups.

« Une de mes camarades,—raconte Clairon, — vint loger dans la même maison que nous ; elle sut gagner ma mère et l'engager à la prendre en pension ; elle obtint que de temps à autre on vint souper avec nous, et la compagnie devint de jour en jour plus nombreuse.

« Ma mère substitua des plaisirs à sa rigidité ; on en parlait, elle s'en moqua. Je grandissais : on put, on dut croire que j'avais ma part au gâteau.

« Un jeune homme, qui me suivait plus qu'un autre, et qui, je l'avoue, ne me déplaisait pas, passa pour être mon amant. Avec la même franchise, je conviendrai que j'ignore ce qui l'empêcha de l'être. Abandonnée entièrement à moi-même, sans aucun principe sur le bien et le mal, il aurait pu facilement faire de moi ce qu'il aurait voulu ; et c'est bien par hasard que je suis sortie de cette ville, au bout de trois ans, aussi pure que j'y étais entrée. »

Pure de corps, soit ! mais singulièrement meurtrie, comme réputation, par le scandale que provoqua une aventure qu'elle va encore nous raconter elle-même :

« Un pauvre diable de comédien, nommé Gaillard de la Bataille, sans le moindre talent au théâtre, mais assez amusant à la ville, faisant des vers et cherchant partout à souper, obtint de ma mère et de sa pensionnaire de les venir divertir quelquefois.

« J'avais, tous les jours, ou mon petit couplet de chanson, ou mon quatrain, dans lesquels Vénus et Vesta n'étaient rien en comparaison de moi ; mais, tout en louant mes charmes et ma vertu, il passa par la tête à Gaillard de s'approprier les uns et de chasser l'autre...

« Connaissant bien les êtres de la maison, sachant un jour que ma mère devait sortir pour des affaires, il obtint d'une vieille servante que nous avions de le laisser pénétrer jusqu'à ma chambre.....

« Il n'était que neuf heures du matin ; j'étais encore couchée ; j'étudiais. Il faisait chaud ; nul bruit ne m'avertit de réparer mon désordre. Je n'avais pas encore quinze ans, et ma chemise et mes cheveux étaient ma seule couverture. Cette vue ne lui permit pas de rester longtemps maître de lui ; il accourut, voulut me prendre dans ses bras ; j'eus le bonheur de lui échapper. Mes cris firent entrer la servante et une voisine qui logeait sur le même carré que moi. Nous prîmes alors les balais, les pelles, et nous chassâmes ce malheureux.

« Ma mère rentrée, il fut décidé qne nous porterions plainte ; il fut réprimandé par le magistrat, chansonné par la ville, et chassé pour jamais de chez nous. »

Gaillard de la Bataille avait disparu non-seulement de la maison de madame Leyris, mais de Rouen. Un mois après cette aventure, Clairon en riait encore en se rappelant la mine du trop entreprenant amoureux reculant, terrifié, devant trois femmes qui le chargeaient à coups de manches à balai, et, pour éviter d'être assommé, se décidant à dégringoler les escaliers, à cheval sur la rampe.

Ah ! c'était fort drôle, en effet ! fort drôle ! Gaillard de la Bataille avait été rudement puni de son impertinence, et, à coup sûr, il serait plus circonspect, à l'avenir, à l'égard des jeunes filles sages !

Oui, Gaillard de la Bataille ne s'exposerait plus à de semblables algarades ; sa tête et ses épaules en avaient trop longtemps gardé le cuisant souvenir ; mais, lorsqu'il n'a pas de cœur, comme il n'y a pire méchant qu'un libertin éconduit, Gaillard de la Bataille résolut de se venger de Clairon ; de Clairon qui l'avait battu ; de Clairon qui l'avait fait sermonner par un magistrat ; de Clairon qui l'avait obligé de fuir devant les quolibets de toute une ville !....

Et, pour se venger, sous ce titre : *Mémoires de mademoiselle Frétillon*, Gaillard de la Bataille écrivit un libelle où il traînait dans la boue la femme qui avait refusé d'être à lui.

On frappe avec les armes dont on dispose ; et l'arme principale des lâches, c'est la fange. Ils n'ont qu'à se baisser pour en prendre autour d'eux.

Clairon reçut, par la poste, un exemplaire de l'œuvre de son ennemi, et, frémissante de dégoût et de honte, après en avoir lu deux ou trois pages, du bout des doigts elle se hâta de le jeter au feu.

Mais pouvait-elle anéantir de même tous ceux qu'on avait répandus par la ville ? Et les gens qui l'avaient lu, cet ignoble pamphlet, pouvait-elle les empêcher de venir lui dire, sur le ton d'une ironique commisération :

— Qui est-ce qui a osé faire ça, hein ? C'est affreux ! Oh ! c'est qu'il n'y a pas moyen de ne pas vous reconnaître dans cette *Frétillon*, tout en sachant bien que tout ce qu'on raconte sur vous n'est qu'un tissu de calomnies !..

« C'est égal, à votre place, je tâcherais de découvrir l'auteur de ce livre odieux et je n'aurais pas de cesse qu'on ne l'eût jeté, pour le restant de ses jours, à la Bastille ! Il n'est pas permis de salir une femme comme cela. »

Clairon pleurait quand ses amis, et surtout ses amies, lui parlaient de la sorte, elle pleurait de douleur et de rage. Mais que faire, sinon pour obtenir une réparation illusoire des outrages d'un misérable, au moins pour en prévenir désormais de semblables ?....

— Vous montrer plus sévère dans le choix de votre entourage, mon enfant, lui dit une vieille et respectable dame, — la présidente de Bémorel, — qui l'avait prise en affection.

« Et c'est à votre mère d'abord qu'il appartient de mettre cette recommandation en pratique. Envoyez-la-moi ; je la morigénerai sérieusement à ce sujet. »

Les conseils de la présidente de Bémorel furent-ils écoutés ? On le croirait, car, après les avoir reçus, madame Leyris se comporta, maternellement, d'une façon plus convenable. La société qu'elle donna à sa fille fut moins nombreuse et mieux choisie.

Mais un autre danger, auquel elle échappa par un expédient... que nous ne présenterons pas comme un modèle à suivre.... menaça bientôt Clairon.

*
* *

« Ma mère — dit-elle dans ses *Mémoires* — s'était engouée, depuis quelque temps, d'un de mes camarades qu'elle voulait me faire épouser. Mon égal me parut indigne de moi. Une fierté que je n'ai jamais pu réprimer ne me laissait trouver de bien et de charmes qu'à tout ce qui révélait le plus grand caractère de noblesse, et mon prétendu n'était que le plus plat des hommes.

« J'eus l'adresse de me défendre pendant

près de deux ans. Notre troupe avait quitté Rouen pour aller à Lille ; ce malotru était toujours avec nous, et, loin de se rendre à mes raisons, à mes prières, il redoublait ses sollicitations...

« Les ordres de ma mère, sa violence, poussée au point de me présenter un pistolet pour obtenir mon assentiment, me firent enfin sentir que j'avais besoin d'un protecteur qui, sans armer les lois, pût contenir mes entours et me défendre. »

Quel fut ce protecteur ? Clairon ne le nomme pas, tout en se félicitant de l'avoir trouvé tout prêt, tout de suite, à sa première réquisition, à étendre sur elle sa main puissante, et en vantant son recours à cette aide suprême comme l'action de sa vie *la plus noble et la plus intéressante....*

Moins discret, nous dirons, nous, que ce protecteur avait nom le vicomte d'Arthenay.

C'était un homme de vingt-huit à trente ans, qui, après avoir follement mangé les trois quarts et demi de son patrimoine à Paris, dans les boudoirs des courtisanes à la mode, s'en était venu à Lille, dans un petit château qu'il possédait aux pieds des remparts, attendre, à l'ombre, que la mort d'un oncle ou d'une tante lui permît de retourner s'épanouir au soleil de la capitale.

Pour se distraire d'une attente qui pouvait se prolonger des années, deux fois la semaine le vicomte d'Arthenay allait au théâtre, où sa qualité de gentilhomme lui donnait libre accès dans les coulisses ainsi que dans le foyer des artistes.

Gai, spirituel, pas trop laid, extrêmement galant avec ces dames, à qui il apportait des bonbons... en s'excusant de ne pouvoir plus leur apporter que cela... très-aimable, très-*bon enfant* avec ces messieurs, qui retrouvaient en lui un homme sentant son Paris, le vicomte était également bien accueilli des comédiens et des comédiennes du théâtre de Lille....

Un pauvre petit théâtre, en ce temps établi près de la *Salle du festin*, dans l'ancien palais de Charles-Quint, dit *le Palais de l'empereur*, et où maintes fois, nonobstant son exiguïté, Voltaire se plut à essayer ses tragédies nouvelles.

Cependant M. d'Arthenay avait-il manifesté une préférence quelconque parmi tous les minois plus ou moins jeunes, plus ou moins séduisants ou piquants, qui lui souriaient à l'envi lorsqu'il arrivait au foyer ?

Non. Le vicomte était *au vert ;* il agissait en conséquence. Une maîtresse nécessite des dépenses ; n'ayant plus d'argent à dépenser pour les femmes, le vicomte se contentait de leur dire à toutes qu'elles étaient charmantes, sans tenter de prouver à aucune qu'elle l'avait charmé.....

S'il y avait ombre d'exception dans sa prudente réserve, c'était à l'égard de Clairon. A deux ou trois reprises, en déposant sur les genoux de la jeune fille, — elle frisait alors ses dix-sept ans, — un sac de papillotes au chocolat ou de pralines, M. d'Arthenay avait murmuré dans un soupir :

— Quel dommage !....

« *Quel dommage !....* » Que signifiait cela ?....

Eh ! parbleu ! *quel dommage* que l'oncle ou la tante à succession ne fût pas en chemin, dans un beau char caparaçonné, pour son caveau de famille ! Car, en ce cas, le vicomte eût pu changer ses pralines et ses papillotes en diamants, et dire à Clairon ;

« Vous me plaisez. Soyez à moi. »

Clairon avait remarqué les soupirs du vicomte, commenté ses exclamations...

Et quoique n'éprouvant que peu de goût pour lui, — il était blond, elle n'aimait pas les blonds, — les quelques attentions particulières qu'il lui avait manifestées avaient flatté son amour-propre.

A l'issue de la scène où sa mère, un pistolet au poing, lui avait dit :

— Tu épouseras Bertrand, — il se nommait Bertrand, ce gendre en expectative choyé par madame Leyris, — tu épouseras Bertrand sous huit jours, ou je te brûlerai la cervelle !

Clairon, résolue, tout d'un coup, comme elle nous l'a appris, à s'abriter et contre sa mère

et contre Bertrand, s'habilla, sous prétexte de se rendre à la répétition, mais, en réalité, pour courir au château d'Arthenay..

Le vicomte achevait de déjeuner, quand un valet lui annonça : « Mademoiselle Clairon. »

— Mademoiselle Clairon ! répéta-t-il, ébahi.

Il s'élança au-devant d'elle, la prit courtoisement par la main, et la faisant entrer dans un petit salon assez élégant encore pour un homme ruiné.... — mais il y a des gens ruinés qui savent mieux vivre encore que certains millionnaires !...,

— Quel heureux événement me procure l'honneur de votre visite, mademoiselle ? dit-il.

— Ce n'est pas un heureux événement, monsieur. Au contraire !

— Ah ! mon Dieu !.... Madame votre mère ?...

— Ma mère veut me marier à un homme que j'exècre !

— Oh !.... c'est très-mal, en effet, cela ! Et ?....

— Et comme je n'ai personne pour me défendre contre ma mère... et contre cet homme, je viens vous dire, monsieur :

« Il m'a semblé que je ne vous déplaisais pas. Si je ne me suis pas trompée, si vous m'aimez, voulez-vous de moi pour maîtresse ? Je suis à vous.

« Quand j'aurai un amant, je suppose qu'on ne songera plus à me forcer à prendre un mari !.... »

*
* *

Nous l'avons dit : dans ses *Mémoires*, Clairon n'a pas le moindre souci de justifier ce sacrifice volontaire de toute décence et de toute pudeur; elle s'en glorifie. Et, vraiment il n'y a pas de quoi !....

Sans doute, elle n'avait pas reçu de sa mère ces idées justes du respect qu'une femme se doit à elle-même, de celui qu'elle inspire par la pureté de ses mœurs ; de plus, vivant dans les coulisses, on comprend qu'elle n'eût pas sous les yeux de grands exemples de chasteté...

Cependant, dans une situation à peu près analogue, plus tard, combien mieux se conduisit une femme, comédienne comme Clairon, mais qui, plus qu'elle, sut s'acquérir une réputation méritée d'écrivain aimable, de romancière de talent: *mistress Inchbald*[1].

Mistress Inchbald, — alors miss Elisabeth Simpson, — s'était enfuie toute jeune de chez ses parents, fermiers du Suffolkshire, et était venue à Londres ; ce n'était point par amour qu'elle avait fait ce coup de tête : c'était uniquement parce qu'elle se trouvait malheureuse dans sa famille.....

Seule et livrée à elle-même dans la capitale, à l'âge de seize ans, et belle comme le jour, elle ne tarda pas à s'apercevoir des dangers qu'elle courait ; elle y échappa plusieurs fois, comme par miracle, mais, voyant qu'on lui tendait sans cesse de nouveaux piéges, menacée de la misère, elle s'avisa d'aller trouver M. Inchbald, directeur de théâtre, qu'elle ne connaissait pas, et le pria de la recevoir dans sa troupe.

Il lui demanda quels motifs l'engageaient à prendre ce parti ; elle lui expliqua naïvement sa position et lui fit confidence de ses peines dont les plus grandes venaient des périls auxquels sa jeunesse l'exposait....

Inchbald, quoique âgé de plus de quarante ans, fut touché de tant de candeur, de tant d'honnêteté... et peut-être aussi de tant de beauté.

— Il me faudrait, disait la jeune miss, il me faudrait un protecteur, un ami... mais un ami vertueux. Où le trouver ? Qui voudrait se charger d'une pauvre fille telle que moi, se l'attacher par les nœuds de la reconnaissance et du devoir ?...

— Qui ?... Moi ! répondit Inchbald ; et, si vous y consentez, je vous épouse.

[1] Mistress Inchbald, une des romancières qui ont fait le plus d'honneur à la Grande-Bretagne, était née en 1756 et mourut en 1821. Son chef-d'œuvre a pour titre : *Simple Histoire*.

Miss Simpson faillit se jeter aux pieds d'Inchbald pour le remercier ; elle accueillit sa proposition avec joie...

Et c'est ainsi que Miss Simpson devint mistress Inchbald.....

Tandis que Clairon.....

Mais Clairon n'avait rien de commun, comme caractère, avec Miss Simpson, non plus que le vicomte d'Arthenay avec M. Inchbald !

Et, au demeurant, envisageons froidement la situation de ce gentilhomme, dépérissant d'ennui au fond de son petit château de province, qui voit venir à lui une jeune et jolie fille pour lui dire :

— Voulez-vous de moi pour votre maîtresse ?

A moins d'être un saint, le moyen de répondre à une offre pareille autrement que par un baiser !.....

Le même soir, au théâtre, le vicomte d'Arthenay, emmenant à l'écart M. Bertrand, lui tenait à peu près ce langage :

— Soutenu par madame Leyris, sa mère, vous voulez épouser mademoiselle Clairon contre son gré.

« Or, j'ai l'avantage de vous annoncer que mademoiselle Clairon s'est mise, aujourd'hui, sous mon égide.

« Donc, je vous avertis que si vous ne renoncez pas absolument à vos desseins, de ce moment, si vous persistez dans vos poursuites, c'est à moi, cher monsieur, que vous aurez affaire.

« Un coup d'épée dans le ventre, si vous savez vous battre, ou une volée de coups de bâton, si vous ne le savez pas ; à votre choix ; voilà ce que je vous réserve dans le cas où vous auriez encore l'audace de vous présenter comme prétendant en face de mademoiselle Clairon ! »

M. Bertrand n'était pas brave ; et, l'eût-il été, que la perspective d'une lutte ouverte avec un gentilhomme lui eût donné à réfléchir.

Ah ! c'est qu'on ne badinait pas, de grand seigneur à vilain, sous le règne de Louis XV, *le Bien-Aimé !* Si ce n'était une volée de coups de bâton, une bonne lettre de cachet avait bien vite raison de celui-ci au bénéfice de celui-là !

Bref, M. Bertrand se le tint pour dit. Il rengaina ses idées matrimoniales.

Et madame Leyris ?

Madame Leyris, comme M. Bertrand, fut, séance tenante, convaincue par les arguments de M. d'Arthenay ; arguments que le vicomte eut la politesse d'appuyer du miroitement d'une centaine de louis, par lui empruntés, pour la circonstance, à un ami.

Mais Clairon, comment s'accommoda-t-elle de ce nouvel état de choses ? Par horreur d'un mari, elle avait pris un amant. Cet amant lui plut-il ? L'aima-t-elle... après... si elle ne l'aimait pas avant ?

On nous permettra de ne pas résoudre cette question par ce motif que notre héroïne, elle-même, se montre muette, à son endroit, dans ses *Mémoires ;* ce qui prouverait que sa liaison avec le vicomte d'Arthenay ne laissa qu'une trace bien effacée dans son cœur.

Châtiment d'une première faute perpétrée dans des conditions en dehors de l'apparence même de la passion ! En général toute femme galante a, au moins, un sourire ou une larme pour le souvenir de son premier amour. Clairon n'eut jamais ni l'un ni l'autre. Pour elle, ce premier amour n'était qu'une affaire ; l'affaire terminée, elle l'oublia...

Tant pis pour elle !...

***

Ecoutons, maintenant, Clairon nous dire comment, son mariage rompu, elle vint, en passant par Gand, débuter à Paris, à l'Opéra, d'abord, puis à la Comédie-Française.

« Lanoue, — c'était le directeur du théâtre de Lille, — Lanoue était à la veille de remercier sa troupe pour s'en aller à Paris ; je m'engageai dans une autre qui devait se rendre à Gand, demandée par le quartier général du roi d'Angleterre, qui était là.

Ce pauvre Marmontel! Il en mourra!... (Page 54.)

« Je ne fus ni flattée des suffrages que j'obtins à Gand, ni tentée de la fortune immense que m'offrit mylord M.., tombé subitement épris de ma personne ; le dédain que la nation anglaise affectait pour la mienne m'en rendit tous les individus insupportables ; il m'était impossible de les entendre sans colère....

« La troupe ne pouvait se soutenir sans moi ; on s'aperçut de mes dégoûts, et l'on me fit garder à vue ; mais, malgré toutes les consignes données aux portes, je m'échappai et me rendis à Dunkerque. Le commandant de cette ville reçut bientôt un ordre du roi de me faire partir pour venir chanter à l'Opéra de Paris. J'avais une étendue de voix prodigieuse, et quoique je ne fusse qu'une très-médiocre musicienne et qu'on me fit doubler mademoiselle Lemaure [1], j'eus le bonheur de réussir....

« Mais je vis qu'il fallait si peu de talent à ce spectacle pour paraître en avoir beaucoup, je trouvai si peu de mérite à ne suivre que les modulations du musicien, le ton des coulisses me choqua si fort, la médiocrité des appointements rendait la nécessité de s'avilir si absolue, qu'au bout de quatre mois je fis signifier mon congé.

« Un nouvel ordre du roi me dispensa de faire les six mois que l'usage d'alors prescrivait, sous condition que je passerais à la Comédie-Française pour y doubler mademoiselle Dangeville.

« Au moment où l'on me fit venir à Paris, mon emploi principal, en province, était celui des soubrettes. J'avais joué trois ou quatre seconds rôles tragiques dans la troupe de Lanoue, et un vieil amateur, en me voyant jouer *Eriphile*, m'avait prédit que je serais un jour la ressource du théâtre...

« L'envie d'avoir de plus gros appointements, et la vanité de tout entreprendre, me firent mettre dans mon engagement que je jouerais les grands rôles tragiques. A mon arrivée à Paris, je n'en savais que cinq et je ne les avais joués qu'une ou deux fois chacun. J'étais loin de prévoir la célébrité que le public daignerait m'accorder un jour en ce genre.

« Lorsque je me présentai à l'assemblée, les Semainiers me prévinrent que, quoique mon ordre ne marquât qu'un emploi, la loi de la Comédie demandait la réunion de tous les talents, et qu'il fallait que je consentisse à me rendre au moins utile dans les deux genres; à chanter et danser dans les pièces d'agrément.....

« J'adhérai à ce qu'on exigeait, mais je crus que, puisqu'il fallait jouer la tragédie, je ferais bien de commencer par là...

« L'air froid et dédaigneux qu'inspira ma proposition me piqua; j'insistai de manière à prouver que j'avais une tête qui demandait des ménagements. On me proposa Constance, dans *Inès*, Aricie, dans *Phèdre;* je répondis que c'était trop peu de chose, que je savais Phèdre et que la jouerais. C'était un des rôles triomphants de mademoiselle Dumesnil [1]; je l'ignorais. Je n'avais pas revu la Comédie-Française depuis mon enfance. Ma proposition fit rire tout le monde; on m'assura que le public ne souffrirait pas que j'achevasse seulement le premier acte.....

« Je répondis tranquillement :

« — Messieurs, ou vous me voulez ou vous ne me voulez pas; j'ai le droit de choisir. Je jouerai Phèdre ou je ne jouerai rien ! »

« Tout le monde s'inclina; je débutai par Phèdre..... »

Et ainsi que le constate l'article ci-après, du *Mercure de France*, ce début fut pour Clairon l'occasion d'un grand succès.

« Le 19 de ce mois (septembre 1743), les « comédiens ont remis au théâtre la tragédie « de *Phèdre* de Racine, dans laquelle made- « moiselle Clairon, nouvelle actrice, a débuté « pour la première fois. Elle a joué le prin- « cipal rôle avec un applaudissement géné- « ral. C'est une jeune personne qui a beau- « coup d'intelligence et qui exprime, avec une « très-belle voix, les sentiments dont elle a « l'art de se pénétrer. On peut dire que la « nature lui a prodigué les plus heureux dons « pour remplir tous les caractères convena- « bles à sa jeunesse, aux agréments de sa « figure et de sa voix. »

Le 22, Clairon joua Dorine, dans le *Tartuffe*, et le rôle de *la Nouveauté*.

Le 28, *Zénobie*.

Le 29, Cléanthis, dans *Démocrite*.

Le 5 octobre, Céliante, dans *le Philosophe marié*.

[1] Célèbre chanteuse du temps.

[1] Tragédienne d'un talent plus réel que celui de Clairon.

Le 14, *Ariane*.

Le 26, l'*Électre* de *Crébillon*.

Et elle fut reçue le mois suivant.

Et, dès lors, elle se consacra entièrement à la tragédie; le genre qui, en effet, lui convenait le mieux.

On lit dans le *Journal de Bachaumont*, à la date du 30 janvier 1762, soit dix-neuf ans après son premier début :

« Mademoiselle Clairon est toujours la « reine du théâtre ; elle n'est point annon- « cée qu'il n'y ait chambrée complète; dès « qu'elle paraît, elle est applaudie à tout « rompre; ses enthousiastes n'ont jamais « rien vu de pareil! « *Mais, c'est de l'art*, » « disent quelques critiques; ils se rappel- « lent *qu'elle a été longtemps mauvaise;* « *qu'elle a lutté six ans contre le public ;* « *que son organe bruyant assourdissait alors* « *les oreilles sans émouvoir le cœur.* A force « de *tâter*, elle s'est fait un jeu à elle; les « *glapissements de sa voix* sont devenus les « accents de la passion; son *enflure* s'est « élevée au sublime; cette actrice a eu, de « tout temps, l'attitude théâtrale, beaucoup « de noblesse dans sa démarche, dans ses « gestes de mains, dans ses coups de tête; « quoique d'une stature médiocre, elle a « toujours paru sur la scène au-dessus de « la taille ordinaire. »

Telle était, réellement, au théâtre, la dignité de son maintien, que Clairon y paraissait d'une taille élevée, quoiqu'elle fût une petite femme. Madame Vestris, qui lui succéda sans la remplacer, racontait un jour, à ce sujet, à un ami, l'anecdote suivante :

« J'avais, étant encore fort jeune, joué les premiers rôles tragiques sur les théâtres de plusieurs grandes villes de France, j'y avais obtenu des succès, je ne manquais pas d'admirateurs; mon âge et ma figure faisaient qu'on m'accordait beaucoup de talent .. ou du moins qu'on me le disait. Quelques-uns des connaisseurs de province, qui me courtisaient, m'assuraient que j'étais bien meilleure que mademoiselle Clairon, qu'ils avaient vue jouer à Paris. Je ne demandais pas mieux que de les croire; ils me le répétèrent si souvent qu'ils finirent par me le persuader.

« J'eus occasion de faire un voyage dans la capitale, et, lorsque j'y fus, une dame me proposa une visite à la célèbre actrice; j'y consentis très-volontiers.

« Nous allâmes donc chez elle. Je trouvai une petite femme d'environ quarante ans, qui avait été jolie; et la comparaison que je fis en moi-même de son extérieur au mien fut tout à mon avantage.

« Elle m'accueillit avec politesse, mais en me parlant comme à une jeune personne, comme à une élève; ce qui me mécontenta. Mon introductrice lui dit que je réciterais avec plaisir quelques vers devant elle, pour recevoir ses avis; elle daigna m'entendre. Je me flattais tout bas de lui causer un peu de surprise et même de la jalousie par la manière dont j'allais déclamer; je choisis le monologue d'Hermione, au commencement du cinquième acte d'*Andromaque;* elle m'écouta bien, et, quand j'eus fini, me dit que « *ce n'était pas trop mal.* »

« Je la remerciai, mais j'étais furieuse.

« A quelques jours de là, j'allai à la Comédie-Française; on y donnait précisément *Andromaque*...

« Lorsque Hermione entra, je m'écriai : « *Ce n'est pas mademoiselle Clairon !.....* » Les personnes qui m'accompagnaient m'assurèrent que c'était elle.

« — Eh! comment! leur dis-je, voyez comme cette actrice est grande ! Comme elle se présente majestueusement ! Quel maintien noble et fier !... J'ai vu mademoiselle Clairon, chez elle; c'est une très-petite femme !... »

« C'était bien elle, pourtant. Je l'écoutai, je fus confondue; quand elle arriva au monologue du cinquième acte, j'aurais voulu pouvoir me cacher.

« Mon petit amour-propre était obligé de reconnaître sa supériorité, et je la reconnus si bien, qu'après la pièce, j'allai dans la loge de cette grande actrice, lui demander pardon de l'impertinence que j'avais eue de dire devant elle des vers d'un rôle que je n'entendais pas, et dont elle venait de me donner une juste idée ! »

Ce qu'on ne saurait nier, c'est que Clairon rendit au Théâtre-Français un service important en s'appliquant à introduire la vérité dans les costumes. On a peine à s'imaginer aujourd'hui que les pièces de Corneille et de Racine aient été jouées, dans leur nouveauté, avec des habits de ville du siècle de Louis XIV ; que *Sertorius* et *Pompée* parussent sur la scène en habit brodé ou galonné sur toutes les coutures, portant un large baudrier auquel l'épée était suspendue, et un grand chapeau orné de plumes ; qu'*Auguste* mît une couronne de lauriers sur une vaste perruque qui couvrait la moitié de son dos et descendait par devant jusqu'à la ceinture.

« J'ai vu, dans ma jeunesse, — dit Andrieux, dans sa notice, — *Jocaste et Agrippine* en grand panier, un corps de robe busqué, la tête coiffée d'un chignon et de boucles droites derrière les oreilles, le tout pommadé et poudré à blanc.

« J'ai vu, dans la tragédie de *Zuma*, un jeune sauvage enjuponné, le tonnelet à la ceinture, une massue à la main, et les cheveux poudrés épars sur ses épaules.

« Mademoiselle Clairon et Lekain imaginèrent, de concert, vers 1760, de faire quelques recherches sur la vérité des costumes, et de prendre à peu près les habits qu'avaient dû porter les personnages qu'ils représentaient ; et si leurs camarades ne s'empressèrent pas de les imiter, au moins fût-on redevable de leurs efforts à ces intelligents réformateurs. »

Ce qu'il y a de certain encore, c'est que, par son intelligence et son talent, comme comédienne, Clairon mérita les éloges de tous les beaux esprits de son temps. Voltaire, qui lui devait de grandes obligations, la portait aux nues et lui attribuait la réussite de plusieurs de ses tragédies. « Je l'aime de tout mon cœur, cette chère Clairon ! » répétait-il souvent.

Or, pour être aimée de Voltaire, il fallait, certes, avoir du mérite ; car il n'aimait guère grand'chose ni personne, le grand homme... si ce n'est sa gloire... et lui.

***

Mais c'est assez nous occuper de Clairon, la comédienne, parlons, à présent, de Clairon, la courtisane.

Oh ! une véritable courtisane, quoi qu'elle en dise dans ses *Mémoires*, où elle confesse pourtant qu'elle a, comme femme, *commis beaucoup de fautes !*

« Mon talent, mon personnel, la facilité de m'approcher, — dit-elle, — m'ont fait voir tant d'hommes à mes pieds, qu'il était impossible qu'une âme naturellement tendre, comme la mienne, obligée de se pénétrer sans cesse de ce que les passions ont de plus séducteur, pût demeurer inaccessible à l'amour !

« L'amour est un besoin de la nature ; je l'ai satisfait, mais de manière à n'en point rougir. Je défie qu'on me cite un marché honteux, un seul homme qui m'ait payée ; je défie qu'on me cite une épouse, un père que j'aie fait gémir ; il n'est pas une femme de ma connaissance qui puisse me reprocher d'avoir écouté son amant ; il n'est pas un être qui puisse m'accuser de l'avoir trompé ; je n'ai permis aucun excès, aucune négligence dans les devoirs, aucun désordre dans les affaires !...

« Pour parvenir à me plaire, il fallait se montrer aussi vertueux qu'aimable... Il n'a tenu qu'à moi, plusieurs fois, de devenir légitimement une fort grande dame ; j'ai pu résister aux instances, aux prières, aux larmes de l'homme le plus séduisant du monde, et le plus cher à mon cœur, pour n'écouter et ne suivre que la voix de l'honneur et du devoir ! »

Voilà de bien belles phrases, un bien grand étalage d'*honneur* et de *devoir*, que, malheureusement, les faits réduisent à néant. Il est facile de défier les gens à trente ans de distance, et quand Clairon écrivait ses *Mémoires*, — en 1789, — elle était bien certaine que personne, père, épouse ou amante, ne remuerait les cendres du passé pour lui crier :

— Pardon! pardon, madame, mais vous mentez!... Vous avez ruiné mon fils!...

— Vous m'avez enlevé mon mari!...

— Vous m'avez *soufflé* mon amant!...

Nous reviendrons sur cet homme, — le plus séduisant du monde, — *qu'il ne tint qu'à Clairon d'épouser...* mais qu'elle n'épousa pas, et pour cause!

Maintenant, comme exemple de la façon dont l'âme, *naturellement tendre*, de notre tragédienne, entendait l'amour, un épisode :

On va voir que si *l'âme* avait voix au chapitre dans ses liaisons, c'était si discrètement, mais si discrètement, que c'était absolument comme si elle ne s'en mêlait pas!

*
* *

Arrivée à Paris où son mérite, sa beauté, et, — disons-le, — son esprit, avaient attiré autour d'elle une foule d'adorateurs, Clairon avait, d'abord, un peu au hasard, accordé ses bonnes grâces à celui-ci et à celui-là, en femme qui cède bien plus au caprice qu'au véritable besoin d'aimer.

Après le comte de Lorge, ç'avait été le duc d'Antin, puis le maréchal de Duras, fils de Jacques-Henri de Duras, un maréchal de France aussi, sous Louis XIV, neveu et digne élève de Turenne.

Le maréchal de Duras sous Louis XV, déjà vieux, et perclus de goutte et de rhumatismes lorsqu'il s'était « *attelé au char* », — style du temps, — de Clairon, se contentait, en particulier, de baiser le bout des doigts de sa maîtresse, tout en ayant l'air, en public, d'en être démesurément amoureux.

C'était ce qu'on pourrait appeler « un amant honoraire » ; un titre qu'il payait d'ailleurs en cadeaux princiers.

Il disait à ses intimes, en parlant de Clairon :

— Je l'ai comme on a un diamant, pour le plaisir de dire qu'elle m'appartient.

Le diamant en jupons se lassa promptement d'un maître à qui il ne procurait que des satisfactions de vanité.

Et puis, Clairon avait assez des amants grands seigneurs ; pour varier ses fantaisies, il lui souriait d'essayer d'un simple homme d'esprit...

Pourvu, toutefois, qu'il fût, en même temps, un joli garçon.

C'était en 1749. Il y avait alors, à Paris, fourré jusqu'au cou dans le monde des théâtres, — autrement dit, à cette époque surtout : le monde galant, — un jeune écrivain, nommé Marmontel, qui réunissait les deux qualités requises par Clairon pour mériter ses faveurs; de l'esprit et un physique agréable...

Très-bien en cour, fort protégé par madame de Pompadour qui lui avait octroyé la place de secrétaire des bâtiments de la Couronne, dont les appointements étaient considérables, Marmontel faisait de la littérature en amateur; des tragédies, qu'on ne joue plus aujourd'hui, — et Dieu en soit loué! — et des romans qu'on ne lit pas davantage!...

Ce qui ne l'a pas empêché d'être un des Quarante de l'Académie.

Cependant, soyons juste : il y a de l'esprit dans ses *Contes moraux*, et des détails amusants dans ses *Mémoires...* qu'il a dédiés, on ne sait trop pourquoi, à ses enfants, car les détails en question sont souvent assez légers...

Témoin l'anecdote qui va suivre et qui est tirée desdits *Mémoires*.

Donc, en 1749, Marmontel, — qui, tout jeune encore en ce temps, ne comptait déjà plus ses bonnes fortunes, — Marmontel était l'amant de mademoiselle Navarre, une danseuse de l'Opéra, sans grand talent; aussi son métier ne lui rapportait-il pas seulement de quoi payer sa poudre et son rouge; mais si jolie, si fine, si mignonne, que c'était à qui suppléerait, de sa bourse, à l'exiguïté de ses appointements.

Et c'était Marmontel qui l'avait emporté sur ses concurrents dans cette généreuse tâche?...

Non! Marmontel était l'amant de cœur de mademoiselle Navarre, et, à ce titre, il n'avait charge que de lui donner des baisers...

Celui qui, à l'heure dont nous parlons, entretenait luxueusement la charmante danseuse, c'était le maréchal Maurice de Saxe. Le vainqueur de Fontenoy, tout simplement. Jadis, l'amant de la belle Adrienne Lecouvreur.

Les plus grands hommes ont leurs faiblesses. Au déclin de sa vie, Maurice de Saxe oubliait ses lauriers pour se reposer sur des myrtes qui lui coûtaient les yeux de la tête...

Et Marmontel, pas fier, ne se gênait point pour fouler les tapis dont le maréchal garnissait les appartements de mademoiselle Navarre; pour boire avec elle, dans des soupers en tête à tête, le champagne et le madère que le maréchal fournissait!

Mais, sous Louis XV, on n'y regardait pas de si près en matière de délicatesse. A bien prendre, ceci n'était qu'un prêté pour un rendu. Vingt ans auparavant, affirme-t-on, pour payer une dette de jeu, Maurice de Saxe n'avait pas craint d'emprunter quarante mille livres à Adrienne Lecouvreur, sa maîtresse, qui se les était procurées en mettant en gage ses bijoux et sa vaisselle d'argent...

Si le fait est vrai, il atténue les torts de Marmontel. Où un grand guerrier emprunte, un petit poëte peut boire.

Par malheur, mademoiselle Navarre, — comme toutes les femmes galantes, — n'était pas plus fidèle à ses amants de cœur qu'à ses amants d'écus. Un jour, la danseuse mit Marmontel à la porte sous prétexte qu'elle ne l'aimait plus.

Oh! mais, c'est qu'il l'aimait encore, elle, lui!...

Le voilà tout triste et tout pâle, errant, comme une âme en peine, chaque soir, dans les coulisses et les foyers de théâtres; si pâle et si triste que ce n'était qu'une voix partout:

— Ce pauvre Marmontel! Vous savez la nouvelle?... Navarre l'a planté là!...

« Il en mourra, bien certainement!

— Il n'en mourra pas! pensa Clairon.

Ici, nous laissons la parole à Marmontel, racontant son entretien avec la tragédienne, au foyer de la Comédie-Française, le huitième soir qui suivit le cruel abandon de mademoiselle Navarre :

« J'étais assis dans un coin du foyer; Clairon vint se placer à côté de moi, sur la même banquette, et, de son accent le plus doux :

« — Mon ami, me dit-elle, je connais vos chagrins... et j'y compâtis.

« Votre cœur a besoin d'aimer, les regrets le minent, l'ennui le consume, il faut l'occuper.

« N'y a-t-il donc qu'une femme au monde d'aimable à vos yeux?... »

« Je soupirai.

« — Je n'en connais qu'une capable de me consoler!...

« Mais le voudrait-elle?...

« — C'est ce qu'il s'agirait de savoir.

« Est-elle de ma connaissance? Je vous aiderai, si je le puis.

« — Oui, vous la connaissez, et vous pouvez beaucoup sur elle!

« — Eh bien! nommez-la moi; je parlerai pour vous, je lui apprendrai que vous êtes décidé à la chérir toute la vie!

« — En ce cas, chère Clairon, ayez donc la bonté de vous l'apprendre!

« — A moi?...

« — A vous-même!...

« — Ah! si cela ne dépend que de moi, mon ami, vous serez bientôt consolé! »

Bientôt, était le terme exact, car, le même soir, le spectacle fini, — on jouait *Andromaque*, ce soir-là, — Marmontel reconduisit Hermione à son logis...

Pour n'en sortir que le lendemain matin...

Absolument consolé !... Oh ! il se moquait bien de mademoiselle Navarre, maintenant !... Il aimait Clairon ! Clairon l'aimait !.....

Qu'est-ce que c'était que ça, mademoiselle Navarre ?... Il ne s'en souvenait même plus.

Pendant six mois, Marmontel et Clairon s'adorèrent.

Ils ne se quittaient plus. Le matin, il l'accompagnait à son théâtre et il attendait que ses répétitions fussent achevées pour la mener à la promenade. Ils dinaient, ils soupaient ensemble ; souvent, les soupers, chez une des camarades et amies intimes de Clairon ; mademoiselle Doligny.

Un jour, au retour d'une promenade au bois, Clairon dit à Marmontel :

— Ne venez pas, ce soir, souper chez Doligny, mon ami ; je crois que vous ne vous amuseriez pas !

— Pourquoi ?

— Parce que le bailli de Fleury y sera.

— Eh bien ! que m'importe ?... Il n'est pas ennuyeux, le bailli de Fleury !...

— Oui, mais c'est qu'après le souper il est plus que probable qu'il me ramènera dans sa voiture !...

« Je le lui ai presque promis !...

— Bon ! il nous ramènera tous deux.

— Non ! Il n'aura qu'un vis-à-vis... et *c'est moi-même.*

Ce mot fut un trait de lumière pour Marmontel. Un trait de lumière qui lui fit faire la grimace.

— En vérité, reprit-il d'un ton amer, on n'avoue pas avec plus de franchise à un amant qu'on se dispose à le remplacer !...

« Alors, vous aimez le bailli de Fleury, ma chère ?

— Je ne l'aime pas, mais... je le trouve charmant ! Il a des yeux délicieux !...

« Et des dents !... Avez-vous remarqué ses dents ?... On jurerait des perles !...

« Que voulez-vous, mon ami ? C'est une fantaisie... il faut me la passer !...

— Parlez-vous sérieusement, Clairon ?

— Oh ! très-sérieusement ! Je suis folle quelquefois, je ne serai jamais fausse !...

— Il suffit. Je me retire donc devant monsieur le bailli de Fleury.

« Adieu, Clairon.

— Pas adieu, au revoir, mon ami ! Nous nous reverrons, soyez tranquille !...

« Comment, vous vous en allez sans m'embrasser ?... Oh ! le vilain !... »

***

Non-seulement Marmontel s'était éloigné sans embrasser sa maîtresse... prête à être celle d'un autre, et qui le lui avouait effrontément... mais, encore, à dater de cet instant, il ne remit plus les pieds chez elle.....

Au théâtre même, il évita d'avoir avec elle le moindre rapport. Quand il l'apercevait au foyer, il se sauvait dans les coulisses ; et *vice versa.*

Six semaines s'écoulèrent.

Un matin, le poëte reçut ce billet :

« Votre amitié m'est nécessaire en ce mo-
« ment. Je vous connais trop bien pour n'y
« pas compter. Venez me voir tout de suite.
« Je vous attends.

« C. »

Ne fût-ce que par politesse, Marmontel ne pouvait se dispenser d'obéir à l'appel de la comédienne. On adorait une femme ; elle vous a trahi ; on la déteste, on la maudit ; on ne la reverra de sa vie !...

Mais elle a besoin de vous !... On s'empresse de courir à elle !...

Du moins, est-ce ainsi que croient devoir agir les hommes d'esprit. Les imbéciles, eux, se bornent à bouder indéfiniment celle qui a cessé de les aimer. C'est plus facile.

Clairon attendait son amant dans son boudoir ; et elle l'attendait « armée en guerre, » c'est-à-dire plus séduisante que jamais, grâce à une toilette dont le négligé savant avait dû lui coûter plus de soins que la mise la plus cérémonieuse et la plus magnifique.

— Mon ami, entama-t-elle en faisant asseoir le poëte tout près d'elle, voilà deux nuits que je ne dors pas, toute préoccupée que je suis du sujet de cet entretien.

— Ah ! mon Dieu ! c'est donc bien grave?

— Très-grave !

« Je vais droit au but, tenez !

« Vous ne m'aimez plus, n'est-ce pas ?

— D'amour, non.

— Eh bien ! c'est justement votre amour que je vous redemande !

« Il faut absolument que vous me *r'aimiez* d'amour, comme autrefois ! »

Marmontel éclata de rire.

— C'est une plaisanterie ! dit-il.

— Du tout! reprit, sans sourciller, Clairon.

— Alors, vous m'aimez donc encore, vous ?

— Plus encore, s'il est possible, qu'autrefois !...

« Puisque je vous dis que, depuis deux nuits, je ne dors pas à force de penser à vous !

— Mais le bailli de Fleury?

L'actrice eut un geste de dédain à faire rentrer à cent pieds sous terre, s'il eût été là, le personnage en question.

— Peuh ! s'écria-t-elle, le bailli de Fleury ! Un niais ! Un sot!... Oh ! quelle différence avec vous, mon ami !... Pas cinq minutes de conversation !... Et puis, ses yeux ne sont pas si beaux que cela ! D'abord, est-ce que des yeux bêtes peuvent être beaux !... Et ses dents ! ses perles !... Je gagerais qu'il en a au moins deux fausses sur le devant !... Fi ! l'horreur ! Un homme qui a des fausses dents !...

« Non ! non ! le bailli de Fleury a été une erreur... et rien qu'une erreur de mon imagination !

— Une erreur qui s'est un tantinet prolongée !...

— Bah ! Six pauvres semaines !

— Dont j'ai souffert !...

— Puisque je m'offre à cicatriser vos blessures !....

« Allons, est-ce dit? Nous aimons-nous comme devant, mon ami? Oh! c'est bien vrai qu'une femme ne peut être heureuse qu'avec un homme digne d'elle sous tous les rapports ; comme caractère, comme esprit, comme figure !...

« Et vous êtes cet homme-là, vous ! Oh ! oui, vous êtes cet homme-là !... »

Parlant ainsi, Clairon appuyait sa tête sur l'épaule du poëte, et, de ses petites mains, lui serrait tendrement les mains...

Mais, se levant :

— Ma toute belle, dit-il, j'en suis désolé, mais ce que vous désirez est irréalisable.

« Vous avez été franche, il y a six semaines, en m'invitant... assez brusquement... à céder la place à un rival...

« A mon tour, aujourd'hui, je serai sincère en vous répétant que, n'ayant plus d'amour pour vous, je ne puis plus être votre amant.

— Mais, si vous êtes vraiment mon ami, prouvez-le en m'étant agréable ! Par amitié, rendez-moi votre amour !...

Marmontel secoua négativement la tête.

— Il est, repartit-il, des flammes qu'on ne saurait raviver une fois qu'elles sont éteintes ! La mienne est de ce nombre. Morte ! Bien morte !...

« Et, en restât-il une étincelle, pour vous-même, après avoir possédé en moi un brasier, ne serait-il pas triste de ne plus trouver qu'un lumignon !...

« L'amant vous renouvelle ses adieux, Clairon ; l'ami vous dit : « Au revoir ! »

Et, sur ce, Marmontel tourna les talons.

Vous croyez que la courtisane se tint pour battue ?... Ah ! bien ! le plus souvent !...

A quelque temps de là, Marmontel lut, à la Comédie-Française, sa tragédie d'*Aristomène*, pour laquelle Voltaire l'appuyait, et donna à Clairon le principal rôle.

Le même jour, comme il venait de rentrer chez lui, il vit arriver la comédienne.

Elle avait l'air sévère et majestueux; son air de théâtre.

— Tenez, monsieur, fit-elle en jetant sur une table le cahier qu'on lui avait remis, je ne veux point du rôle sans l'auteur !...

« Car l'un m'appartient comme l'autre !... »

Le feu a détruit le livre infâme, n'en parlons plus, chère Clairon ! (Page 60.)

Marmontel l'embrassa. Ils soupèrent ensemble...

Mais il l'avait bien dit : il est des flammes, qu'avec toute la bonne volonté du monde, on ne saurait ranimer !...

— Décidément, dit, en riant, Clairon, près de prendre congé du poëte, décidément, mon cher Marmontel, nous ne serons qu'amis. « J'abomine les lumignons !... »

*
* *

Ab uno disce omnes. Par un trait, vous pouvez juger de la vie galante de Clairon.

Sa réputation, comme femme, était exécrable. Aussi, plus tard, lorsqu'un de ses amants préférés, le comte de Valbelle, de concert avec un M. de Ville-Pinte, eût l'idée, — d'un enthousiasme au moins exagéré, — de faire frapper une médaille où, d'un côté, on voyait le buste de l'actrice, et, de l'autre, cette emphatique inscription :

MELPOMÈNE ET L'AMITIÉ ONT FAIT GRAVER CETTE MÉDAILLE ;

Aux vers suivants qui précédèrent, dans

deux ou trois gazettes, l'apparition du *monument* élevé à la *grande* tragédienne :

Sur l'inimitable Clairon
On va frapper, dit-on,
Un médaillon.
Mais quelque éclat qui l'environne,
Si beau qu'il soit, si précieux,
Il ne sera jamais aussi cher à nos yeux,
Que l'est aujourd'hui sa personne!...

A ces vers flatteurs on répliqua, dans d'autres journaux, par cette parodie :

De la fameuse Frétillon,
A bon marché, je crois, on vend le médaillon,
Mais à quelque prix qu'on le donne,
Fût-ce pour douze sous, fût-ce même pour un,
On ne pourra jamais le rendre aussi commun
Que le fut jadis sa personne.

Frétillon! Le sobriquet caustique, par Gaillard de la Bataille, jadis, donné à Clairon, et dont Béranger se souvint pour écrire une de ses plus amusantes chansons ! Oh ! la fielleuse vengeance de l'histrion pamphlétaire devait poursuivre longtemps la pauvre femme!...

Ce comte de Valbelle, qui mettait sa maîtresse en médaillon, était cet homme « *le plus séduisant du monde, qu'il ne tint qu'à Clairon d'épouser...*

Et qu'elle n'épousa pas ; le moment est venu de dire pourquoi.

Elle avait trente ans lorsqu'elle connut le comte de Valbelle, plus jeune qu'elle de sept années. Il était beau, naïf, tendre, généreux ; elle l'aima...

On peut même dire que ce fut, à la fois, son premier et son unique amour.

Tout frais débarqué de province, et, pour ses débuts dans le monde parisien, devenu, à vingt-trois ans, l'amant en titre d'une jolie femme qui était, en même temps, une comédienne célèbre, on conçoit le bonheur et l'orgueil de Fernand de Valbelle !...

De son côté, sous l'impression du sentiment, nouveau pour elle, et d'autant plus charmant, qu'il lui était enfin permis d'éprouver, Clairon voyait passer les mois comme des jours et les jours comme des heures...

Quelques amies... charitables... lui disaient bien, parfois :

— Vous avez tort, ma chère, de vous acoquiner à ce garçon ! Il est trop jeune pour vous ! Vous verrez, il vous en cuira !... Pour n'en point souffrir, il faut que de telles liaisons soient passagères !...

— Non ! pensait Clairon, non, je n'aurai pas à me repentir d'avoir aimé. Et quand Fernand me quittera, le souvenir du temps passé avec lui me sera doux encore !

D'ailleurs, elle n'était pas près de sonner, l'heure où Fernand de Valbelle quitterait Clairon ! Il y avait bientôt un an qu'il était son amant et il se montrait plus galant, plus empressé, plus amoureux qu'au premier jour !...

Un matin, même, dans l'élan de sa passion croissante :

— Ma chère Clairette, dit-il, — c'était le petit nom qu'il lui donnait, — ma chère Clairette, j'ai une proposition à vous adresser.

— Laquelle, mon ami?

— Je veux vous épouser.

Clairon bondit sur sa chaise ; si elle s'attendait à quelque chose, certes, ce n'était pas à cela !...

— M'épouser ! répéta-t-elle, d'une voix émue.

— Et pourquoi pas? reprit le comte. Nous nous aimons... et il est probable que nous nous aimerons toujours !...

« Vous n'avez pas envie de me quitter, n'est-ce pas ?

— Oh ! non !

— Moi, il me semble que votre existence, c'est la mienne !... Je ne vis que par vous et pour vous, ma Clairette !

« Eh bien ! Unissons-nous par des nœuds éternels ! indissolubles !... Sanctifions notre bonheur ! »

Clairon demeurait muette, les yeux fixes.

— Vous vous taisez, mon amour ! poursuivit M. de Valbelle en entourant de ses bras la taille de sa maîtresse. Comment dois-je interpréter votre silence? Ma proposition vous déplait-elle?

— Loin de là, Fernand, elle m'enchante, car elle m'est une nouvelle preuve de la force de votre tendresse!

— Alors, vous l'acceptez?

— Non! Je la refuse.

— Parce que?...

— Parce que... d'abord, mon ami, je suis plus vieille que vous!... Bien plus vieille!...

— Oh! bien plus vieille!...

— Eh! une différence de sept ans, c'est énorme!...

— Que ce soit... énorme pour d'autres, je m'en moque bien, si je vous trouve, moi, la plus jeune et la plus belle des femmes!...

— Ensuite, vous êtes riche, et...

— Vous ne l'êtes pas. Oh! Clairon, un tel motif peut-il être un obstacle pour deux cœurs comme les nôtres!... J'ai plus d'argent que vous, donc il vous est défendu de me prendre pour votre mari!...

« Mais n'est-il pas tout naturel, au contraire, que ce soit le mari qui apporte la fortune dans le ménage?...

« D'ailleurs, si ce n'est que cela, il y a moyen de vous contenter. Je suis trop riche pour vous? Je donnerai une partie de mes biens à mes parents! Je jetterai la moitié de mon or à la rivière!... »

Clairon souriait.

— Enfin, reprit-elle, indépendamment de ces deux raisons, déjà très-graves, qui s'opposent à notre mariage, il y en a une troisième... plus grave encore!...

— Qui est?...

— Que je suis une comédienne, mon ami.

— Et puis?...

— Et puis qu'une comédienne,—l'ignorez-vous donc?... — une comédienne, c'est-à-dire une femme à qui la loi conteste l'exercice de ses droits civils, qui, vivante, est excommuniée et, morte, n'a pas le droit d'être enterrée en terre sainte[1], ne saurait, sans le condamner à tous les mépris, devenir l'épouse d'un gentilhomme!

Fernand de Valbelle haussa les épaules.

— Un gentilhomme à qui sa conscience ne reproche rien, n'a à redouter les mépris de personne! s'écria-t-il.

« Ah! ah! je les recevrais, les gens qui se permettraient de trouver mauvais que je vous eusse épousée, Clairon!

« Bref, par excès de délicatesse, vous repoussez ma main, aujourd'hui, ma bien-aimée? Soit!

« Nous en recauserons une autre fois, voilà tout!

« Et peut-être, alors, aurez-vous réfléchi que c'est une faute de s'inquiéter de l'opinion du monde pour être heureux!... »

* * *

A diverses reprises, en effet, dans l'espace de deux ou trois mois, Fernand de Valbelle, revint sur un sujet qui lui tenait au cœur.

Il parla même à quelques-uns de ses amis de sa sérieuse résolution de donner son nom à Clairon, et ces amis, qui étaient aussi ceux de la comédienne, parurent approuver cette résolution.

Et Clairon, qu'avait-elle fini par en penser? S'était-elle dit, ainsi que l'y avait engagé son amant, que la vie n'a qu'un temps, et qu'il est flatteur d'être appelée : « madame

[1] Sous Louis XV, en effet, les comédiens étaient encore considérés comme des parias, bien qu'on n'usât pas toujours à la lettre des lois qui les rejetaient en dehors de la société. Cependant, en 1761, un avocat, Huerne de la Motte, désireux de plaire, à ce sujet, à Clairon elle-même, ayant publié un livre sous ce titre : *Libertés de la France contre le pouvoir arbitraire de l'excommunication; ouvrage dont on est spécialement redevable aux sentiments généreux et supérieurs de mademoiselle Clairon*, le Parlement, sur le réquisitoire des gens du roi, ordonna que cet écrit serait lacéré et brûlé par la main du bourreau dans la cour du Palais. Ce qui fut exécuté. Quant à Huerne de la Motte, on le raya du tableau des avocats.

la comtesse, » même aux dépens de la considération de celui à qui l'on doit ce titre?...

Eh! eh!... Ce qui est positif, c'est qu'elle commençait à ne plus se récrier si fort lorsque le conjugal de Valbelle, anticipant sur l'avenir, la traitait de : « Ma chère petite femme! »

Mais, un jour, le comte se présenta, défait, agité, chez sa maîtresse ; les yeux gonflés et rougis aux paupières comme s'il eût pleuré.

— Qu'avez-vous, mon ami? interrogea vivement Clairon.

— Du chagrin! répliqua-t-il.

— Oh! Et pourquoi ce chagrin?

— Parce que... parce que le monde est méchant et lâche, ma chère!... Jaloux des joies qu'il ne veut.... qu'il ne peut pas comprendre, il essaie de les détruire!

« Oh! si je savais qui m'a adressé ce livre et ce billet, comme je le tuerais avec plaisir, si c'est un homme!... si c'est une femme, comme je lui cracherais au visage!...

— On vous a envoyé un billet et un livre?... Quel livre? quel billet?

Fernand hésita une seconde, puis, se décidant :

— Je ne voulais vous montrer ni l'un ni l'autre, mon amie, répliqua-t-il; mais j'en ai trop dit maintenant pour me taire.

« Voici ce qu'un commissionnaire a remis hier, pour moi, à mon hôtel. »

Il tendait à Clairon un volume in-12 et une lettre ouverte, sans signature, et d'une écriture évidemment contrefaite.

Le volume, c'était : l'*Histoire de mademoiselle Cronel, dite Frétillon;* une nouvelle édition, non corrigée, mais considérablement augmentée, des *Mémoires de mademoiselle Frétillon.*

Les mauvaises choses ne meurent pas. Un coquin avait ramassé, au coin d'une borne, l'insanité de Gaillard de la Bataille, et, pour gagner quelques sous, l'avait rééditée.

La lettre contenait ces lignes :

« Monsieur le comte,

« Comme il est bon qu'un homme sache, « avant de l'épouser, de quelle façon a vécu « jusque-là la femme qu'il aime, un ami « croit vous rendre service en vous commu- « niquant cette *Histoire*, des plus instruc- « tives et des plus édifiantes, ainsi que vous « le verrez, bien que, par respect humain, « on ait voilé d'un nom de convention celui « de son héroïne. »

Semblable à une statue, — la statue du Désespoir, — Clairon demeurait immobile, le livre et la lettre à ses pieds...

— Ah! s'exclama Fernand de Valbelle en ramassant l'un et l'autre et en les jetant au feu, — comme elle avait fait inutilement, quinze ans auparavant, de la première édition des *Mémoires de Frétillon,* — Ah! n'est-ce pas, Clairon, qu'il n'y a que mensonges et calomnies dans ces pages?

— Oh! oui! repartit-elle avec énergie.

Mais, comme elle achevait de proférer cette exclamation, une voix secrète fit succéder une rougeur ardente à sa pâleur, en lui disant :

— Sans doute! Quand il a paru pour la première fois, ce pamphlet n'était qu'un vil assemblage d'inventions mensongères et calomnieuses. Mais, depuis quinze ans, oserais-tu jurer que tu n'as pas mérité, par ta conduite, qu'on déverse la honte sur toi?....

Elle pleurait.

Le comte s'élança vers Clairon, et l'étreignant passionnément :

— Le feu a détruit le livre infâme! s'écria-t-il, je ne l'ai pas lu!..... n'en parlons plus, chère Clairon!....

Et l'on n'en parla plus, en effet.

Mais de ce moment aussi Fernand de Valbelle cessa de parler de mariage...

Il garda, dix-sept ans, Clairon pour maîtresse, mais pour maîtresse seulement.

On peut, sans regrets, être dix-sept ans l'amant de *Mademoiselle Frétillon;* il est plus que probable qu'on aurait à se repentir d'avoir été huit jours son mari.

*
* *

Disons, d'après Andrieux, à quel propos Clairon, la tragédienne, se retira du théâtre, en 1765, lorsqu'elle était encore dans toute la vigueur de son talent, tout l'éclat de sa renommée; nous terminerons par l'histoire du dernier amour de la courtisane.

Car, le comte de Valbelle ne fut pas, comme bien on pense, le dernier arbitre de cette âme.... *naturellement tendre*....

Qui a bu boira...

Et la dernière coupe galante vidée par Clairon est au moins aussi étrange, de fond et de forme, que la première.

Un assez mauvais comédien, nommé Dubois, chargé de l'emploi des confidents dans la tragédie, ayant eu à se faire guérir d'une maladie qui était la suite de ses débauches, s'était adressé à un médecin nommé Benoist. Lorsque le malade fut guéri, l'esculape réclama son salaire ; Dubois trouva le mémoire de visites trop considérable ; il prétendit avoir donné quelques à-compte et deux feuillettes de vin ; enfin il offrit d'affirmer, sous serment, qu'il s'était acquitté....

Un de ses camarades, nommé Blainville, offrit aussi de porter témoignage, et de jurer que le payement s'était effectué en sa présence.

Le procureur du chirurgien fit imprimer un *Mémoire* dans lequel il soutenait que le serment des deux acteurs n'était pas recevable en justice, attendu qu'ils exerçaient une profession infâme et flétrie par les lois.

Les comédiens français, indignés contre Blainville et Dubois, payèrent la dette, assoupirent ainsi l'affaire, et demandèrent à leurs supérieurs, — aux gentilshommes de la chambre, — l'expulsion de deux hommes qu'ils regardaient comme déshonorés et coupables d'un parjure.

Le renvoi de Blainville ne souffrit pas la moindre difficulté ; mais Dubois avait une fort jolie fille, élève de Clairon, et jouant les jeunes princesses ; elle alla pleurer auprès du duc de Richelieu, dont elle avait eu les bonnes grâces ; le duc se fit le protecteur du père en faveur de la fille.

Cela se passait pendant la clôture de la semaine sainte, en avril 1765. *Le Siége de Calais*, tragédie de Dubelloy, était dans sa nouveauté ; elle avait eu un succès prodigieux à la fin de l'année théâtrale, et l'on devait rouvrir le théâtre le lundi de *Quasimodo*, 15 avril, par une représentation de cette pièce.

Or, Dubois avait joué le rôle de Mauny, dans *le Siége de Calais;* mais les comédiens se flattaient qu'il ne reparaîtrait plus sur leur scène ; Bellecour avait appris le rôle et devait le remplacer.

La fille de Dubois avait eu la finesse de tenir secret l'ordre que le duc de Richelieu lui avait accordé, et qui en joignait aux comédiens de jouer avec Dubois ; elle fit signifier cet ordre à ses camarades le matin du lundi 15 avril.

Le soir, il y eut une scène, horriblement bruyante, à la Comédie. Lekain était venu, avait demandé qui jouerait Mauny, et sur ce qu'on lui avait répondu que c'était Dubois, il avait déclaré qu'il ne jouerait point...

Brizard, Molé, Dauberval, qui avaient des rôles dans la pièce, disparurent ; mademoiselle Clairon dit qu'elle était indisposée et alla se mettre au lit...

La salle était remplie de spectateurs, qui étaient venus pour voir *le Siége de Calais*, qui voulaient le voir ; trompés dans leur attente, ils s'en prirent aux acteurs. On cria qu'ils manquaient au public, on se mit contre eux du parti de l'autorité...

Vainement, plusieurs comédiens vinrent essayer de calmer cette violente irritation, en offrant d'autres pièces à la place du *Siége de Calais*, on s'obstina à faire entendre des vociférations forcenées.

— Les comédiens sont des insolents !...

— Au cachot, les insolents !...

— A l'hôpital, la Clairon !...

— Au cachot, les comédiens !...

Après deux ou trois heures de tumulte, on baissa la toile et l'on rendit l'argent.

Les corridors et les foyers retentissaient d'injures contre les acteurs. « *Coquins! gueux! marauds!* » étaient les épithètes qu'on leur prodiguait. Un homme sage arrêta un marquis au milieu de ses furieuses exclamations, et lui montrant, dans le foyer, le buste de Molière :

— Voilà, lui dit-il, un de ces *gueux*, qui a été et qui sera longtemps plus envié à la France que vous ne le serez vraisemblablement jamais!

Les quatre acteurs qui avaient refusé de jouer furent conduits en prison au For-l'Évêque; mademoiselle Clairon y passa cinq jours avec eux et obtint ensuite de garder les arrêts chez elle pendant trois semaines.

Elle dut trouver des consolations dans les marques d'intérêt et de considération dont on l'accabla en cette circonstance; madame de Sauvigny, femme de l'intendant de la généralité de Paris, qui avait beaucoup d'amitié pour l'actrice, l'accompagna jusqu'au lieu de détention; elle reçut, à sa sortie de prison, une infinité de visites de personnes distinguées, et Voltaire lui écrivit la lettre suivante :

« Ferney, 1er mai 1765.

« L'homme qui s'intéresse le plus à la « gloire de mademoiselle Clairon et à l'hon- « neur des beaux-arts, la supplie très-instam- « ment de saisir ce moment pour déclarer « que c'est une contradiction trop absurde « d'être au For-l'Évêque si on ne joue pas, « et d'être excommunié si on joue; qu'il est « impossible de soutenir ce double affront et « qu'il faut enfin que les Velches se décident. « Les acteurs qui ont marqué tant de senti- « ments d'honneur dans cette affaire se join- « dront sans doute à elle. Que mademoiselle « Clairon réussisse ou ne réussisse pas, elle « sera révérée du public; et si elle remonte « sur le théâtre comme un esclave qu'on fait « danser avec ses fers, elle perd toute sa con- « sidération. J'attends d'elle une fermeté qui « lui fera autant d'honneur que ses talents, « et qui sera une époque mémorable.

« VOLTAIRE. »

Deux anecdotes coururent la ville à propos de cette affaire :

On conta que l'exempt de police chargé de lui signifier l'ordre du roi, c'est-à-dire l'ordre de le suivre en prison, s'étant présenté très-brusquement chez Clairon, elle prit un air de dignité et dit à l'homme de police qu'elle se soumettait à la force, *mais que son honneur restait intact, et que le roi lui-même n'y pouvait rien!*

— Ah! vous avez raison, mademoiselle, répondit l'exempt, *où il n'y a rien, le roi perd ses droits.*

On dit encore que, quelques jours après sa sortie du For-l'Évêque, Clairon interpella quelques officiers qui se trouvaient chez elle en leur demandant si à sa place ils n'eussent pas agi comme elle.

— Si quelqu'un des vôtres avait fait une bassesse, leur dit-elle, ne le chasseriez-vous pas? Et si, par extraordinaire, la cour voulait vous obliger à garder un infâme dans vos rangs, ne les quitteriez-vous pas?

— Sans doute, mademoiselle, repartit un des officiers, mi-sérieux, mi-riant, mais ce ne serait pas un jour de *siége*.

Ce pauvre *Siége de Calais!* Dubelloy le retira momentanément. Les quatre acteurs sortirent de prison au bout d'un mois et furent très-applaudis du public lorsqu'ils reparurent. Dubois, au contraire, fut expulsé du théâtre de Paris; le duc de Richelieu, gouverneur de Guyenne, l'envoya jouer à Bordeaux d'où il ne revint plus...

Entre nous, c'était par là que le duc de Richelieu eût dû commencer.

Lekain, dégoûté par cette aventure, fut sur le point de se retirer. Clairon déclara positivement qu'elle ne remonterait plus sur la scène, et elle tint parole.

Cette même année 1765, elle se rendit à Ferney, chez Voltaire, qui la garda tout un mois. C'était bien le moins pour la récompenser d'avoir si bien suivi, — contre son propre intérêt, même, peut-être, — ses conseils.

***

Clairon avait quitté le théâtre avec dix-huit mille livres de rentes, fortune qui était alors beaucoup plus considérable qu'elle ne le serait aujourd'hui; mais elle ne la conserva pas en entier. L'abbé Terray, contrôleur général des finances, fit faire à l'État, en 1770, une banqueroute partielle, qui, en diminuant les revenus de l'ancienne comédienne, l'obligea de restreindre ses dépenses...

Ce qui l'ennuyait fort.

Écoutons-la nous raconter elle-même ses peines à ce sujet.

« Il y avait cinq ans que j'avais pris ma retraite. La douceur du repos, une société charmante, une fortune suffisante à tous les vrais besoins, une raison exercée par l'étude et l'expérience, me donnaient la force de supporter mes maux habituels [1], et l'étude de l'histoire naturelle me tenait lieu de mes anciens travaux...

« Je ne regrettais ni ne désirais rien.

« Ce bonheur ne devait pas durer.

« Le comte de Valbelle eut un héritage considérable, et cette fortune changea son cœur; ses absences devinrent fréquentes et longues : il était l'âme de notre société, son éloignement la rendit languissante... Il avait exigé que je comptasse à jamais sur lui; j'avais tout fait pour qu'il restât du moins mon ami; il fut ingrat; je perdis tout.

« Dans ce même temps, les opérations de M. l'abbé Terray m'ôtèrent le tiers de mon bien; la crainte de m'endetter me força de renoncer à tout objet de dépense, et je ne fus pas longtemps à perdre le reste de ma société. Il faut, à Paris, intriguer ou tenir table ouverte si l'on ne veut pas se trouver seule [2].

« Le déchirement de mon cœur et mon affreuse solitude me donnèrent l'idée de me retirer dans un couvent, ou du moins dans une province. Je me déterminai à vendre mon cabinet et beaucoup d'autres effets précieux; ce que je devais en retirer, placé en rentes viagères, accumulées par quelques années d'économies, pouvait me rendre plus riche que je ne l'avais jamais été...

« Mais je ne pus exécuter ce plan.

« Le comte de Valbelle, avec cent vingt mille livres de rentes, endetté, ne suffisant plus à ses entreprises fastueuses, et ne trouvant point à emprunter, était dans un moment de crise qui m'inquiéta pour sa réputation. Plus j'avais à m'en plaindre, plus il me parut convenable de le tirer de peine...

« Je vendis tout ce que je possédais et lui prêtai le produit de cette vente à cinq pour cent d'intérêts pour dix ans [1].

« J'étais gravement malade alors; mon huissier-priseur était un fripon; qui que ce soit ne me rendit le service de se mêler de mes affaires. Je touchai quatre-vingt-dix mille francs de ce qu'on avait estimé cinquante mille écus. N'ayant plus un lit pour me coucher, et ne devant recevoir l'intérêt de mon argent qu'au bout d'un an, je me décidai à m'expatrier.

« Le hasard m'avait fait faire la connaissance, l'année précédente, du margrave d'Anspach; ce que j'avais reconnu de candeur dans ce prince, sa noble et touchante simplicité, l'intérêt tendre et confiant qu'il m'avait témoigné dès les premiers instants, et dont ses lettres m'assuraient la durée, me firent consentir à le rejoindre...

« Paris ne m'offrait plus que des souvenirs douloureux, je n'y pouvais plus rien pour personne; l'amitié d'un souverain me laissait l'espoir d'être utile encore à mes semblables. Obligée de fermer mon cœur au seul être qui le remplissait autrefois, trop éclairée par ma raison et mon expérience pour m'abandonner encore à l'amour, mais dévorée du besoin d'aimer, j'étendis ma sensi-

[1] La santé de Clairon était généralement assez mauvaise. Ce qui ne l'empêcha pas d'aller jusqu'à quatre-vingts ans.

[2] Disons, en passant, que la mère de Clairon, madame Leyris, était morte en 1764. Très-pleurée ?.. C'est peu probable.

[1] Encore un emprunt singulier pour un gentilhomme !..

bilité sur la nature entière, et les moyens qui m'étaient offerts, pour en servir au moins quelques individus, me firent trouver tout possible !

« Je partis. »

***

Traduction de tout le pathos sentimental qui précède :

Pendant l'hiver de 1772, un soir, comme Clairon, seule au coin de son feu, lisait un volume de fables, par le duc de Nivernois, nouvellement publié, on lui annonça un visiteur...

« Monsieur le margrave d'Anspach. »

Clairon savait ce prince à Paris depuis quelques jours; elle avait même eu occasion de le rencontrer, la veille, aux Champs-Élysées, se promenant en voiture avec le duc de Choiseul...

Mais elle ne le connaissait pas autrement, et, vu l'heure avancée, elle avait donc sujet de s'étonner de sa visite.

Cependant, elle ordonna de l'introduire ; — on ne renvoie pas un prince... même indiscret... comme on renverrait son meilleur ami.

Charles-Frédéric, margrave d'Anspach ; entra. C'était un jeune homme. Grand, élancé, médiocrement beau, mais d'une distinction de race.

Il s'avança vers Clairon, et, la saluant jusqu'à terre :

— Votre Majesté, dit-il, daigne-t-elle me pardonner de me présenter chez elle à une heure aussi peu convenable ?

Clairon avait souri en s'entendant appeler : *Majesté*.

— Votre Altesse se moque ! répliqua-t-elle. Encore si elle m'avait saluée de la sorte il y a quelques années, à la Comédie-Française, quand je jouais les reines !... Mais maintenant...

— Maintenant, comme il y a quelques années, madame, tout le monde ne reconnaît-il et n'acclame-t-il pas, en vous, la reine du théâtre ?...

« Par conséquent, le titre que je vous ai donné n'est-il pas bien le vôtre ?...

« Enfin, me pardonnez-vous de me présenter si tard ?... Mais voilà huit jours que je grille d'envie de vous voir... de près... de causer avec vous !...

« Ma foi ! ce soir, je n'y ai pas tenu ! Je me suis échappé, sans qu'on s'en aperçoive, de l'hôtel du duc de Choiseul, où j'ai dîné...

« Et me voici. Me permettez-vous de vous dire, chère Clairon, que vous êtes belle et que je suis bien heureux de vous le dire... et que je serais plus heureux encore de vous le répéter souvent ?... »

Certes, il appartenait au margrave de surprendre, ce soir-là, Clairon, au-delà de toute expression ! Tombé, comme une bombe, chez elle, tout à l'heure, grave et cérémonieux jusqu'à l'excès, à présent, voilà qu'il se montrait vif et sans gêne comme un simple étudiant en quête d'une facile bonne fortune !...

Eh bien ! cette diversité de manières ne déplut pas à la comédienne !

— Vous me croyez un peu fou, n'est-ce pas ? reprit-il, après un silence.

Elle hocha la tête en souriant.

— A dire vrai, prince, repartit-elle, je...

— Oui, oui, interrompit-il, j'ai l'air d'un fou...

« Et je n'en ai pas que l'air ! J'en ai la chanson... comme on dit à Paris.

« Jugez-en :

« Oh ! ne vous inquiétez pas, d'ailleurs ! Mes explications ne seront pas longues. Pour une première fois, je ne veux pas abuser de vos moments ; c'est bien assez de vous avoir dérangée dans... Qu'est-ce que vous lisiez là ? Des fables. Est-ce amusant ? Oui. Tant mieux !... Eh bien ! vous allez vous remettre à votre lecture tout de suite ; je vous apprends ce que j'ai à vous apprendre et je pars !

« Et ce que j'ai à vous apprendre... à vous avouer, plutôt... c'est que, non-seulement je vous trouve belle, mais je vous aime !...

« J'avais vu votre portrait, à Anspach...

« Vous savez ! votre portrait, gravé d'après

Clairon, d'après un portrait du temps.

celui peint par Vanloo? Un chef-d'œuvre !... — et ce portrait, m'avait remué l'âme !... — Oh ! je l'ai acheté. Il est dans mon cabinet, là-bas ! Et je ne reste pas une heure sans le regarder !...

« Eh bien !... où en étais-je? Ah ! c'est cela ! Je vous aime, Clairon ! Oh ! je vous aime de toutes mes forces ! Vous devez vous ennuyer à Paris, depuis que vous avez quitté le théâtre; voulez-vous venir chez moi, à Anspach? Je suis marié, mais ma femme est toujours malade, et quand, par hasard, elle se porte bien, c'est comme si elle se portait mal, tant elle est désagréable ! Vous serez souveraine maîtresse à Anspach. Je ferai tout ce que vous me commanderez pour vous plaire; je vous donnerai tout ce que vous désirerez. Non ! vous n'avez pas besoin de mes cadeaux? Soit ! Il n'y aura que moi qui vous demanderai quelque chose en retour de mon amour : un peu d'affection... de tendresse...

« Là ! Ne me répondez pas, aujourd'hui; je me sauve. Reprenez vos fables; je reviendrai demain savoir si mon conte est de votre goût.

« Au revoir! Oh! oui, vous êtes belle! Bien plus belle encore que sur votre portrait! Au revoir! Je vous aime!... A demain!... »

*
* *

C'était, paraîtrait-il, la destinée de Clairon d'inspirer des passions à des hommes d'un âge fort au-dessous du sien. Elle avait près de cinquante ans quand le margrave d'Anspach était venu, en 1772, lui faire cette déclaration à brûle-pourpoint, et lui n'en avait que trente-quatre...

Eh bien! nonobstant cette différence d'âge, — il était si aimable, si charmant, ce cher margrave!... — Clairon se laissa entraîner à l'accepter pour remplaçant du comte de Valbelle... — parti en congé illimité.

En la quittant pour retourner dans sa principauté, Charles-Frédéric promit à sa maîtresse de lui écrire...

Et il lui écrivit souvent, en effet, et, dans chacune de ses lettres, il la supplia de venir le rejoindre.

Somme toute, elle n'avait plus d'attaches d'aucun genre à Paris; elle le quitta, au commencement de l'année 1773, pour se rendre à Anspach, en emportant l'original du portrait sur la vue de la copie duquel Charles-Frédéric s'était épris de sa beauté.

Ce portrait, peint par Carle Vanloo, avait été donné à Clairon par madame Gallitzin, princesse russe qui aimait beaucoup la comédienne, et avait voulu l'emmener avec elle à la cour de l'impératrice Élisabeth.

« Louis XV, raconte Clairon, voulut voir ce tableau. Après l'avoir longtemps examiné, il fit l'éloge le plus flatteur du peintre, du sujet qu'il représentait[1], et dit :

« Il n'est que moi qui puisse mettre un cadre à ce tableau, et j'ordonne qu'on le fasse le plus beau possible. »

[1] Carle Vanloo avait peint Clairon dans le personnage de *Médée*, de la tragédie de ce nom.

Ce cadre coûta cinq mille francs. Le tableau en valait vingt-quatre mille, qu'on offrit à Clairon. Elle préféra le donner au margrave d'Anspach...

A tout âge, l'amour nous fait commettre des folies.

Terminons, d'après la notice d'Andrieux :

« On a voulu jeter du ridicule sur le personnage que fit Clairon à la cour du margrave d'Anspach, où elle demeura dix-sept ans; on a dit qu'*après avoir abdiqué le sceptre tragique, elle avait aspiré à la place de premier ministre de l'un des petits souverains de l'Allemagne*...

La vérité, c'est qu'elle rendit au margrave des services réels; que, vivant dans son intimité, elle ne lui donna que de sages avis, relativement à l'administration de ses États; qu'elle conseilla et dirigea des fondations utiles; qu'elle fit faire une très-belle fontaine publique, construire et doter un hospice qu'on nomma longtemps l'*hospice Clairon*.

Quelque idée qu'on veuille se faire de la liaison qui la mettait à même de faire ce bien, au moins faut-il avouer qu'elle l'a fait. Elle est arrivée à la cour du prince ayant près de cinquante ans, elle en avait soixante-sept lorsqu'elle est revenue en France. Les sentiments du margrave pour une personne de cet âge ne pouvaient plus être que ceux de l'amitié.

On assure qu'elle tenait à la cour d'Anspach un très-grand état. Nous avons vu une de ses lettres où elle dit avec une espèce de honte modeste :

« *Croiriez-vous bien que moi, chétive, j'ai ici cinq laquais, valet de chambre et maître d'hôtel?* »

Mais elle éprouva aussi les peines attachées au séjour des palais. Madame la margrave fut jalouse d'elle; les courtisans l'envièrent...

Enfin, une certaine lady Craven, qui, après avoir vécu quatorze ans, à Londres, avec son mari, et lui avoir donné sept enfants, avait trouvé original de courir les aventures à travers l'Europe, vint, en s'installant à Anspach, où le margrave, toujours jeune, toujours tendre, ne tarda pas à roucouler à ses pieds, donner le dernier coup à la disgrâce de Clairon.

Un matin, Charles-Frédéric aborda sa vieille amie en lui disant :

— Avez-vous lu un livre français intitulé : l'*Histoire de mademoiselle Cronel, dite Frétillon*, ma chère? Lady Craven m'a prêté cela ; c'est très-drôle !...

Le jour même, Clairon quittait Anspach en laissant, pour le margrave, une lettre dont nous extrayons les passages les plus intéressants :

« Votre passion effrénée pour une femme « que, malheureusement, *vous seul* ne con« naissez pas, le bouleversement de vos « plans et de ma destinée, votre insouciance « de l'opinion publique, la licence de vos « nouvelles mœurs, votre manque de res« pect pour votre âge et votre dignité, m'ont « obligée à ne plus voir en vous qu'une « âme vicieuse qui cessait de se contraindre. « L'habitude de vous chérir, de croire à vos « vertus, m'a fait jusqu'ici rejeter tout ce « qui vous dégradait. En conséquence, j'ai « tout supporté ; votre inhumanité, vos ou« trages, votre ingratitude, n'ont pu me faire « changer le plan de conduite que je m'étais « proposé. Par mon silence sur tout ce qui « regardait votre maîtresse, j'ai, du moins, « arrêté le comble que vous vouliez mettre « à vos torts en quittant publiquement votre « maison ; autant que je l'ai pu, j'ai caché « sous un front toujours calme, et quelque« fois riant, les douleurs déchirantes de mon « âme et de mon corps. J'ai permis de croire « que je ne vous désapprouvais pas et que « je vous regardais toujours comme mon « meilleur ami ! . . . .

« Mais le voile est tombé, monseigneur ; « je sais à présent que je ne fus jamais que « la malheureuse victime de votre égoïsme ; « si vous aviez été véritablement mon ami, « vous m'auriez continué la confiance que je « n'ai point cessé de mériter ; vous n'auriez « pas abusé des prérogatives de votre sexe, « de votre rang, pour m'opprimer et m'avilir, « vous auriez eu pitié de mon âge et de mes « infirmités ; vous m'auriez tenu compte de « mon désintéressement.

« C'est avec infiniment de peine que je « remets à vos pieds le bien que je tenais de « vous. Je ne me dissimule point que cette « démarche blesse votre dignité, mais vos « procédés m'en ont fait un devoir. Rap« pelez-vous que je n'ai jamais rien voulu « pour moi, que je n'ai désiré d'ajouter à ma « fortune que pour ajouter à vos jouissances, « et que, pour obtenir le titre de mon bien« faiteur, vous deviez garder à jamais celui « de mon ami.

« Je ne suis rien, monseigneur ; j'en suis « toujours convenue sans honte et sans « regret ; mais mon âme est quelque chose, « et jusqu'à mon dernier soupir je vous « obligerai à l'estimer.

« Adieu... adieu pour jamais ! »

Pauvre Clairon !... C'était bien la peine de s'en aller à Anspach, aimer un margrave, se faire son Égerie, pour voir ce dernier amour finir si tristement !...

*
* *

Revenue en France, elle habita d'abord Issy, près de Paris, puis, ses infirmités augmentant avec l'âge, elle revint demeurer rue de Lille. Ruinée par la Révolution et réduite à de faibles ressources, elle eut recours au ministre Chaptal, qui lui accorda une gratification de 2,400 francs.

Pauvre Clairon ! Comme elle dut trouver de différence entre ces jours de sa gloire, lorsqu'elle était flattée, encensée, adorée, comblée de biens et de louanges, et ceux où vieille, délaissée, vivant dans une retraite profonde, elle n'avait plus que les vains souvenirs de ses *grandeurs* et de ses plaisirs passés !...

Sa mort ne fut pas la conséquence de son état de souffrance, mais d'une chute qu'elle fit de son lit.

Elle s'éteignit le 18 janvier 1803.

III

HENRIETTE WILSON

I.

Comment, à un rendez-vous d'amour, la comtesse de Shrewsbury ne trouva pas ce qu'elle cherchait, et trouva ce qu'elle ne cherchait pas.

ar une splendide soirée du mois d'août 1665, un carrosse, attelé de deux vigoureux alezans, se dirigeait, par une route qui côtoie, en le remontant, le cours de la Tamise, vers Greenwich, à cinq milles environ de Londres.

Dans ce carrosse se trouvaient la comtesse de Shrewsbury et sa femme de chambre favorite, Alice Eliott.

Qu'était-ce que la comtesse de Shrewsbury? Nous vous l'apprendrons un peu plus loin.

Maintenant, s'il vous plait, écoutons-la causer avec sa camériste.

— Il était six heures quand nous sommes sorties de Londres, n'est-ce pas, Assy[1]? Il doit en être sept à présent.

« Nous serons arrivées à sept heures et quart?

Assy se pencha par la portière, et, après un examen d'une seconde au dehors :

— Oh! repartit-elle, nous serons même arrivées plus tôt que cela, milady! Nous approchons.

— Tant mieux! Je suis d'une impatience!...

« Pourquoi hoches-tu la tête, Alice! Tu ne me crois pas impatiente de revoir lord Jermyn?...

— Si! si!... milady!... Oh! je ne suis pas aveugle!... je m'aperçois très-bien que le temps vous dure!...

— Et n'est-ce pas tout naturel? Ce pauvre Jermyn!... Blessé dangereusement à cause de moi!... En danger de mort pendant plus de six semaines!...

« Oh! je serais la plus ingrate des femmes si, lorsqu'il est enfin rendu à la vie, mon premier soin n'était pas de lui dire :

« J'ai pleuré toutes mes larmes pendant que vous souffriez!... Je vous aime toujours!... Je vous aime plus, peut-être, que je ne vous ai jamais aimé!...

« Et vous, m'aimez-vous encore?...

« Voyons, Assy, tu ne penses pas que lord Jermyn sera bien heureux, lui aussi, de me revoir?...

— Pardon, pardon, milady! Je suis très-persuadée, au contraire, que lord Jermyn a été enchanté, en recevant, ce matin, votre billet, et qu'il ne manquerait pas, pour tous les trésors du monde, au rendez-vous que vous lui avez donné!...

« Mais.....

— Mais?...

— J'en reviens à ce que je me suis permis de vous dire, ce matin, quand vous m'avez envoyée chez lord Jermyn : qu'il est bien imprudent, peut-être, de votre part, de jouer, coup sur coup, comme cela, avec le feu... et que si, par malheur, sir Thomas Howard venait à découvrir que vous avez revu aujourd'hui celui que, par amour pour vous, il a failli tuer il y a six semaines...

— Il me quitterait? Eh! qu'il me quitte,

[1] Diminutif d'Alice.

c'est ce que je demande!... Je le déteste, cet homme, depuis qu'il a failli tuer Jermyn! Oh! ses baisers me font horreur!...

« Que Jermyn paraisse le désirer tout à l'heure, et ce soir, en rentrant, je romps avec sir Thomas Howard! Sir Thomas Howard est riche... immensément riche... il me comble de présents, il me gorge d'or... peu m'importe! Vivre près de l'amant qu'on aime, voilà le vrai, voilà le seul bonheur, ma chère!

Un nouveau hochement de tête ironique, que la comtesse ne remarqua pas, occupée qu'elle était de regarder à son tour par la portière, fut la réponse de la femme de chambre à ces protestations emphatiques de sa maîtresse...

Celle-ci reprit d'ailleurs aussitôt d'un ton joyeux :

— Ah! tu avais raison, Assy! Nous arrivons!... nous sommes arrivées?... nous voilà à Greenwich!

***

Greenwich, qui, aujourd'hui, est une des plus jolies villes des environs de Londres, se contentait, il y a deux siècles, d'en être un des buts de promenade les plus charmants. Alors, le roi Guillaume III et sa femme Marie n'y avaient pas encore transformé leur palais en asile pour les glorieux débris de leurs flottes; le temple, qui domine le coteau, n'avait pas encore été affecté à l'usage d'observatoire royal...

A Greenwich, en 1665, sur une rive verdoyante ombragée par des arbres séculaires, on pouvait errer à loisir, par des chemins sablés, que coupaient, de ci, de là, de vastes pelouses, au milieu desquelles s'élevaient des portiques, des colonnes, ruines gigantesques des anciens châteaux des Stuarts et des hauts et fiers barons de Glocester.

La comtesse de Shrewsbury avait donné rendez-vous à lord Jermyn au *Bosquet d'Italie*, un quinconce de tilleuls bien connu des amoureux. A l'abri de son épais feuillage, sur ses tertres de gazon entourés de buissons, de charmilles, point de danger d'être troublés dans un doux entretien, si ce n'est par le chant d'une fauvette ou le roucoulement d'un ramier.

Elle était descendue de carrosse au bas de la colline; elle marchait rapidement... si rapidement que sa camériste avait peine à la suivre...

Et tout en dévorant l'espace à faire honte à un coureur, elle murmurait, la belle comtesse, en essayant de percer de ses regards l'ombre du soir qui, déjà, commençait de s'appesantir sur les massifs :

— M'attend-il? Est-il arrivé le premier?...

Ah! c'est que s'il y a tout à espérer d'un amant qui devance sa maîtresse au lieu de rendez-vous, en bonne règle il n'y a plus qu'à faire une croix — la croix de l'adieu — sur celui qui ne s'y présente qu'en retard.

— Il est là!... Je le vois!...

La comtesse proférait ces mots en s'élançant, radieuse, vers un grand jeune homme qu'elle avait aperçu, assis, au pied d'un tilleul, sur un tertre.

C'était bien lui, en effet, lord Jermyn.

Il s'empressa d'accourir au-devant de la dame.

— Richard!...

— Hannah!...

— Que je suis contente!... Mon Dieu! mais vous avez encore le bras en écharpe!...

— Oui; et il est à craindre que je ne le garde ainsi pendant encore un mois!...

— Comment! la blessure n'est pas absolument cicatrisée?...

« Oh! ce monstre de Howard!...

« Et vous avez beaucoup souffert, mon ami?...

— Mais... assez comme cela!...

— On le voit!... Vous avez maigri!... Et puis, vous êtes pâle!...

— Suis-je si cruellement changé que je n'aie plus le don de vous plaire, comtesse?

— Oh! au contraire, mon ami; les traces de douleur empreintes sur votre visage vous rendent plus cher encore à mon cœur!...

« N'est-ce pas moi qui suis cause....

— De rien, chère Hannah ! de rien !... Vous n'avez aucun reproche à vous faire !... C'est moi qui suis un maladroit de m'être laissé blesser par sir Thomas Howard !...

« Quand on est aimé de vous, belle comtesse, on doit savoir mieux lutter contre un rival, puisque, dans ce combat, ce n'est pas seulement sa vie qu'on défend .. c'est son bonheur !...

« Mais asseyez-vous donc, chère amie !... Je vous tiens là, debout !... »

***

En deux traits, un croquis physiologique de la comtesse de Shrewsbury, une des femmes les plus galantes parmi les plus galantes de la cour du roi d'Angleterre Charles II.

On le sait, ce prince, né dans des temps d'orages, avait vu la tête de Charles Ier, son père, tomber sous la hache, sur l'échafaud de White-Hall.

Proscrit, tout enfant, il avait passé dans l'exil les plus belles années de sa jeunesse, et l'on eût pu croire que l'école de l'adversité l'aurait rendu grave. Eh bien ! point du tout ! Rétabli sur son trône en 1660, grâce au concours du général Monk, Charles II n'avait, de ce moment, songé qu'à une seule chose : le plaisir.

Bals, festins, carrousels, intrigues amoureuses, il n'était plus question que de cela, à la cour, depuis l'avénement du nouveau roi !

On connait le proverbe : « *Quand le roi pleure, tout le monde pleure*; *quand le roi chante, tout le monde chante !* » Charles II raffolant des femmes, toute la noblesse anglaise fit comme le souverain.

De nos jours, nos voisins d'outre-mer affectent une certaine pudibonderie; sous Charles II, ils affichaient le plus grand abandon dans la licence.

Le roi avait une demi-douzaine de maîtresses...

Il en était de même des seigneurs.

Les maris n'osaient pas se plaindre. On avait rendu la jalousie ridicule.

Or, c'était au milieu de cette cour où chacun, homme ou femme, semblait s'évertuer à qui jetterait le plus vite et le plus haut son chapeau ou son bonnet par-dessus les moulins, que s'était produite depuis une couple d'années la belle comtesse de Shrewsbury.

Veuve, d'ailleurs, et par conséquent libre de ses actions, elle rivalisait de tendres exploits avec la comtesse de Castelmaine, une des préférées du roi; avec lady Roberts, une merveille d'esprit et de gaieté; avec lady Midleton, — un peu bête, lady Midleton, mais douée d'une taille si fine et d'une chevelure d'un roux si ardent ! des cheveux à faire envie à Vénus en personne ! — avec les deux miss Brooke, demoiselles d'honneur de la reine; avec la superbe Hamilton et l'éblouissante miss Stewart.

Cependant, une aventure récente avait jeté, comme on dirait aujourd'hui, *un froid* sur la vogue galante de la comtesse de Shrewsbury. Le sang avait coulé dans cette aventure.....

Et l'on n'aimait pas le sang, à la cour de Charles II ! On estimait en avoir suffisamment vu répandre sous Cromwell.

Voici le fait :

Le premier amant de la comtesse, à la suite de son veuvage, avait été le comte d'Arran; et, après celui-là, — une preuve qu'il n'y a que le premier qui coûte, — elle en avait eu, tour à tour, cinq autres.

Un gentilhomme à bonnes fortunes, lord Richard Jermyn, s'avisa, un matin, de se piquer de ce que la comtesse ne lui eût pas fait l'honneur de le placer, au moins second, parmi les cinq successeurs du comte d'Arran.

— Il faut que je l'enlève à celui qui la possède maintenant ! dit-il à ses amis.

Le dernier des cinq galants de la Shrewsbury était sir Thomas Howard, frère du comte de Carlisle.

La première fois que sir Thomas Howard rencontra lord Jermyn dans le boudoir de la comtesse, il se borna à dire, à l'écart, à cette dernière :

— Ceci ne me plait pas !

La seconde fois :

— Ceci me déplait ! lui dit-il. Prenez garde !...

La tête folle ne fit que rire de cette menace.

A quelques jours de là, elle accepta une collation que lui offrait Howard dans une sorte de jardin restaurant, à *Spring-Garden*...

Mais, avant de partir en voiture avec l'amant en titre, elle expédia Alice, sa femme de chambre affectionnée, la confidente de toutes ses intrigues, à l'amant secret, pour l'inviter à venir, ce même jour, pour peu qu'il tint à voir celle qu'il appelait son *Soleil*, flâner à *Spring-Garden*.

Thomas Howard avait commandé un joueur de musette... — Grand luxe du temps !

Il n'y avait pas dix minutes qu'on était à table chez le traiteur que le joueur de musette se prend à souffler dans son instrument sous le balcon.

— Tiens ! tiens ! dit la comtesse, de la musique en mangeant ! C'est original !...

Sir Thomas Howard s'épanouit.

— Vous êtes contente ? J'en suis très-aise !

« C'est moi qui ai payé ce joueur de musette pour vous charmer.

— Très-bien !... très-gracieux !... très-gentil !...

« Voyons-le donc un peu ce musicien !... »

Ah ! ah !... Le musicien !... Elle s'en souciait bien, du musicien, la comtesse ! Et de sa musique, et de son instrument, avec son bourdon et ses deux chalumeaux !...

Ce qu'elle voulait voir, c'était si Jermyn était dans le jardin.

Elle se met au balcon...

Jermyn était dans le jardin, se promenant de long en large derrière le joueur de musette.

Du bout des doigts il lui envoie un baiser, qu'elle s'empresse de lui retourner par la même voie.

— A qui en avez-vous donc ? s'écrie sir Thomas Howard, qui, de la table où il est resté, a remarqué la pantomime expressive de sa belle.

— Je réponds au salut d'un gentilhomme de mes amis.

— Un singulier échange de politesses !...

« Et quel est ce gentilhomme, je vous prie ?...

— Lord Jermyn.

— Ah ! ah ! lord Jermyn est par ici ?

— Pourquoi non ?... N'a-t-il pas le droit de se promener, tout comme un autre, à *Spring-Garden* ?

« Mais il semble fatigué. Si je l'engageais à monter boire avec nous un verre de vin de France ?...

— Du tout ! du tout !... Je vous le défends, Hannah !... Il ne me plaît pas de boire avec lord Jermyn !

— Oh ! vous êtes insipide, mon cher !... Vous me *défendez !... Il ne vous plaît pas !...* Eh bien ! il me plaît, à moi, de trinquer avec un homme aimable !...

« Montez, montez, milord ! »

La comtesse n'avait pas achevé ces paroles que Jermyn, le sourire aux lèvres, apparaissait sur le seuil de la pièce où avait lieu la collation.

Sir Thomas Howard était rouge de colère.

Pendant les premières minutes il se contint encore...

Jermyn, sans plus de cérémonies, s'était assis à table et avait commencé de vider un verre de vin de Bourgogne, en disant, d'un ton dégagé :

— Ma foi ! j'avais soif !... Il est exquis, ce vin ! exquis !...

« Et quelle ingénieuse idée de le déguster au son de la musette !... C'est de vous, sir Thomas, cette idée-là ?... Mes compliments !...

« Et comment cela va-t-il, chère comtesse, depuis que j'ai eu l'avantage de vous voir ? Oh ! une sotte question que la mienne puisque vous êtes plus fraîche et plus rose aujourd'hui que jamais !...

— Alors, ma mine est trompeuse, milord, car je suis un peu souffrante depuis hier !...

— Bah !... Et d'où souffrez-vous ?

— Du cœur.

— En vérité !...

— Oui, j'ai, par moments, des palpitations à étouffer !...

« Tenez, en cet instant, par exemple !... Donnez-moi votre main, voulez-vous ?...

— Comment donc !...

— Sentez-vous comme il bat, mon malheureux cœur ?...

— Je le sens parfaitement !... Il bat d'une force extraordinaire !...

Sir Thomas Howard, n'était plus rouge, il était pourpre.

Dame ! si vous vous imaginez qu'il lui était agréable de voir lord Jermyn appuyer complaisamment la main sur le corsage de la comtesse !...

— Quand vous aurez fini, milord !...

— Quoi donc, baronnet ?

— Eh ! vous le savez bien ! *By God !...*

— Oh ! *Fye ! fye upon*[1] ! baronnet !... Vous jurez devant une dame !...

— Je jure s'il me convient, cela ne vous regarde pas !...

— Vous n'êtes pas poli, mon cher !...

— Si vous ne me trouvez pas poli, allez vous-en !... Je ne tiens pas à votre société !...

— Ni moi à la vôtre, et Dieu m'en garde ! Si je suis ici, ce n'est pas pour vous, mais pour cette chère comtesse !...

— Ah ! oui da !... Eh bien ... vlan !...

Vlan !... Cela signifie que sir Thomas Howard avait jeté un verre à la tête de lord Jermyn. Et heureusement pour ce dernier qu'il sut, en se baissant, éviter le choc du projectile, car, sans cela, peut-être eût-il été défiguré pour le reste de sa vie.

Il se releva, et, regardant, son rival en face :

[1] Fi ! Fi donc !...

— Baronnet, dit-il froidement, vous ajoutez la brutalité à l'impolitesse...

« Vous avez besoin qu'on vous tire un peu de sang pour vous rendre plus sage !...

— Je suis à vos ordres, milord.

— Je l'entends bien ainsi ! A demain. Mes témoins iront, ce soir, s'entendre avec les vôtres.

« Comtesse, j'ai bien l'honneur de vous saluer.

« Ah ! cette infortunée comtesse !... Elle s'est évanouie !... L'effet de ses palpitations, que cette scène absurde aura augmentées !...

« Enfin, je lui présenterai mes respects un autre jour !... A demain, baronnet !... »

Le lendemain, lord Jermyn et sir Thomas Howard, chacun d'eux assisté de deux amis, comme eux, tous quatre, l'épée en main, — c'était la mode alors, dans un duel, que les témoins prissent une part active au combat, — se rencontraient sur le terrain.

Un des seconds de sir Thomas Howard fut à moitié tué, mais, en revanche, l'amant en titre de la comtesse de Shrewsbury fourra un pouce d'acier dans l'épaule de son amant de fantaisie....

Et, ceci raconté, nous reprenons notre histoire au point où nous l'avons laissée.

***

Lord Jermyn et la comtesse de Shrewsbury s'étaient assis, tout près l'un de l'autre, sur un banc de verdure, tandis qu'en caméériste qui sait son métier, Alice s'en allait, à une centaine de pas, admirer les effets du soleil couchant à travers les branches des tilleuls.

— Comme cela, ma belle Hannah, reprit lord Jermyn en serrant dans ses mains les mains, gantées de soie, de la comtesse, comme cela, mon petit accident vous a tourmentée !...

— Oh son *petit accident !...* Vilain ! qui plaisante avec les choses graves !...

« Oh ! oui, j'ai été bien affligée, mon ami ! bien attristée !...

Lord Wayland dégantant la main de la comtesse... (Page 75.)

« Je suis sûre, tenez, que, depuis six semaines, je n'ai pas dormi deux heures de suite par nuit !...

— Il serait possible !... Comment ! par inquiétude pour moi vous n'avez pas goûté de repos depuis six semaines, ma toute belle !...

« Oh ! en effet, c'est là une grande marque, une bien grande marque d'amour !...

— Et ce que j'ai répandu de larmes pendant tout ce temps !...

— Ah ! vous pleuriez aussi ?... Au fait, quand on ne dort pas, il faut bien s'occuper un peu !...

— Vous riez, Richard!... Vous ne croyez pas que j'ai été chagrine?...

— Si! si!... chère amie! je le crois si bien, qu'en remerciement de vos précieuses larmes, je vous offre ce baiser...

— Ah! que faites-vous, Richard! y pensez vous!... Vous m'ôtez mon fichu!...

— Pour mieux vous offrir mon baiser, oui! Et suis-je coupable, après avoir été privé si longtemps de l'aspect de vos charmes, de leur retirer ce voile jaloux qui les dérobe à mes regards?

— Mais si quelqu'un venait!...

— N'ayez crainte!... Voici la nuit, et nous sommes bien seuls!...

« Une prière, Hannah?

— Qu'est-ce?

— Donnez-moi ce fichu, en mémoire de cette soirée où je vous retrouve si aimante, si fidèle!...

— Qu'il est enfant!...

— Vous ne voulez pas me faire présent de ce fichu?

— Mon Dieu! si vous le désirez si fort, j'y consens, mon ami... gardez-le!...

— Oh! merci, merci, mon Hannah!...

— Et moi, belle comtesse, puisque je ne saurais douter que lord Jermyn n'a pas cessé de posséder votre âme, que me donnerez-vous, s'il vous plaît, en mémoire des doux serments qu'hier au soir vous me prodiguiez dans votre boudoir, et qui, je ne le vois que trop, à cette heure, n'étaient que de doux mensonges, dont votre cœur, tout entier toujours à d'anciennes amours, s'amusait à bercer le mien!

*
* *

La foudre tombant, d'un ciel d'azur, aux pieds de la comtesse de Shrewsbury, ne l'eût pas plus terrifiée que l'apostrophe qui précède, articulée d'une voix railleuse par un jeune gentilhomme, de petit taille, sorti, tout à coup, d'une charmille en face du banc de gazon où la dame était assise aux côtés de lord Jermyn.

Et lord Jermyn, lui-même, eut l'air non moins effarouché de l'apparition fantastique du petit gentilhomme que de l'étrangeté de son discours.

— Quoi! quoi!... s'exclama-t-il, en se levant brusquement; que venez-vous faire ici, lord Wayland? Que demandez-vous?

— Mais, répliqua sans se troubler l'interpellé, en s'inclinant devant l'interpellateur, je me suis expliqué je suppose, en assez bon anglais, cher lord Jermyn, pour qu'ainsi que madame la comtesse vous jugiez inutile de m'obliger à répéter mes paroles!...

« Après cela, si vous le souhaitez...

— Je le souhaite, milord.

— Interrogez-moi donc, je répondrai à vos questions. Cela ira plus vite.

— Vous avez dit que madame la comtesse vous prodiguait de doux serments, hier au soir, dans son boudoir?...

— Pas plus tard qu'hier au soir. Oui, milord, je l'ai dit... parce que c'est la vérité..

— Mais, si c'est la vérité, vous êtes l'amant de madame la comtesse?

— Depuis le lendemain de votre duel avec sir Thomas Howard, oui, milord... j'avais la gloire d'être votre remplaçant.

« Je dis : *j'avais...* car, d'après ce dont je viens d'être témoin, je serais un niais de ne pas comprendre que je vais être dans la nécessité de vous rendre les armes.

— Pardon!... Pardon!... Mais si vous étiez l'amant de madame... dès le lendemain de mon duel avec sir Thomas Howard... et si vous l'étiez encore hier au soir... madame me trompait donc, tout à l'heure, en m'affirmant qu'elle n'avait pas discontinué de pleurer, jour et nuit, sur mon sort, pendant six semaines?...

« Car enfin, n'est-ce pas, quand vous étiez près d'elle, elle ne pleurait point?...

— Oh! non, milord!... au contraire!...

— Et vous y étiez souvent?

— Le plus souvent possible!... Un jour sur deux, au moins?

— Et... comme nuits?...

Lord Wayland baissa modestement les yeux.

— Comme nuits... mettons deux sur quatre!... Sir William Howard est si gênant!...

Jermyn se leva, et saluant à son tour courtoisement Wayland :

— Il suffit, milord, dit-il ; comme vous êtes un homme d'honneur et, qu'en conséquence, douter de votre parole serait se faire injure à soi-même, de vos explications il résulte, pour moi, que vous êtes en droit d'exiger un souvenir d'amour de madame la comtesse de Shrewsbury...

« Comme je le suis, pour mon compte, de conserver ce léger gage d'un sentiment... qui fut non moins léger.

« J'emporte donc ce fichu...

« Voyez ce qu'il vous plaira de demander à madame...

— Oh ! si peu que ce soit me contentera.

« Un de ses gants, si cette chère comtesse le permet ; le gauche... côté du cœur. »

Disant ces mots, lord Wayland dégantait, sans qu'elle lui opposât la moindre résistance, la main gauche de la comtesse.

Cette opération achevée, s'inclinant avec un respect affecté, tous deux, devant *leur* maîtresse :

— Et là-dessus, milady, fit lord Jermyn, merci, une dernière fois, du touchant intérêt que vous avez daigné prendre pendant six semaines à ma blessure...

— Une dernière fois, fit lord Wayland, merci, milady, du bonheur dont vous avez daigné me combler pendant six semaines, en poussant la délicatesse, tout ce temps, jusqu'à me cacher les larmes que vous arrachait la pensée des souffrances de ce pauvre Jermyn !

— Et mille choses aimables de ma part à sir Thomas Howard !...

— De la mienne également, je vous prie !

— Ah ! ah ! ah !...

— Ah ! ah ! ah !...

***

Il y avait plus de deux minutes que les deux gentilhommes étaient partis, bras dessus bras dessous, en riant à gorge déployée...

Et la comtesse était encore à la même place sur le tertre, toute pâle et dans une telle rigidité de pose que, n'eussent été les bondissement précipités de sa belle poitrine découverte, on l'eût volontiers prise pour une statue.

L'arrivée d'Alice la tira enfin de ce désagréable état de prostration morale. La femme de chambre avait entendu rire les deux jeunes seigneurs, elle les avait vus s'éloigner ensemble...

Et elle était accourue.

Retenant discrètement une exclamation de surprise à l'aspect de sa maîtresse décolletée comme pour un bal, et une main gantée et l'autre nue :

— Qu'y a-t-il donc, madame? fit-elle.

— Il y a, répliqua la comtesse en se levant, il y a que les hommes sont tous des traîtres qui ne valent pas qu'on fasse un pas pour eux!...

« Tu as ma mante, Alice? Donne-la-moi ; j'ai froid.

— En effet, madame doit...

— C'est un tour de Jermyn, ma chère !... Il m'a pris mon fichu, et Wayland m'a emporté un de mes gants!...

— Ah ! c'était lord Wayland que j'ai aperçu avec...

— Ces messieurs s'étaient entendus pour se moquer de moi ! Ils avaient concerté à l'avance leur petite comédie. Ils sont amis, à ce qu'il paraît... et je ne le savais pas, moi !

« Et puis, cela m'est bien égal, qu'ils aillent conter partout leur jolie plaisanterie!... Qui est-ce qui y perd le plus ? Ce n'est pas moi. Pour me consoler de l'absence de Jermyn j'avais eu des bontés pour Wayland... et Wayland l'a dit à Jermyn !... C'est un sot !... Ce sont des sots tous les deux, puisqu'ils se sont arrangés en sorte que je ne les aime plus ni l'un ni l'autre !...

« Viens, Assy, rejoignons vite la voiture, car voici la nuit.

« Non certes, je ne les regretterai ni l'un ni l'autre, ces beaux messieurs, et le plus grand service qu'ils pouvaient me rendre, c'était de me débarrasser d'eux !...

« Ce petit Wayland !... un fat !... Et Jermyn !... Oh ! ma chère, tu n'as pas remarqué comme il est changé ?... Oh ! changé d'une façon épouvantable !... Maigri ! jauni !... Il m'a fait de la peine. Décidément, ça ne lui réussit pas, les coups d'épée !...

« Hein !... Qu'est-ce que cela ?...

— Quoi donc, madame ?...

La comtesse, qui trottait prestement, appuyée au bras de sa caméristé, s'était arrêtée court en obligeant ainsi cette dernière à l'imiter.

— Tu n'as pas entendu... sortant de cette charmille ?... On eût dit le cri d'un enfant.

— Un enfant !...

Les deux femmes demeurèrent immobiles, l'oreille tendue...

Le bruit qui avait frappé celle de la comtesse se renouvela.

— Mais oui ! s'exclama Alice, c'est un enfant qui pleure !

« Un enfant abandonné, sans doute !...

— Oh ! il se plaint encore ! Il se meurt, peut-être !... Cherchons, cherchons, Assy ! Là, tiens, sous ce buisson, il me semble apercevoir quelque chose de blanc.

— Vous avez raison, milady. Attendez ! attendez !...

Écartant le taillis, la femme de chambre avait ramassé une corbeille, posée sur des feuilles sèches, dans laquelle était couché un enfant nouveau-né.

Il tendait, en vagissant, ses petits bras vers la comtesse, penchée, palpitante, sur lui, et, comme si Dieu, à la grâce de qui on l'avait confié, eût voulu aider à la bonne œuvre près de s'accomplir, un dernier rayon de jour, perçant le feuillage, montrait en même temps aux deux femmes le visage angélique de la petite créature, et, sur sa poitrine, piquée à ses langes, une pancarte portant ces mots :

« *Petite fille abandonnée par sa mère, qui ne peut l'élever. On l'appellera Henriette Wilson* »

— Henriette Wilson, soit ! Salut, Henriette Wilson ! s'écria la comtesse en effleurant de ses lèvres humides le front de la petite fille. Je t'adopte. De ce moment tu es mon enfant ! Je suis ta mère !...

« Ah ! et je me félicite maintenant d'être venue à Greenwich ! Si j'y ai servi de risée à deux de mes amants, pour la première fois de ma vie, du moins, j'ai senti battre mon cœur d'une douce et sainte émotion !...

— Alors, vraiment, milady, vous emportez cet enfant ?...

— Est-ce que tu aurais le courage de le laisser mourir là, toi ?

— Oh ! non, sans doute !...

— Eh bien ! viens donc !... Il me tarde d'être rentrée à l'hôtel pour embrasser à mon aise ma petite Henriette !...

« Bah ! C'est peut-être beaucoup d'embarras que je me prépare, mais la peine sera payée par le plaisir !... — Un plaisir qu'on ne me reprochera pas, j'espère, celui-là !

« Et, qui sait ! à présent que je vais être une mère, peut-être, pour *ma fille*, serai-je moins inconséquente, moins folle !...

« *Elle* y gagnera et moi aussi !...

II

Comme quoi, en ce monde, il ne suffit pas de vouloir bien faire, mais il faut encore faire bien.

Ce n'était pas une méchante femme que la comtesse de Shrewsbury et tant s'en faut ! — D'ailleurs, soit dit en passant, on a mille et mille preuves que ce sont les natures les plus enclines à certaines fautes qui, comme compensation j'imagine, sont les plus susceptibles, à leurs heures, de sentiments nobles et généreux.

L'enfant trouvé par elle fut, par elle, soigné comme s'il lui eût appartenu par les liens les plus étroits du sang.

Pendant près d'une année, lui sacrifiant tout: fêtes, bals, festins, promenades, toilettes et amours, la comtesse n'eut de joie qu'auprès du berceau de sa chère Henriette.....

Son unique bonheur fut d'épier, jour par jour et, pour ainsi dire, heure par heure, les progrès croissants de l'enfant dans la vie.

On la raillait de ce qu'on traitait *d'excès de charité...* — On raille volontiers ce qu'on ne comprend pas, et ce monde, qui était sien, surtout, n'était guère fait pour comprendre qu'une jeune et jolie femme qui, jusqu'alors, n'avait vécu que pour lui et par lui, pût se résoudre à se passer de lui ! — Elle se laissait railler...

Plus d'amies, chaque jour, autour d'elle, pour babiller !... — C'est fastidieux une femme qui a sans cesse un enfant sur les genoux !... — Plus d'adorateurs !... Allez donc dire : « Je vous aime ! » à une manière de mère de famille !

Sir Thomas Howard, lui-même, qui au début s'était associé à la bonne action de la comtesse en commandant pour la petite abandonnée un berceau digne de l'enfant d'une reine, sir Thomas Howard finit par se lasser de jouer le rôle de père nourricier...

Il écrivit, un matin, ce qui suit à lady Shrewsbury :

« Ma toute belle,

« J'en suis désolé, mais vous êtes devenue « trop vertueuse; je me vois forcé de dépo« ser mes adieux à vos pieds. Avouez-le : « autant n'avoir point de maitresse que d'en « avoir une qu'on ne peut plus montrer nul« le part! Parole d'honneur! vous m'avez « fait regretter le temps où je n'étais pas « sorti, par la porte, de votre boudoir, qu'un « de mes rivaux y entrait par la fenêtre! « Enfin, c'est votre goût, maintenant, de « n'avoir plus de sourires et de baisers que « pour un enfant ramassé dans les bois! A « votre aise!... Aimez, adorez cet enfant! « Mais défiez-vous, pourtant! Ce sont, plus « généralement, des louveteaux que des « agneaux qu'on trouve dans les bois, et « vous pourriez bien un jour déplorer les « heures perdues par vous à débarbouiller « miss Henriette Wilson !.,.

« Je ne prophétise pas, je prévois, en sou« haitant même, sincèrement, que mes pré« visions soient fausses.

« Et, sur ce, je serre une dernière fois « votre jolie main.

« T. H. »

— Le méchant! murmura la comtesse après avoir lu cette lettre ; ne pouvant me détourner de mon bonheur, il essaye de l'empoisonner!

« *On trouve plus généralement des louveteaux que des agneaux dans les bois !* »

« C'est-à-dire que ma petite Henriette me payerait un jour d'ingratitude!...

« Non ! Non ! n'est-ce pas, chère petite, tu ne seras pas ingrate?... Tu m'aimeras enfant, et tu m'aimeras jeune fille ? Dans l'avenir comme dans le présent, pour toi je serai toujours une mère chérie et respectée?... D'abord, sois tranquille, je saurai t'élever dans de sages principes : les principes de la piété, du devoir et de l'honneur!... »

Lady Shrewsbury s'exprimait en ces termes en serrant contre son sein la petite fille, que sa nourrice, — Catherine Kirby, une grosse paysanne du comté d'York, — venait, selon la coutume de chaque matin, de lui apporter dans son lit pour l'embrasser.

Alice, qui déjà avait remis, à son réveil, à la comtesse, l'épître de sir Thomas Howard, rentra dans la chambre à coucher en tenant, sur un plateau d'argent, un second billet.

— D'où vient cela? demanda lady Shwesbury.

— Je l'ignore, madame. Le commissionnaire qui en était chargé s'est retiré en disant qu'il n'y avait pas de réponse.

— Ah! s'exclama la comtesse, après un regard jeté sur la suscription, je reconnais l'écriture!...

« Oui! oui! je la reconnais!... »

Elle avait vivement brisé le cachet...

Elle lut...

Et, étreignant de nouveau l'enfant pour le couvrir de baisers plus ardents...

— Lis à ton tour, Assy ! reprit-elle. Lis ! Voilà qui me dédommage au centuple de l'abandon de sir Thomas Howard et de ses prédictions de sinistre augure !. . »

« Si c'est une louveteau que j'ai recueilli, au moins la louve sa mère me témoigne-t-elle de la reconnaissance !...

Le billet contenait ces lignes :

« Merci, madame la comtesse. Je quitte « Londres aujourd'hui pour n'y revenir ja- « mais, peut-être, mais, en partant, à mes « larmes de douleur se mêlent des larmes « de joie. Je sais que ma fille est à vous et « que vous l'aimez comme je l'aurais aimée « moi-même, si Dieu me l'eût permis. Soyez « donc bénie ! De loin comme de près je prie- « rai tous les jours pour mon Henriette et « pour la femme généreuse qui s'est faite « sa mère. »

***

Et... et c'est ainsi que, pendant cinq ou six mois encore, lady Shrewesbury renonça à toutes les distractions... licites ou non licites... pour se consacrer, exclusivement à sa fille adoptive....

Trop exclusivement !...

Un proverbe anglais dit : « *Too much of one thing is good for nothing.* » Le trop, même dans le bien, ne vaut presque jamais rien.

A la longue, l'existence retirée qu'elle s'était imposée par affection pour un enfant se prit à peser à la comtesse.

Sa santé même s'en ressentit.

Vaillamment, quelque temps, elle combattit contre la lassitude et l'ennui qui la gagnaient de plus en plus...

Et puis, il y avait un brin d'amour-propre dans son fait. On s'était moqué d'elle quand elle avait quitté le monde... on se moquerait d'elle encore quand elle y reparaîtrait !...

Son médecin, — un homme intelligent, — vint à son secours. Il la voyait languir, s'étioler...

— Mon devoir, milady, lui dit-il, est de vous avertir que, si vous ne rompez au plus tôt avec le genre de vie que vous menez, avant six mois il faudra vous mettre en terre.

En terre !... Mais si elle mourait, cette excellente comtesse, que deviendrait sa petite Henriette ?...

Ne fût-ce que dans l'intérêt de sa protégée, il était indispensable que la protectrice vécût !...

Le jour même où son docteur lui avait formulé son menaçant ultimatum, lady Shrewsbury se montrait, en carrosse, à Hyde-Park [1].

Le lendemain, elle allait au théâtre.

Le surlendemain, au bal.

Et, partout, du reste, elle avait la satisfaction de constater qu'on ne lui gardait pas rancune de ses dix-huit mois de retraite.

Elle n'eut que le choix entre une douzaine de concurrents à la gloire de se déclarer ses cavaliers servants.

Elle en prit deux tout de suite. Sans doute pour se refaire la main.

Les amants étaient revenus avec les plaisirs ; les amies intimes revinrent.

Tous les jours, quand elle n'allait pas se divertir en ville, la comtesse avait, chez elle, nombreuse et joyeuse société.

Et, mon Dieu ! Henriette Wilson pâtissait-elle de ce retour de sa bienfaitrice à Satan, à ses pompes et à ses œuvres ? Pas du tout ! D'abord, elle n'était pas moins choyée, moins dorlotée que devant. En outre, comme elle commençait à grandir, ses gentillesses, ses grâces naissantes avaient un public, maintenant, pour les encourager, les applaudir.

Souvent, à la fin d'un déjeuner, d'un dîner, la comtesse ordonnait à Kate [2] de lui amener « la petite » ; et, la petite, apportée sur la table, — un nouveau genre de

[1] De longue date, une des promenades les plus à la mode à Londres.

[2] Diminutif de Catherine.

plat de dessert, — passait de mains en mains, mangée de caresses par ces dames et ces messieurs...

A trois ans, elle chantait déjà, sans se tromper, une chanson en trois couplets; à quatre, elle dansait la gigue mieux qu'un matelot de Newcastle!..,

On la faisait chanter, danser.

— Qu'elle est drôle!...

— Quel bijou!...

— Quel chérubin!...

— Que vous êtes heureuse, comtesse, de posséder un si charmant enfant!...

Charmant, parce qu'il amusait quinze ou vingt personnes. Affreux quand il ne savait que plaire à une seule!

Lorsqu'elle eut sept ans, cependant, Henriette Wilson fut astreinte, par sa mère d'adoption, à un régime de vie plus sérieux.

Sept ans, c'est l'âge où une fille commence à apprendre...

Et, aussi, à comprendre!

Deux motifs pour lesquels la comtesse jugea non moins utile que prudent de l'isoler un peu.

On lui donna des maîtres de toute espèce, et, en petit comité seulement, désormais, elle eut licence de faire des apparitions qui ne se prolongeaient jamais au delà d'une heure.

En petit comité, même, ne peut-on pas s'oublier à dire une phrase, un mot, qu'il est inutile, sinon dangereux, qu'une petite fille entende.

Elle n'alla plus à la promenade qu'avec sa « *maman rose* », comme elle appelait la comtesse, — ou bien sa gouvernante, — une vieille Écossaise, nommé mistress Ardagh, qui ne riait que tous les 36 du mois, — et sous la garde de deux domestiques.

Comme on voit, lady Shrewsbury persistait dans ses bonnes intentions d'élever sa protégée de façon à en faire une fille honnête.

Oui, mais l'enfer aussi est pavé de bonnes intentions, ce qui ne l'empêche pas de n'être peuplé que de coquins. Dans les conditions d'une existence telle que la sienne, pour faire une fille honnête d'Henriette Wilson, il eût fallu, d'abord et avant tout, que lady Shrewsbury la séparât complétement d'elle.

Sans doute, par égards pour une innocence qu'elle voulait préserver de toute tache, la comtesse usait d'autant de soins que possible! Mais *le possible,* comme moralité, de certaines femmes, n'est souvent pas grand'chose. A la promenade avec *maman rose*, à la promenade où l'on rencontrait, toutes les minutes, de beaux seigneurs empressés et galants, chaque jour Henriette était témoin de petites scènes qui, pour être contenues, n'en avait pas moins un caractère propre.

C'était un bouquet qu'on offrait à la comtesse... — un bouquet où l'on avait glissé un billet; — c'était un rendez-vous donné et accepté à voix basse; c'était un échange de sourires ou de pression de mains...

Henriette avait l'air de ne rien voir et de ne rien entendre, et elle voyait tout, et elle entendait tout!... C'est dans la nature, que voulez-vous!... Les filles viennent au monde avec des yeux et des oreilles tout autour de la tête!...

En compagnie de sa gouvernante, c'était une autre guitare. A Hyde-Park, où mistress Ardagh la conduisait habituellement, Henriette jouait avec des fillettes de son âge, et, tout en lançant une balle ou en faisant rouler un cerceau, Dieu sait à quels bavardages se livraient, entre elles, ces demoiselles!...

— Qu'est-ce que fait ta maman?... — Est-elle riche? — Comment s'appelle-t-elle?... — Est-elle mariée? — Est-elle belle?... — La comtesse de Shrewsbury? Oh! mais, j'ai entendu parler de ta maman chez la mienne! Oui! oui!... Oh! c'est une très-belle et très-aimable dame, à ce qu'il paraît!... Mon cousin Francis la connaît beaucoup!...

Et ceci, et cela!... Et encore cela et ceci!... Et Henriette s'en revenait à l'hôtel en se demandant qui était ce cousin Francis, ou ce cousin Edward, ou ce cousin Frédéric,

— car le nom variait chaque jour, — qui connaissait si bien *maman rose?*...

Et puis, il y avait les surprises dont, en dépit de toutes les précautions, en gardant Henriette sous son toit, la comtesse ne pouvait se défendre.

Elle rentrait, escortée d'un cavalier... Descendant au jardin, Henriette se croisait dans l'escalier avec *maman rose*. Elle était dans son boudoir, en causerie intime, et après défense formelle qu'on la dérangeât... Mais Henriette avait mal aux dents ou à la tête, elle s'était blessée en jouant et elle voulait absolument se plaindre *à maman rose*... Sans demander la permission à personne, elle se précipitait tout à coup dans le boudoir!...

On la grondait; elle pleurait; on lui pardonnait....

Et elle recommençait le lendemain.

Elle recommençait d'autant plus que ses instincts étaient mauvais; qu'elle avait le germe du vice dans le sang, cette petite, née, bien probablement, d'une faute, et qui, élevée dans une atmosphère de galanterie, ne pouvait et ne devait être qu'une femme galante.

***

Huit années s'écoulèrent....

Henriette atteignit ses quinze ans..,

La comtesse de Shrewsbury frisa la quarantaine.

La quarantaine... l'âge où la femme qui a su vivre toujours chaste et pure, au coin de son foyer, semble encore, souvent, dans tout l'éclat de la jeunesse et de la beauté, mais où, par contre, celle qui a abusé des voluptés, a besoin de toutes les ressources de l'art pour ne point paraître ce qu'elle est, usée, fanée, flétrie.

Ah! l'appellation, à la fois affectueuse et flatteuse que sa fille d'adoption continuait de donner à la comtesse, commençait à faire sourire sous cape les gens qui l'entendaient? *Maman rose* tournait à *maman jaune*.

Elle-même, bon gré, mal gré, lady Shrewsbury s'apercevait qu'elle vieillissait; d'abord, tout simplement, en se regardant dans son miroir....

Ensuite, au vide cruel qui se produisait dans son entourage.

Plus d'adorateurs!... — Les papillons recherchent les fleurs nouvelles.

— Eh bien! se dit-elle, au dernier de ses amoureux, — le plus tenace, — qui finit par s'éclipser comme les autres, eh bien! puisque je suis devenue vieille, en vieille je saurai vivre!...

Elle appela Henriette.

— Mon enfant, j'ai une grande nouvelle à t'annoncer : d'ici à un mois, — le temps de mettre mes affaires en ordre, — nous quittons Londres pour aller nous fixer à Edimbourg.

La jeune fille ouvrit de grands yeux.

— Ah! mon Dieu! maman rose, s'exclama-t-elle, et pourquoi allons-nous nous fixer à Edimbourg?

— Parce que c'est une ville plus tranquille, plus calme que Londres, et que nous y serons plus convenablement, toi, pour achever ton éducation, moi, pour y rétablir ma santé, depuis quelque temps chancelante.

« Je possède, aux alentours d'Edimbourg, un château que je n'ai pas visité depuis des années, et que je serai enchantée de revoir!...

« Nous nous y installerons.

— Alors, ce n'est même pas à Edimbourg que nous habiterons, c'est aux alentours?

— Oui, mon enfant, c'est aux alentours. Une campagne superbe! des sites délicieux!...

« Tu ne t'ennuieras pas, là-bas, n'aie pas peur!...

« D'abord, est-ce que tu peux t'ennuyer avec moi, dis?

— Oh! assurément, non, maman rose!

— Nous recevrons quelques voisins... Quelques amis, parmi lesquels... dans cinq ou six ans... quand tu auras l'âge de te marier... nous te choisirons un brave et bon époux...

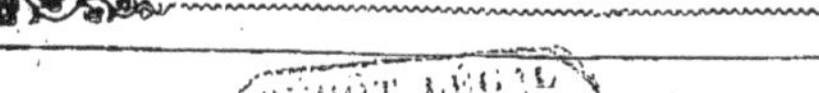

Elle avait une femme de chambre à qui elle disait toutes ses pensées. (Page 88.)

« Mais tu ne parais pas satisfaite de mon idée de partir pour l'Écosse....

« Est-ce que tu as quelque chose à objecter contre mon projet ?...

— Non, non, maman rose ! Oh ! partout où je serai avec vous, je me trouverai bien !...

— A la bonne heure !... Ah ! pendant que j'y pense, mon enfant, déshabitue-toi donc de me donner, ce petit nom.... qui ne sied plus mon âge....

— Il ne faut plus que je vous appelle....

— Maman rose, non. C'était bien quand tu étais une enfant. Appelle-moi maman, tout simplement.

— Il suffit, maman rose.... Pardon !.... Il suffit, maman.

— Très bien ! va ma chérie.

Ma chérie embrassa, en souriant, sa mère adoptive, mais la vérité est qu'elle n'avait pas envie de rire, *Ma chérie !* Partir pour l'Écosse !.... se confiner dans un château bien certainement vieux, laid et triste !.... Comprend-on une lubie pareille !.... S'enfermer, se cloîtrer, et cela au moment où elle, Henriette, ne demandait qu'à prendre son essor dans le champ des plaisirs ! Au moment où, quelque part qu'elle allât, mille regards lui disaient qu'elle était jolie !...

Eh ! que maman... ci-devant rose... y allât s'il lui plaisait, dans son château écossais !... A quarante ans, il n'y a rien d'étonnant à ce qu'on fuie le monde !...

Mais à quinze ans !...

— Ah ! si un riche et beau seigneur pouvait donc m'enlever avant que je ne parte pour Edimbourg !

Ceci vous représente la conclusion des

réflexions d'Henriette Wilson à l'issue de son entretien avec lady Shrewsbury. Une conclusion, du reste, en parfait rapport avec les pensées habituelles de la fille d'adoption de la femme galante.

Le poisson, né et nourri en eau trouble, ne peut faire autrement que de sentir la vase.

III

Où Henriette Wilson se montre plus que digne d'avoir une des premières places dans ce livre.

Qui rêve le mal, le mal lui vient.

A une huitaine de jours de là, lady Shrewsbury se promenait en voiture, à Hyde-Park, avec Henriette Wilson, quand un gentilhomme à cheval, ayant aperçu les deux dames, vint aussitôt caracoler à leur portière.

Ce gentilhomme était le comte de Kendal. — Vingt-cinq ans. Riche comme un nabab. Beau, spirituel, ardent. — Il connaissait lady Shrewsbury pour être allé deux ou trois fois en soirée chez elle, mais ce n'était qu'à la promenade, en passant, qu'il avait vu Henriette, qu'il trouvait ravissante.

— Que m'a-ton appris, comtesse! Vous quittez Londres?

— Dans quelques semaines ; oui, comte.

— Et pour toujours?

— Pour toujours.

— Oh! en vérité, c'est affreux, cela, de vous exiler de la sorte!

« Et mademoiselle s'accommode de cette horrible résolution ? »

C'était à Henriette que lord Kendal adressait cette question, à laquelle lady Shrewsbury se hâta de répondre, — d'un ton assez sec, par parenthèse :

— Ma fille adoptive, monsieur le comte, ne saurait taxer d'horrible un dessein que j'ai conçu, dans son intérêt comme dans le mien.

Lord Kendal reprit, en riant :

— Sans doute! sans doute! En demoiselle bien élevée qu'elle est, miss Henriette n'oserait faire opposition à son excellente protectrice, et cependant...

— Vous m'excuserez, milord, mais l'air, un peu vif, m'oblige à fermer cette portière.

— Ce qui signifie que vous m'invitez à me retirer.

« J'obéis, comtesse.

« Et, avant votre départ pour Edimbourg, est-ce que vous daignerez m'autoriser à aller vous présenter mes hommages ?

— Non. J'en suis désespérée, mais nous ne recevons plus personne. Les préparatifs du voyage nous absorbent.

« Je vous salue, cher comte. »

La portière était fermée. Plus moyen de causer! Lord Kendal enrageait, forcé qu'il était de laisser s'éloigner le carrosse.

Ah! c'est qu'elle lui plaisait infiniment, cette petite Henriette Wilson! Elle lui plaisait infiniment, au moins déjà depuis deux grands mois, et s'il ne le lui avait pas dit encore, c'était faute d'une occasion!

Et elle quittait Londres!... Va te promener, l'occasion!... Courez donc après une femme en Ecosse!...

Oh! cette comtesse de Shrewsbury!... C'est bien cela!... Parce qu'on ne pouvait plus l'aimer, elle ne voulait plus que les autres s'aimassent!...

La bride sur le cou de sa monture, lord Kendal, suivant d'un œil mélancolique le carrosse qui emportait lady Shrewsbury et Henriette, fulminait ainsi, mentalement, contre les vieilles femmes coupables de dérober les jeunes filles aux jeunes hommes.

— Milord, j'ai l'honneur de vous offrir mes respects...

Fit un homme d'une soixantaine d'années, qui s'inclinait, chapeau bas, au détour d'une allée, devant le comte.

— Hein! fit celui-ci, en s'arrêtant. Ah! c'est vous, Daniel Mumm!... Vous venez aussi vous promener à Hyde-Park ?

— De temps en temps, pour me délasser de mes travaux, oui, monsieur le comte... et puis aussi pour me procurer l'agrément de saluer mes élèves.

— Des élèves qui, pour la plupart, vous font plus d'honneur que moi, n'est-ce pas,

Mumm ? Si je ne me trompe, voilà bientôt six mois que n'ai pris une seule de vos leçons.

— Sa Seigneurie est bien libre...

— De payer ses cachets sans rien apprendre ?... Ah ! ah !...

— Ce n'est pas cela que je voulais dire, mais...

— Et êtes-vous content, enfin ? Gagnez-vous de l'argent ?

— Beaucoup, milord. Oh ! je ne me plains pas !...

« Pourtant, depuis la fin de l'été, c'est comme un mauvais sort : nombre de mes élèves, — des demoiselles, principalement, — me donnent mon congé !...

— Oh ! oh !... Et qu'est-ce que vous faites donc à ces demoiselles, mon cher, pour qu'elles vous congédient ?... Vous manquez de convenances envers elles ?

— Votre Seigeurie plaisante ! A mon âge, et sans autres ressources que son talent pour subsister, on ne se compromet pas par des légèretés !

« Non, c'est pour un motif ou un autre que, presque toutes à leur grand regret, ces demoiselles se voient contraintes de renoncer à leurs études ; celles-ci sont malades... celles-là quittent Londres...

« Tenez, par exemple, miss Henriette Wilson, la fille d'adoption de lady Shrewsbury, que j'ai aperçue tout à l'heure, en voiture, dans ce parc... »

Lord Kendal qui, jusque là, s'était entretenu assez distraitement avec Daniel Mumm, le professeur de théorbe[1], — car c'était un professeur de théorbe, que Daniel Mumm ; un instrument de musique fort en vogue, en Angleterre et en France, au XVIIe siècle, — lord Kendal devint plus attentif à cette dernière partie des confidences du vieux musicien.

— Ah ! interrompit-il, mis Henriette Wilson était une de vos élèves, Mumm ?

[1] Le théorbe était une espèce de luth, avec un manche plus long et des notes plus basses.

— Oui, milord ; et une de mes plus productives ! Une guinée par leçon.

— Et combien de leçons par semaine ?

— Trois. Le mardi, le jeudi et le samedi.

— Et... c'est fini ? Vous ne lui en donnez plus ?

— Pardon ! Nous terminons le mois. Elle ne part qu'au commencement d'octobre ; donc...

— A quelle heure donnez-vous vos lecons a miss Wilson ?

— Entre sept et huit huit heures du soir.

— Où cela ?

— Comment, où cela ?

— Oui... Où travaille-t-elle avec vous ?

— Ah !... mais dans son appartement ; dans un petit salon contigü, je crois, à sa chambre à coucher.

— Et la comtesse de Shrewsbury assiste-t-elle à ces leçons ?

— Elle y assistait encore le mois dernier, mais, depuis une quinzaine, comme elle est presque toujours souffrante...

— Alors, vous restez seul avec miss Wilson ?

— Seul, le plus souvent, oui, milord. Par hasard, sa gouvernante, mistriss Ardagh, vient nous écouter un instant... un petit instant !... Elle éxècre la musique, cette Écossaise !...

— Et... vous avez toujours, ce me semble, un valet pour vous accompagner dans les maisons où vous allez professer ?

— Sans doute, milord. J'ai toujours mon domestique Bob, pour porter mon instrument dans sa boîte. C'est encore lourd, un théorbe... dans sa boite... et si j'étais forcé de déambuler avec cela sous le bras par tout Londres !...

— Et que fait-il Bob, pendant que vous donnez votre leçon à miss Wilson ?

— Ce qu'il... Dame ! il fait ce qu'il peut, ce garçon ! Il dort dans l'antichambre.

— Loin du petit salon, cette antichambre ?

— Non ! à côté.

« Mais pourquoi toutes ces questions, milord ?

— Je vais vous le dire, mon ami.

D'un bond, sautant à terre, près du vieux

maître de théorbe qu'il saisit par les deux poignets, de manière à le tenir fixe en face de lui, les yeux dans les yeux :

— Vous serait-il agréable de gagner mille livres sterling, Daniel Mumm ? poursuivit lord Kendal, à demi-voix.

— Mille livres sterling ! s'exclama le bonhomme, effaré.

— Là ! là ! ne criez pas, et répondez. Vous serait-il agréable de gagner mille livres sterling ?

— En quoi faisant ?

— Presque rien.

— Mais encore est-il nécessaire que je sache...

— Vous saurez tout ; mais, d'abord, je vous le répète : — nous sommes aujourd'hui, mercredi ; — voulez-vous avoir, demain jeudi, mille belles livres sterling dans votre poche ?

« Oui ou non ?

— S'il ne s'agit de quoi que ce soit que la loi condamne... ou que ma conscience réprouve...

— La loi n'a miette à voir là-dedans, et, quant à votre conscience... on dort très-tranquillement, mon cher, avec mille livres sterling à soi sous son oreiller !...

— Il est certain que, primo, comme je suis bien convaincu que Votre Seigneurie n'a nul désir de m'entraîner dans une voie funeste !...

« Ensuite, n'est-ce pas ? puisque la moitié de mes élèves me remercient...

— Il y a sagesse à s'ingénier, au plus tôt, à rétablir l'équilibre dans vos recettes. C'est évident.

« Par conséquent ?

— Oui, milord, oui, oui, oui, je me mets, corps et âme, à vos ordres, pour gagner les mille livres sterling offertes.

— Bravo !...

***

Le lendemain soir, Henriette Wilson était auprès de lady Shrewsbury, qui gardait le lit depuis le matin par suite d'un gros rhume, lorsque mistriss Ardagh entra annoncer à la jeune fille l'arrivée de son professeur de théorbe.

— Ah ! s'écria-t-elle, je ne prendrai pas de leçon ce soir !... Allez, je vous prie, le dire à Daniel Mumm, mistriss.

— Et pourquoi donc ne prendrais-tu pas de leçon, ce soir, Henriette ? demanda la comtesse.

— Mais parce que vous êtes malade, chère maman, et...

— Je ne suis pas assez gravement indisposée pour que cela t'empêche de travailler. Tu n'as plus que quelques jours à profiter des leçons de M. Mumm, il serait maladroit de les perdre.

« Va, mon enfant, va ! mistriss Ardagh me tiendra compagnie en ton absence. »

« *C'était écrit !* » comme disent les Turcs. La colombe devait aller à l'épervier.

Mi-souriante, mi-refrognée, — cela ne la divertissait que médiocrement, l'étude du théorbe, — Henriette se rendit au petit salon où elle avait coutume de prendre ses leçons.

Daniel Mumm y était assis, occupé de considérer un morceau de musique.

— Mademoiselle, je vous présente mes humbles civilités.

— Bonsoir, monsieur Mumm.

— Madame la comtesse est encore souffrante, m'a-t-on dit ?

— Oui. Aussi ne travaillerons-nous pas longtemps, ce soir.

— A votre commandement, mademoiselle.

« Nous répèterons, s'il vous plaît, le duo que nous avons déchiffré mardi dernier ?

— Répétons le duo.

— Voici votre instrument... je vais quérir le mien que j'ai laissé dans l'antichambre à la garde de mon domestique Bob.

— Comment au lieu de rester là, en m'attendant, vous ne pouviez pas aller chercher votre instrument ?

— Mademoiselle, vous comprenez... j'ignorais... je ne savais pas si... Oh ! c'est l'affaire d'une seconde ! ne vous impatientez pas !...

Tout troublé, tout balbutiant, le vieux musicien avait passé, en refermant la porte après lui, dans l'antichambre, tandis que, pour se préparer à la mélodie, probablement, Henriette se regardait dans une glace.

Ah! voici Daniel Mumm qui rentre. Mais non! Grands dieux!... Qu'est-ce que cet homme, en costume de valet, qui se précipite à ses genoux?...

Oh!... cet homme!... Elle ne s'abuse pas!.. C'est le beau seigneur qu'elle a rencontré, la veille, à Hyde-Park!...

— Miss!...

— Milord!...

— Ah! vous m'avez reconnu! Quel bonheur!.,. Oui, je suis le comte de Kendal. Je vous aime! Et c'est parce que je vous aime que je ne veux pas que vous vous immoliez à la funèbre fantaisie de lady Shrwesbury!..

— Milord!...

— Partir pour l'Écosse, vous!... Ensevelir tant de grâces, tant d'attraits, dans un pays de brouillards et de neiges!... Ensevelir, car vous péririez d'ennui, là-bas, chère Henriette!... Non, non, cela ne sera pas!

« Je vous aime! Consentez à me suivre, et ma fortune, mon sang, ma vie sont à vous!

« Une voiture nous attend à quelque distance, dans la rue. Je sors seul, le premier; vous me rejoignez et... en route!... Oh! si vous saviez comme je vous ferai heureuse, mon Henriette! Je possède, tout près de Londres, une maison de campagne où nous nous cacherons d'abord quelques jours... puis, quand la colère de la comtesse sera passée, nous reviendrons à Londres... où vous aurez votre hôtel à vous,... *vos* voitures... *vos* chevaux. Tout ce que vous souhaiterez, je vous le donnerai, Henriette! J'ai de l'or à acheter une ville!...

« D'ailleurs, ne craignez rien! Tant que vous me l'ordonnerez, je contiendrai la fougue de mes désirs! Je serai un frère pour vous, Henriette, avant d'être un amant... et, peut-être, un jour, un époux!... »

Il parlait de respects, et il n'était plus, maintenant, à ses genoux, il la serrait passionnément contre son cœur en la dévorant de ses regards et en la brûlant de son souffle...

Elle se taisait, pourtant; tremblante, elle hésitait à répondre. Abandonner la comtesse! Se faire enlever!... C'était son rêve qui se réalisait, oui... mais combien y a-t-il de rêves dont on rougirait s'ils se changeaient en réalités!

Allons!... il fallait frapper un grand coup!

— Je vous effraie, chère Henriette?... Je vous déplais, peut-être? Vous refusez de me suivre?

« Eh bien! adieu!.., Puisque je ne puis vivre avec vous, je vais mourir!...

Il simulait un mouvement pour s'éloigner; elle le retint. — Les vieux moyens sont toujours les meilleurs.

— Mourir!... Vous voulez mourir!...

— Sans doute!... Dans quelques instants une balle de pistolet dans la tête m'aura délivré d'une existence qui, sans vous, me serait désormais insupportable!...

— Mon Dieu!... — Mais si l'on me voit sortir de l'hôtel?

Elle discutait sa défaite!... Elle était déjà à moitié vaincue!...

— On ne vous verra pas!... Il fait nuit.

— Les domestiques?

— Sont en train de souper à l'office.

— Les concierges?

— Daniel Mumm les occupera en bavardant avec eux tandis que vous passerez...

« Et j'aurai laissé la porte de la rue ouverte.

« Ma jolie Henriette!... Mon amour d'Henriette, que décidez-vous? »

Elle soupira.

— Mais vous m'aimerez bien, au moins? murmura-t-elle.

— Toute la vie!

— Et vous m'épouserez?

— Je vous le jure!...

Un serment doublé d'un baiser, dont la tendre éloquence convainquit sans doute la jeune fille, car elle reprit, rougissante:

— Eh bien! allez... je vous suis!

— Vous êtes un ange!...

***

Ce ne fut pas plus difficile que cela.

Les leçons de Daniel Mumm duraient ordinairement une heure. Au bout d'une heure et quart, ne voyant pas reparaître Henriette, la comtesse envoya mistriss Ardagh dans l'appartement de la jeune fille...

La vieille gouvernante revint, n'ayant trouvé personne, mais rapportant, sous pli, ce mot que le comte de Kendal avait jeté sur un meuble en se retirant :

« Chère comtesse,

« Ne vous inquiétez pas, et, surtout, ne « perdez pas votre temps en recherches inu« tiles; votre fille adoptive est avec quel« qu'un qui se charge de son sort. Et avouez « qu'il eût été dommage de laisser enfouir « dans l'ombre un aussi charmant bijou « d'amour!...

« Dans quelques mois, quand vous serez, « comme on l'espère, plus calme, Henriette « Wilson viendra, en personne, vous deman« der son pardon. D'ici là, en vous rappe« lant que vous avez été jeune, jolie et cour« tisée, ne lui en veuillez pas trop de s'être « conduite en femme jeune, jolie et qu'on « adore. »

— Hélas! gémit lady Shrewsbury, après après avoir lu ce billet, est-il donc vrai que Dieu ne veut pas que celles qui se sont montrées indignes d'être mères puissent en connaître les bonheurs!...

Étrange coïncidence! Comme la comtesse achevait sa triste lecture, un domestique lui monta une lettre à son adresse, datée d'une petite ville d'Italie, que la poste venait d'apporter.

Cette lettre était ainsi conçue :

« Je meurs, madame; dans quelques heu« res j'aurai atteint le terme d'une car« rière dont les deux tiers se sont écou« lés dans les larmes; mais, avant de fermer « les yeux, je veux vous dire, encore une « fois, merci!

« Ma fille est toujours près de vous, n'est« ce pas madame? Vous l'aimez toujours et « elle n'a pas cessé de mériter vos bienfaits?

« Mais ma vue s'obscurcit... ma main se « glace..... Adieu, adieu, madame! Adieu « aussi à mon Henriette!... Plus tard, bien « plus tard, si vous le jugez convenable — « à la veille de son mariage, par exemple, « — montrez-lui cette lettre, afin qu'elle « apprenne, en même temps, à vous aimer « davantage, s'il est possible... et moi... « moi, à ne pas trop mépriser ma mé« moire! »

— Hélas! répéta la comtesse, cette seconde lecture terminée, malheureuse femme! mieux vaut pour toi être morte sur la terre étrangère que dans ton pays! Du moins, le désespoir ne te suivra pas au tombeau!...

***

Cependant Henriette Wilson et son amant étaient arrivés à Beptfort, à quatre milles de Londres, dans une délicieuse villa où tout était préparé pour les recevoir.

Chemin faisant, comme bien on pense, le premier baiser, aussi vite accepté que donné à l'hôtel Shrewsbury, avait eu quantité de successeurs.

Donc, à Beptford, — Henriette, ne paraissant d'ailleurs nullement désireuse qu'on remit ce sujet sur le tapis, — point ne fut question, une minute, de la part de lord Kendal, de renouveler sa proposition à la jeune fille de n'être pour elle qu'un frère..... le frère le plus respectueux.

On se promena quelques moments dans les allées parfumées d'un mystérieux jardin, puis on monta dans une chambre à coucher, dont la richesse exquise eût émerveillé même une fée!...

Enivrée déjà par les tendres propos du comte, par ses caresses, à l'aspect de ce luxe Henriette perdit le peu qu'il lui restait de raison.

Sur une table, sa main, timide encore, touchait un coffret en bois de santal.

— Ouvrez, ouvrez, ma chère! lui dit Kendal.

O prodige! toutes les étoiles du firmament enfermées dans une boite!... Des myriades d'étoiles sous forme de diamants, de rubis, d'émeraudes!...

Et ces étoffes magnifiques étalées de toutes parts!... Ces satins de Perse, ces dentelles de Venise! ces châles de l'Inde!...

— De la besogne pour vos couturières, mon Henriette!...

— Quoi! c'est à moi tout cela?...

— Tout cela!... Mais ce n'est rien! J'entends qu'avant deux mois on vous cite comme la femme la plus élégante de l'Angleterre!...

Résistez donc à de telles séductions, surtout quand toutes vos aspirations, tous vos instincts ne tendent qu'à la coquetterie, à la soif des plaisirs!...

Henriette Wilson ne résista pas non plus!

Nos tourtereaux demeurèrent un mois dans leur nid. Un mois entier ils surent se suffire à eux-mêmes.

Et, s'il n'eût dépendu que de lord Kendal, peut-être ces trente jours de félicité solitaire eussent été suivis de trente autres. Il raffolait de sa maîtresse.

Mais l'hiver approchait; il commençait de faire froid à la campagne...

Et puis.... et puis, à différentes reprises, le comte avait surpris Henriette en flagrant délit de baillements étouffés!...

— Tu t'ennuies? lui dit-il, un matin.

— Oh! non!... Mais... il n'y a pas de couturières ici!...

— C'est juste!... Il faut qu'on te fasse tes robes.

— Et ces diamants... ces perles... à quoi me sert de les avoir, si personne ne les voit!...

— Tu as raison. Tantôt nous retournerons à Londres...

Elle lui sauta au cou.

— Oh! que tu es aimable!...

« Ensuite, reprit-elle, d'un ton de sentiment, tu conçois, mon ami... cette pauvre comtesse de Shrewsbury... ma seconde mère...

— Tu serais contente de la revoir?...

— Oh! bien contente!...

— Tu la reverras. Je te conduirai moi-même, chez elle, demain.

L'installation à Londres prit tant de temps que ce ne fut qu'au bout de quinze jours que l'on songea à se rendre chez sa seconde mère.

Démarche trop tardive. La comtesse était partie pour Edimbourg depuis une semaine.

Henriette se mordit les lèvres en trouvant l'hôtel Shrewsbury fermé, abandonné, désert.

— On se souciait peu de me revoir, à ce qu'il paraît, dit-elle, puisqu'on n'a pas daigné attendre mon retour!...

« Eh bien! je me passerai de pardon, voilà tout!...

« On m'a oubliée! j'oublierai. »

Ingrate!... Sir Thomas Howard, l'avait bien dit à la comtesse : « *Vous pourriez un* « *jour déplorer les heures perdues par vous* « *à débarbouiller miss Henriette Wilson.* »

Enfin, elle était débarbouillée! C'était le point capital pour elle.

Fidèle à ses promesses, lord Kendal avait établi sa maitresse à Londres sur un pied princier.

Il ne lui manquait qu'une cour... elle l'eut bientôt.

Bientôt, tout le monde galant de la capitale de la Grande-Bretagne se donna rendez-vous chez la belle, la fastueuse, la prodigue Henriette Wilson.

Prodigue au delà de toute expression. Lord Kendal était cinq ou six fois millionnaire; en deux ans, à force de subvenir au dépenses folles de sa maitresse, il se trouva réduit aux emprunts.

Il ne lui en sonna mot. Il l'aimait tant qu'il se fût, sans un regret, ruiné pour elle!...

Et elle, l'aimait-elle?...

Hum! Dans les commencements, oui, il lui avait plu. Mais depuis quelques mois...

C'est si monotone de s'entendre toujours dire : « Je t'aime ! » sur le même ton, par la même bouche !...

***

C'était en 1682, sous la reine Anne. Il y avait alors, à Londres, un danseur de corde nommé Wild, qui émerveillait la cour et la ville.

Sorte d'Antinoüs, joignant la grâce à la beauté, l'adresse à la force, Wild exécutait en public des exercices qui provoquaient des applaudissements frénétiques. Tantôt il voltigeait, autour de la corde roide, comme une roue autour de son essieu et s'y suspendait par les pieds et par le cou, tantôt s'y appuyant sur l'estomac, les bras et les jambes étendus, on eût dit qu'il planait dans l'espace !...

Et ses sauts périlleux !... C'était étourdissant !...

Henriette alla voir Wild et ce fut moins le funambule qu'elle admira que l'homme.

Signe de race : née dans la boue, par ses instincts elle retournait dans la boue. Cet acrobate, avec ses oripeaux, lui paraissait plus séduisant qu'un lord d'Angleterre dans ses habits de gentleman.

Elle avait une femme de chambre à qui elle disait toute ses pensées, — toutes les courtisanes ont ainsi une confidente prise dans leur domesticité ; — elle lui parla de Wild.... « le plus beau des hommes qu'elle eût jamais vus ! » conclut-elle.

On s'attache les gens par la complicité dans leurs sottises.

— Eh ! vraiment, dit Arabelle, — la femme de chambre, — si milady a envie de savoir si Wild est aussi aimable qu'il est beau, c'est bien facile !

— Comment cela?

— Je l'amènerai un de ces soirs à milady.

— Oh ! si tu me l'amènes, je te donne....

— Donnez-moi d'abord une cinquantaine deguinées, s'il vous plait, que j'offrirai à Wild, pour qu'il sache bien, tout de suite, qu'il n'a pas affaire à une petite bourgeoise ; nous recauserons de ma récompense plus tard.

— Voilà cent guinées.

— Bien !

— Et, souviens-toi, Arabelle : je veux qu'il vienne en costume !...

— Cela va sans dire ! s'il venait habillé comme tout le monde, ce ne serait plus amusant !...

***

Les aventures amoureuses ne manquaient pas au beau Wild, mais une bonne fortune appuyée, comme entrée du jeu, d'un rouleau de guinées, cela primait toutes les autres !

Le danseur de corde accueillit avec transports Arabelle ; il accepta sans balancier... — pardon ! sans balancer, — le rendez-vous qu'elle lui assigna.

A neuf heures du soir, le lendemain, amené en voiture à la petite porte du jardin de l'hôtel d'Henriette Wilson, il était introduit près de cette dernière par la femme de chambre.

Quel effet, lorsque, ayant rejeté le manteau qui l'enveloppait, il s'exhiba dans son maillot collant constellé de paillettes !...

On avait disposé une collation à son intention : des gâteaux, des confitures, des vins de France et d'Espagne.

— Si cela ne contrarie point Votre Seigneurie, dit-il à Henriette, — j'ai mal dîné.... aujourd'hui... — à la place de toutes ces fadaises, je préférerais une bonne tranche de bœuf, un morceau de fromage... et... deux ou trois bouteilles de porter.

— Comment donc, mon ami !... Vite, Arabelle... Il a faim !... Du porter, du rosbeef et du chester.

Et c'est qu'elle mangea avec lui du bœuf et du fromage ! Et c'est qu'elle but de la bière, Henriette Wilson ! Elle qui, à dîner en compagnie de lord Kendal, n'avait pu que sucer une aile de bécasse arrosée d'une gorgée de bordeaux !...

Wild ne se bornait pas à être commun comme du pain d'orge, il était bête comme

On la revit bientôt brillante et belle aux promenades, aux bals. (Page 95.)

une oie. Henriette le trouva spirituel et distingué.

Trois fois par semaine, un mois durant, elle le reçut de la sorte à souper...

Des soupers qui, bien entendu, ne se terminaient pas à table.

Mais... tant va la cruche à l'eau...

Wild fut-il indiscret? Se vanta-t-il de ses amours? Fût-ce un valet qui, ayant surpris le secret des visites du saltimbanque, le révéla à lord Kendal?...

Toujours est-il qu'un soir qu'on le croyait à la campagne, à chasser, le comte entra, sans s'être fait annoncer, dans la chambre à coucher d'Henriette Wilson, comme la jeune femme

> Dans le simple appareil
> D'une beauté qu'on vient d'arracher au sommeil,

se livrait, sous la direction du beau Wild, sur une corde simulée à la craie sur le tapis, à des exercices de voltige de haute fantaisie.

Cela l'amusait d'apprendre à danser sur la corde, cette chère enfant!

D'épouvante, à l'apparition soudaine de lord Kendal, elle laissa tomber le manche à balai qui lui servait de balancier...

Quant à Wild, se souvenant qu'avant d'être amoureux il était acrobate, il n'en fit ni une ni deux : il sauta, par une fenêtre, dans le jardin et s'enfuit.

Lord Kendal était pâle de colère et de honte, Le dégoût avait tué l'amour en lui.

Être supplanté par un saltimbanque!... *Fye! fye upon!* comme disait lord Jermyn. *Shocking! Shocking!*...

Il s'approcha d'Henriette, et, levant sur elle le fouet de chasse qu'il tenait à la main :

— Tiens! dit-il, tu mérites d'être traitée à l'égal des chiens de ma basse-cour!...

La jeune femme poussa un cri de douleur. Quand elle découvrit son visage, que, par un mouvement trop tardif, elle avait essayé de protéger de ses mains, une traînée sanglante s'y voyait, partant de dessous l'oreille gauche pour mourir sur la tempe droite...

Et le comte s'était éloigné pour ne plus revenir.

*
* *

Peu curieux d'affronter le ressentiment de lord Kendal, Wild se sauva de Londres, le lendemain, sans qu'Henriette s'en inquiétât.

Elle avait bien assez de s'occuper de guérir sa balafre! Un soin qui ne lui prit pas moins de quinze jours.

C'est fort long à s'effacer, les traces honteuses!

Elle fit dire qu'elle était malade et que son médecin lui avait interdit toute visite.

Satisfait de sa juste vengeance, lord Kendal n'avait pas éprouvé le besoin de l'ébruiter. A ceux qui lui demandaient s'il n'était plus avec Henriette Wilson, il se contentait de répondre qu'ils s'étaient, en effet, séparés parce qu'ils ne s'aimaient plus.

Quand la ligne rouge, puis violette, puis jaune, eut enfin disparu complétement de sa figure, Henriette put donc rouvrir, sans crainte de railleries, les portes de son hôtel...

Et les visiteurs ne lui firent pas défaut.

Elle était plus jolie que jamais; une vingtaine de grands seigneurs sollicitèrent à ses pieds la joie de succéder à lord Kendal.

Il y en avait de jeunes et de vieux...

Elle en prit un vieux, — le marquis de Grantham, — non pas seulement parce qu'il était le plus riche, mais parce qu'en se donnant à un vieillard, elle s'imaginait prouver au jeune comte de Kendal qu'elle ne le regrettait pas.

Mais, s'il était riche, le marquis de Grantham était économe...

Il lui convenait de donner tant par mois à une maîtresse, — une somme réglée, — mais, pas un *penny* de plus!

C'était à prendre ou à laisser.

On conçoit qu'habituée à dépenser sans compter, avec lord Kendal, Henriette Wilson s'accommodât peu des façons parcimonieuses du marquis de Grantham!...

Elle le quitta pour sir John Oxtoby, jeune baronnet qui venait d'hériter d'une fortune colossale.

Décidément, il n'y a que les jeunes hommes pour faire sauter les écus! Henriette Wilson vit, de nouveau, le Pactole affluer entre ses doigts, complaisamment écartés toujours pour le laisser couler chez tous les marchands de Londres.

John Oxtoby était vaniteux; par vanité il ne refusait rien à sa maîtresse.

Mais, maintenant qu'elle avait de rechef des monceaux d'or à fondre, Henriette Wilson s'ennuyait.

Un soir, au Théâtre de la Reine,— *Queen's Theatre*, — où l'on jouait *Roméo et Juliette*, de Shakespeare, elle remarqua, dans le rôle de *Roméo*, un jeune comédien du nom de Tom Barker, dont le talent s'alliait à une rare beauté physique.

Une beauté qui n'avait rien de commun avec celle de Wild! Oh! non!... Il y avait de l'esprit dans les grands yeux de Tom Barker, de la finesse dans son sourire, de la grâce dans sa tournure!

Bref, voilà Henrtette amourachée encore une fois!

Arabelle était toujours là, toujours disposée, en dépit des jaloux, à prêter son concours aux caprices galants de milady...

Tom Barker est amené à Henriette Wilson.

Il la séduit de près plus encore que de loin. Oh ! le ravissant garçon ! Que de grâces dans ses manières, de distinction dans son langage !

C'est un prince déguisé en comédien, bien certainement !

« Ce n'est pas un prince, mais c'est le fils naturel d'un grand personnage, dont il ne peut dire le nom, qui lui a transmis, avec son sang, toute la noblesse de son âme. Tom Barker est heureux d'avoir touché le cœur d'Henriette Wilson, il est prêt à lui vouer sa vie... mais Tom Barker a de la fierté justement parce que sa profession semble lui défendre d'en avoir. Tout ou rien, pour lui, en amour ! Plutôt que de partager la possession d'une femme, il préférait se passer éternellement de maîtresse !... »

Bien entendu, tout le petit roman qui précède est du crû de Tom Barker et non du nôtre !...

Comment n'être pas impressionnée par une telle délicatesse de sentiments chez un homme dont le regard seul vous fait frissonner de volupté !..

— C'est sir John Oxtoby qui vous empêche de m'aimer ! dit Henriette au comédien. Qu'à cela ne tienne ! Demain, j'aurai rompu avec sir John Oxtoby !...

— Oh ! milady !... il ne faut pas, pour moi...

— Si ! si !... D'ailleurs, j'en ai assez, de lui et de ses guinées !...

Et qui fut dit fut fait. Le lendemain, le baronnet était invité à ne plus remettre les pieds chez la dame.

Or, Tom Barker était un coquin ; — qui en avait menti par la gorge en se donnant un gentilhomme pour père ! Il était le fils d'un portefaix ; — son but, en séparant Henriette Wilson d'un protecteur, était de pouvoir la gruger à son aise...

Elle avait un hôtel, des voitures, des diamants... en un an il lui eut croqué tout cela...

Et, affolée qu'elle était par la passion, dominée par l'ascendant qu'exerçait sur elle un amant indigne, la malheureuse ne comprit la turpitude de cet amant que lorsque, son dernier bijou vendu pour lui acheter, à lui, nous ne savons quel colifichet à la mode, il lui tourna le dos en lui disant : Adieu !

Elle pleurait, de chagrin et de rage, seule dans le mauvais petit logement garni que, de degrés en degrés, elle en avait été réduite à habiter...

Un homme entra chez elle. Ni beau, ni laid, ni jeune ni vieux, mais l'air aimable et intelligent, tel était Jérémie Bisterfield, un auteur comique anglais de l'époque, qu'Henriette Wilson avait eu occasion de rencontrer plusieurs fois au théâtre, avec Tom Barker.

— Ma chère enfant, entama Jérémie Bisterfield, je sais ce qui vient de vous arriver...

— Ah ! Tom Barker vous a dit...

— Qu'il vous avait plantée là. Il vient de s'en vanter hautement dans une taverne voisine.

— Le misérable !

— Je suis absolument de votre avis. Tom Barker est un misérable qui vit de l'amour qu'il inspire aux femmes.

« Mais aussi, pourquoi diable y a-t-il des femmes assez sottes pour aimer un gaillard de cette vilaine espèce !...

— Je ne l'aime plus !...

— Je l'espère, et c'est parce que je l'espère que je vais vous faire une proposition :

« Vous êtes jolie ; vous me plaisez, j'avais une maitresse depuis trois ans, elle est morte ; voulez-vous prendre sa place ? Je ne suis pas riche, mais je ne suis pas pauvre ; nous partagerons tout ce que me rapportera ma plume, et, plus tard, — comme il est bon de songer à l'avenir, — s'il vous convient, je vous donnerai un état qui vous aidera à remonter au rang que vous occupiez dans le monde galant : je vous ferai comédienne.

— Comédienne ! répéta vivement Henriette Wilson. — Elle avait déjà pensé à cette ressource.

— Oui, reprit Bisterfield. Vous n'avez pas de penchant pour le théâtre ?

— Au contraire !

— En ce cas, cela simplifie la question. Ma maîtresse, d'abord. Comédienne ensuite. Et, alors, la bride sur le cou. Je sais qu'il ne faut pas demander de la constance aux dames de théâtre.

— J'accepte votre proposition.

— Très-bien ! Mais, attendez ! Je n'ai pas fini ! Si, lorsque je vous aurai donné des ailes, je n'entends pas contrarier votre vol... autrement dit, si je m'engage, alors, à ne me point fâcher lorsque vous me prouverez que vous en avez assez de moi, en revanche, tant que vous ne serez encore qu'une actrice en herbe, j'exige de votre part la plus stricte fidélité !

— Je vous serai fidèle, je vous le jure !

— Sérieusement ?

— Mais, sans doute, très-sérieusement.

— Ah ! c'est que, je vous en avertis, autant je suis bon pour les gens, tant que je n'ai pas à m'en plaindre, autant je suis désagréable à leur égard quand ils m'ont offensé !

— Je vous jure, du plus profond de mon âme, de ne point vous tromper tant que vous ne m'aurez pas, comme vous dites, « jeté la bride sur le cou. »

— Il suffit. Venez donc. Je vais vous conduire à *notre* logis.

⁂

Ce n'était pas un palais que le logis de Jérémie Bisterfield, mais, en somme, cela devait paraître un séjour fort convenable à quelqu'un qui sortait, comme Henriette Wilson, d'une manière de grenier.

Un appartement assez vaste, confortablement meublé, dans une maison, de très-bonne apparence, de la *City ;* une domestique pour faire la cuisine et servir.

Et puis, pour un fabricant de pièces de théâtre, Bisterfield se comporta vraiment en gentleman avec sa nouvelle compagne. Quand il l'eut amenée chez lui, son premier soin fut de l'introduire dans une chambre à coucher dont, sur son ordre, Madge, la servante, venait d'ouvrir les volets.

Madge éloignée :

— Ceci était la chambre de Sarah, ma maîtresse, dit-il à Henriette. C'est, à présent, la vôtre, et je n'en franchirai le seuil que lorsque vous me le permettrez.

Henriette le permit le surlendemain. Pourquoi pas plus tôt que plus tard ?

Et puis, elle s'était accoutumée tout de suite à Jérémie. Il était gai, il était bon ; à défaut d'amour elle ressentait de l'amitié pour lui.

Cela alla à merveille pendant trois mois. Henriette ne sortait pas ; elle ne demandait pas à sortir ; elle lisait, quand son amant était absent, toutes sortes d'ouvrages dramatiques qu'il avait mis à sa disposition, et qui l'intéressaient beaucoup : Shakspeare principalement. Quand Bisterfield restait à la maison, et quand il ne travaillait pas, elle commençait de prendre des leçons de diction. Mais de toutes petites leçons !... Oh ! elle n'était pas pressée de monter sur le théâtre !...

Souvent il lui lisait des passages de la pièce qu'il était en train d'écrire. Il en préparait une alors, — qui eut un immense succès : *Noir, Blanc et Rouge*, — dont le titre rappela à Henriette la vengeance de lord Kendal.

⁂

Donc, depuis trois mois, le ménage morganatique Bisterfield et Henriette Wilson allait au mieux quand, non pas « une poule » mais « un coq » survint...

... Et voilà la guerre allumée.

Ce coq, sous l'espèce d'un jeune peintre, avait nom Francis Tockwell.

Il habitait, depuis quelques jours, la même maison que le poëte et sa maîtresse ; juste en face d'eux, dans un corps de logis séparé par une cour, et que desservait un second escalier.

C'était en automne, il faisait encore chaud; souvent, le soir, Henriette lisait, assise dans sa chambre à coucher, près de sa fenêtre ouverte...

Souvent Tockwel se mettait à sa croisée...

D'abord Henriette trouva l'artiste affreux avec ses longs cheveux et ses moustaches en pointe; puis il ne lui sembla plus *si laid que cela;* puis il lui parut charmant...

De son coté, Tockwell ne demandait qu'à entrer en relations... plus ou moins suivies... avec cette jolie femme, sa voisine.

L'intrigue eut son cours ordinaire : des regards, des sourires échangés; enfin, — quand l'ombre de la nuit le permettait, — des billets qu'on se jetait, au bout d'un fil, d'une fenêtre à l'autre. On s'était réciproquement avoué, par correspondance, qu'on s'aimait; ensuite, *lui* avait réclamé d'*elle* la faveur d'un rendez-vous, et *elle* avait répondu à *lui* qu'elle ne sortait jamais, qu'elle ne pouvait jamais sortir...

Billet n° 5 : « Vous ne pouvez pas sortir. « Eh bien! j'irai chez vous. »

Billet n° 6 : « Impossible de vous recevoir! La domestique de mon amant lui est « dévouée. C'est une vieille bête. Si vous « veniez me voir elle ne manquerait pas de « le lui apprendre. »

Billet n° 7 : « J'irai chez vous sans que la vieille bête le sache. J'ai mon moyen! »

Ce moyen, c'était un toit; le toit d'un bâtiment, plus bas de moitié que les autres corps de logis de la maison, qui formait comme une terrasse s'étendant, en dominant la cour, de la croisée de la chambre du peintre à celle de la chambre d'Henriette. Une terrasse en pente, sur laquelle il était assez périlleux de se risquer, surtout quand il faisait du brouillard...

Et ce fut justement un soir de brouillard que Tockwell prit ce chemin pour aller près d'Henriette!...

Cela méritait une récompense...

On ne la lui marchanda pas.

Mais, en déjouant les regards de la *vieille bête*, nos amoureux avaient compté sans la finesse de son oreille.

Si étouffés qu'ils soient, les baisers ont un bruit sur la nature duquel il est difficile de se méprendre. Madge entendit ce bruit, et, assurée d'une trahison, elle en avertit son maître.

Un soir qu'Henriette était avec son peintre, la porte de sa chambre, qu'elle avait fermée intérieurement au verrou, renversée brutalement par un vigoureux coup d'épaule, livra soudain passage à Jérémie Bisterfield.

Nonobstant le désordre de sa toilette, Francis Tockwell s'élançait vers la fenêtre pour s'évader par son chemin habituel...

Le poëte retint le peintre par le bras, et, d'une voix calme :

— Il est inutile que vous vous en alliez par là, lui dit-il; il a plu, le toit est glissant, vous risqueriez une chute.

« Habillez-vous tranquillement; vous sortirez par la porte.

« Je ne vous veux pas de mal; vous n'avez fait que ce que font tous les jeunes hommes de votre âge! »

Tockwell se rhabilla, — tranquillement, cela n'est guère présumable!

Ce qu'il y a de positif, c'est qu'il put s'éloigner, reconduit jusqu'à la porte par la vieille Madge, sans avoir essuyé une chiquenaude seulement de Bisterfield.

Henriette était restée blottie dans son lit, tremblante, la tête cachée sous ses oreillers...

Quand le peintre ne fut plus là, Bisterfield s'approcha de la jeune femme, et, d'un ton qui continuait de ne dénoter aucune colère :

— Il est trop tard pour que vous partiez ce soir... — Onze heures vont sonner; — dormez donc; nous nous quitterons demain matin.

Le poëte s'était éloigné sur ces mots; Henriette l'entendit se diriger vers son cabinet, où, sans doute, il se mit à travailler...

Ma foi! ce qu'elle avait de mieux à faire, c'était de dormir comme il l'y avait engagée. Il ferait jour le lendemain!

Elle s'endormit.

Une sensation de douleur effroyable la réveilla en sursaut au milieu de la nuit. Était-ce un rêve ? Il lui semblait qu'on lui avait brûlé le front !...

Elle se leva sur son séant en jetant un cri.

Ce n'était pas un rêve. Tandis qu'Henriette reposait, — *du sommeil de l'innocence*, — Bisterfield avait fait chauffer à blanc un anneau d'or, sur lequel étaient gravés son chiffre et ses initiales, puis, se glissant d'un pas furtif dans la chambre de l'infidèle, à l'aide d'une pince de fer, il lui avait posé cet anneau au milieu du front.

Le pendant, avec aggravation de peine, du coup de fouet de lord Kendal.

Henriette rugit de rage en se voyant, dans le miroir que Bisterfield lui tendait, ainsi stigmatisée.

— C'est votre faute ! dit Bisterfield. Je vous avais prévenue que je ne pardonnais pas un outrage !

« J'ai voulu que vous vous souveniez toujours de moi... Or, comme vous vous en souviendrez chaque fois que vous vous regarderez dans une glace, vous ne m'oublierez donc, comme je le désire, jamais ! »

IV

Qui n'est pas long parce que, comme conclusion de cette histoire, il n'offre pas grand'chose d'amusant.

Le lendemain matin, Henriette Wilson, un bandeau sur le front, quittait le logis de Bisterfield, emportant dans sa poche une dizaine de guinées, dernier gage d'affection du poëte que, dans le premier moment, elle avait voulu lui jeter à la figure, mais que, réflexion faite, elle avait accepté !...

Il fallait vivre !...

Elle errait au hasard depuis une heure dans la City, en quête d'une maison garnie où se loger, quand, au détour d'une rue, elle se croisa avec une vieille femme qui, en l'apercevant, poussa une exclamation de surprise et de joie.

Cette vieille femme était mistriss Ardagh, son ancienne gouvernante.

— Miss Henriette Wilson ! C'est vous ! c'est bien vous ! disait-elle en lui serrant convulsivement les mains. Quel bonheur de vous avoir enfin retrouvée !...

— Vous me cherchiez donc ?

— Mais tous les jours depuis un mois !

— Pour quoi faire ?

— Pour vous apprendre deux nouvelles ; une mauvaise et une bonne.

« La mauvaise est que lady Shrewsbury, votre mère d'adoption, est morte.

— Et la bonne ?

— Qu'en mourant, madame la comtesse vous a instituée sa légataire universelle. Une honnête fortune, vraiment ! Oh ! elle avait fait des économies depuis qu'elle vivait à Edimbourg, milady ! La pauvre chère dame ! Et elle vous aimait encore, vous voyez ! Elle a songé à vous jusqu'à son dernier soupir !...

Henriette n'écoutait plus mistriss Ardagh. Tout entière à la seconde nouvelle, elle n'avait pas une larme pour la première. Elle pleurerait plus tard la bienfaitrice; à présent il s'agissait de recueillir le bienfait !...

A son tour, saisissant par les mains la vieille femme :

— Et comment... quand entrerai-je en possession de mes biens ? s'écria-t-elle.

— Mais aujourd'hui même, s'il vous plait !

« Le testament... les titres de propriété... tout est déposé chez un procureur de Londres.

— Son nom, à ce procureur ?

— Barckley.

— Où demeure-t-il ?

— Northumberland-street, dans le Strand.

— Venez donc !...

Une voiture passait, à vide, en ce moment, près des deux femmes ; Henriette Wilson y sauta en entraînant avec elle mistriss Ardagh.

* * *

Tout ce qu'avait dit l'ancienne gouvernante était la vérité. Lady Shrewsbury était morte en Ecosse en léguant toute sa fortune, évaluée à vingt mille livres sterling[1], à Henriette Wilson.

Elle lui avait laissé, en outre, dans un mot d'adieu, tracé avant de mourir, de sages recommandations concernant sa conduite à venir...

Et, jointes à ce mot, sous enveloppe cachetée et scellée, que le procureur remit, tout d'abord, à la légataire, les deux lettres, écrites à quinze ans de distance, par la mère d'Henriette Wilson à sa mère adoptive.

Henriette les parcourut d'un œil rapide et les fourra ensuite, négligemment, dans sa poche.

Ce qui l'intéressait surtout, et avant tout, c'était son argent!

***

Elle était, sinon riche, au moins dans une position aisée.

On la revit bientôt, brillante et belle, aux promenades, aux bals, aux théâtres...

Les soupirants recommencèrent à faire la queue à la porte de son hôtel.

Mais l'adversité l'avait instruite. Trop bien instruite, même. Par horreur de la misère qu'elle avait subie quelque temps, Henriette Wilson, redevenue une courtisane à la mode, ne songea plus qu'à thésauriser.

Elle ruina vingt, trente hommes, en dix ans, et non plus, comme autrefois, follement, en jetant leur or par les fenêtres, mais en l'empilant, sous clé, dans ses caisses.

Exécrée pour son avarice bien plus qu'elle ne l'avait été pour sa prodigalité, — cela ne semble-t-il pas, en effet, une anomalie monstrueuse, une femme galante qui garde ce qu'elle a volé!... — elle devint la terreur des familles.

Toutes les mères essayaient de préserver leurs fils de cette Phryné doublée d'Harpagon.

[1] Environ cinq cent mille francs.

***

En prenant de l'âge, elle était toujours en vogue; elle avait un train de maison qui scandalisait l'aristocratie et le peuple.

— Eh bien! je ne suis pas heureuse! disait-elle.

— Pourquoi?

— Parce que personne ne m'aime... et ne peut m'aimer sincèrement.

« J'ai envie d'imiter lady Shrewsbury... de faire pour un enfant ramassé n'importe où, ce qu'elle a fait pour moi.

— Entre nous, cela lui a médiocrement réussi!

— Bah! Cela me réussira, peut-être, à moi!

Poursuivie par cette idée d'adopter un enfant, à quelques jours de là Henriette Wilson s'en alla dans une rue tortueuse des bords de la Tamise, quartier des matelots.

Au seuil d'une cahute, une femme en guenilles berçait sa petite fille dans ses bras.

— Donnez-moi cet enfant, bonne femme, j'en ferai le mien.

La femme se mit à pleurer, et, embrassant sa petite fille :

— Tout de même, ma Jane, dit-elle, que tu serais plus heureuse avec cette belle dame qu'avec moi!...

« Au moins tu mangerais tous les jours!...

— Elle aurait de belles robes... des valets pour la servir!

— C'est donc que vous êtes bien riche, madame?

— Très-riche!... Et j'assurerai toute ma fortune à mon enfant adoptif.

La mère hésita un moment encore. Enfin...

— Eh bien! emportez-la, fit-elle, mais avant, dites-moi qui vous êtes.

— Je me nomme Henriette Wilson.

— Henriette Wilson! répéta la femme du peuple en reculant. Henriette Wilson, la courtisane!... Oh! non! non! j'aimerais mieux jeter ma fille à l'eau que de vous la donner!...

« Allez-vous-en! allez-vous-en! »

*
* *

Sombre, pâle les yeux fixes, Henriette Wilson regagna sa voiture en murmurant à deux ou trois reprises :

— Ah ! l'on me méprise tant que les plus pauvres parmi les plus pauvres refusent de me confier leur enfant !...

Revenue à son hôtel, elle s'enferma dans sa chambre à coucher en défendant qu'on y entrât avant le lendemain.

Le lendemain matin, on la trouva morte dans son lit.

S'était-elle empoisonnée ? Avait-elle succombé à une congestion cérébrale, résultat assez fréquent d'un violent chagrin ? On l'ignore.

Comme elle n'avait pas d'héritiers, sa fortune revint aux hospices.

Il y a, comme cela, certaines gens, — semblables à certaines bêtes, — qui ne savent faire du bien que morts.

IV

RADAAFLORA-LA-BAYADÈRE

Pondichéry est une grande et belle ville, chef-lieu des établissements français dans l'Inde, située sur la côte de Coromandel. Un large canal bordé d'arbres la divise en deux parties, nommées la *Ville-Blanche* et la *Ville-Noire*. A l'est, sur les bords de la mer, est la *Ville-Blanche*, habitée par les Européens ; à l'ouest, est la *Ville Noire*, habitée par les indigènes.

Or, c'était au mois d'octobre 1861, le 20 octobre au matin. Arrivés, de la veille, de Marseille à Pondichéry par un paquebot des Messageries impériales, — *le Scamandre*, — deux jeunes hommes, deux Français, MM. Edouard Bordier et Stéphen Delorme, après avoir passé la nuit dans un des meilleurs hôtels de la *Ville-Blanche*, — l'hôtel *d'Orient*, — se disposaient à partir, en palanquins, pour une *aldée* [1] sise à six lieues environ de Pondichéry, sur les bords du lac Oussoudou.

Et qu'allaient faire par là ces messieurs ? C'est ce que, mieux que nous, ils vous apprendront eux-mêmes, tout à l'heure, lecteur.

A Pondichéry, comme à Bombay et à Calcutta, et en général dans toutes les possessions européennes des Indes, ce sont des hommes qui remplissent, de gaieté de cœur, les fonctions de bêtes de somme, en transportant, pour un salaire relativement modique, les voyageurs d'un point à un autre.

Et l'expression : *de gaieté de cœur*, n'a rien ici d'exagéré ; les porteurs de palanquins, — ou *télingas*, des Hindous pour la plupart, exercent allégrement leur rude profession ; ils ne s'estiment pas plus humiliés d'avoir sur leurs épaules un être humain qu'un ballot de coton ou d'indigo.

Ils sont quatre, par véhicule, s'encourageant mutuellement à franchir l'espace par le cri répété de : *Hawas ! hawas !...* (Alerte ! alerte !...)

Et c'est que réellement, lorsqu'ils sont animés, non-seulement ils trottent, mais ils

[1] Ou village. Le mot *aldée* est le terme dont on se sert en géographie pour désigner les bourgs ou villages des possessions européennes en Afrique ou dans les Indes.

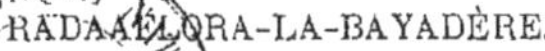

Le rajah la conserve dans son palais comme un objet de luxe. (Page 101.)

galopent! Il n'est pas rare de voir un palanquin, aux porteurs vigoureux, dépasser un cheval.

***

Etendus dans leurs litières respectives, — les deux filant côte à côte, à égale distance, toujours, — il y avait une vingtaine de minutes déjà que MM. Edouard Bordier et Stéphen Delorme étaient partis de l'hôtel *d'Orient* sans qu'ils eussent échangé encore une parole.

La conséquence d'un de ces accès de rêverie où l'on se complaît, en société même, souvent, d'une personne qui vous est chère.

Cela est si bon, souvent, de n'être qu'avec soi!

Cependant, comme les *télingas*, sortis de la ville, s'engageaient dans une large route ombragée de palmiers et de tamariniers:

— Et puis? fit tout à coup l'un des jeunes

hommes, — Edouard Bordier, — en se tournant vers son compagnon; et puis, mon cher Stéphen, à quoi ou à qui pensez-vous, je vous prie?...

Interpellé de la sorte, Stéphen Delorme, secouant, du bout du doigt, la cendre de son cigare, — un *régalia* extra; un des derniers spécimens de la provision emportée par lui de Paris, et, avec l'aide d'Edouard Bordier, par lui consommée à bord du *Scamandre;* — interpellé en ces termes, Stéphen Delorme laissa venir un sourire sur ses lèvres, et, ripostant à une question par une question:

— Et vous-même avant de m'interroger, mon cher Édouard, répondit-il, où et avec qui étiez-vous, s'il vous plaît?

— Oh! moi, cela coule de source!... Je pensais à mon bon père, que je vais revoir bientôt; à notre jolie habitation où je vais me retrouver après un an d'absence; à mes sympathiques plaisirs que je vais reprendre: la chasse, la pêche, la promenade dans les bois...

— Eh bien! dans un sens différent, puisque vous regardiez en avant et que, moi, je regardais en arrière, ce qui vous occupait m'occupait également, mon ami. Je pensais... à mon bon père, à ma chère et bien-aimée mère, que j'ai quittés il y a six semaines.. .

« A notre charmant petit hôtel du boulevard Malesherbes... où mon chien favori, mon pauvre Eyo, doit pleurer, chaque matin, à la porte, — qui ne s'ouvre plus pour lui, — de ma chambre déserte....

« Aux théâtres que j'avais l'habitude de fréquenter chaque soir...

« A mes amis... qui me cherchent, sans doute, partout, étonnés de ne plus me rencontrer nulle part...

« A ma dernière maîtresse... qui ne me cherche pas, elle, — j'ai eu la courtoisie de l'avertir, par un billet, que je partais pour un très-long voyage...

— Mais qui vous pleure... comme votre chien Eyo?...

— Non; Hermance n'est pas une femme à larmes; elle s'est vite consolée, j'en suis sûr, de ma fugue, d'autant mieux qu'à mon billet d'adieu j'avais joint une douzaine de billets de banque, de grand format, et une paire de boucles d'oreilles en rubis.

— Peste! mon cher! Que donnez-vous donc à une maîtresse, au début, si vous lui donnez tant au dénoûment!...

— Oh! par caractère et par goût j'ai toujours aimé à pratiquer la générosité envers les femmes. Fi! des pleutres qui ne savent pas payer leurs plaisirs!

« D'ailleurs Hermance méritait des égards. Pendant une liaison de quinze mois, j'estime qu'elle ne m'a trompé que trois ou quatre fois!

— Ah! ah!... Alors, vous la regrettez?

— Du tout! je m'apprêtais à rompre avec elle quand vous êtes venu me proposer de vous suivre aux Indes. Son dernier coup de canif m'avait été particulièrement désagréable. Un cabotin des boulevards que j'avais trouvé, un soir, caché dans une armoire de son cabinet de toilette... et laid, le drôle!... et sale!... Pouah!... comme je le lui ai dit, alors, à cette petite: « Au moins, choisis-les donc propres et gentils!... »

— Enfin, en songeant à Paris, êtes-vous fâché, aujourd'hui, d'être à Pondichéry, mon bon Stéphen?

— Fâché, non; c'est la première grande pérégrination à laquelle je me livre!... — jusqu'à présent je n'étais pas allé plus loin que Dieppe et Cabourg. — Cela m'amuse donc infiniment, au contraire, de courir le monde... d'être à... — à combien de lieues de Paris sommes-nous ici, Édouard?

— A peu près quatre mille quatre cents lieues.

— Quatre mille quatre cents lieues!... Dire que, lorsque je serai de retour au boulevard Malesherbes, je pourrai me vanter d'avoir fait mes petites neuf mille lieues!...

« Je le répète donc: je ne suis pas fâché, je suis très-content même d'être ici; mais... — vous aimez votre père, Édouard, par conséquent vous me comprenez... — mais pour que mon bonheur fût complet, il faudrait que, dans deux autres palanquins, — comme cela, à côté de nous, — il y eût et mon père et ma mère...

« L'un des deux, au moins... Ma mère. Excellente mère! Je gage que s'il n'eût dépendu que d'elle, elle m'eût accompagné!

« Oh! cela lui faisait assez de peine de me voir m'en aller!... vous aviez beau lui jurer qu'il n'y avait aucun danger à craindre!...

— Sans doute! Et avais-je tort? Qu'est-ce qu'un voyage de France aux Indes, maintenant... et *vice versa?*... Une promenade. Voilà la troisième fois que je le fais, moi, ce voyage, et j'en suis encore à noter un accident.

— Et, franchement, là... la main sur la conscience... vous ne vous ennuyez pas dans ce pays, depuis six ans que vous vous y êtes fixé?

— La main sur la conscience, non, mon cher Stéphen, je ne m'ennuie pas!... Et bien loin de là!... Et l'on m'offrirait, aujourd'hui, de retourner, pour tout à fait, en France, que je refuserais.

— En vérité!.... Vous ne comptez pourtant point demeurer éternellement aux Indes?

— Éternellement, non..., mais une dizaine d'années encore.... Jusqu'à ce que mon père et moi nous ayons atteint, comme fortune, le chiffre que s'est assigné notre ambition : de douze à quinze cent mille francs.

— Un chiffre honnête, eh! eh!... Et votre père et vous espérez avoir gagné cela d'ici à dix ans?....

— En cultivant l'indigo? Mais oui. Et nous sommes en bon chemin déjà.... Et nous n'aurons probablement pas besoin de dix ans encore pour arriver où nous voulons.

« J'ai vingt-sept ans. J'en aurai alors trente-six ou trente-sept. Je retournerai donc, dans la fleur de l'âge, en France, jouir de mon bien.....

« Et, entre nous, cela ne vaudra-t-il pas mieux, pour moi, d'avoir ainsi conquis, en une quinzaine d'années, aux Indes, dans le commerce, une complète indépendance, que d'être resté toute ma vie à végéter, obscur avocat, à Paris?....

— Obscur avocat!... Vous auriez eu du talent, peut-être. De la réputation!

— Peut-être. Mais, dans le doute, j'ai préféré venir planter de l'indigo ici avec mon père.... Et je ne m'en repens pas!

— Et pour le mal que je vous veux, mon cher Édouard, je vous félicite d'une résolution qui vous a été, jusqu'à présent, si profitable, et dont, je l'espère, vous n'aurez qu'à vous louer jusqu'à la fin!....

« Il est évident que, pour ma part, si je n'étais le fils unique d'un père.... qui à su amasser, comme agent de change, une très-rondelette aisance.... ce n'est pas avec ce que m'a rapporté, jusqu'à présent, mon pinceau, que je pourrais octroyer, en présents d'adieux, à une maîtresse, des papillotes de billets de mille francs et des pendants d'oreilles en rubis!

— Au fait, je me rappelle, Stéphen : quand nous nous voyions autrefois, à Paris, vous faisiez de la peinture!...

— Du paysage. Oui. Élève de Marilhat!.... Rien que ça!....

— Eh bien?

— Eh bien!.... Après trois ans d'études, dans son atelier, mon maître m'ayant déclaré, avec tous les ménagements possibles, que je ne serais jamais qu'un âne.... j'ai renoncé à barbouiller des toiles.....

« Je me suis contenté d'en acheter.

« Et, à vrai dire, mon cher Édouard, c'est même à ma passion d'acheter.... non seulement des tableaux, mais aussi quantité d'autres objets de luxe ou d'agrément, pour en parer la personne.... et les appartements des dames qui me témoignaient un tendre intérêt, que vous allez être redevable, vous et monsieur votre père, de l'avantage — si c'en est un, — de m'avoir pendan deux ou trois mois pour hôte, dans votret domaine indien.

« J'allais trop vite, paraît-il; mes doigts,

trop lourds pour peindre, étaient beaucoup trop légers pour dépenser.

« — Va donc te promener un peu, mon ami, m'a dit mon père. Le temps de laisser respirer ma caisse !

« Et comme, indépendamment de mon désir d'obéir à mon père, il m'était agréable de changer d'air... de voir du pays... et surtout de passer quelque temps en votre société, mon cher Edouard, voilà pourquoi je suis avec vous, aujourd'hui 20 octobre 1861, à — quelle heure est-il ? neuf heures, — à neuf heures du matin, sur la route de Pondichéry.....

— Aux Bordes.

— Ah ! votre habitation se nomme... C'est juste !... Bordier... les Bordes...

— Aux Bordes où, je le parierais, vous allez vous trouver si bien que vous ne voudrez et ne pourrez plus les quitter !

— Diable ! mais, dites donc, en ce cas je ne serais plus un hôte pour vous... mais un locataire !... je vous payerais ma pension !..

— Vous nous la payeriez en esprit... en gaieté...

— Oh ! en gaieté. Prenez garde !... Quand je penserai qu'il y a quatre mille cinq cents lieues entre ma mère et moi, j'ai peur de n'être pas toujours bien jovial !...

— Vous écrirez toutes les semaines à madame votre mère... elle vous répondra... et, en causant de la sorte ensemble, vous oublierez tous deux que quatre mille cinq cents lieues vous séparent.

— Nous oublierons ! nous oublierons !... Vous n'avez plus votre mère, Edouard ?

— Non. J'ai eu la douleur de la perdre il y a dix ans...

« Mais chaque fois que je vais en France, à Paris, où elle est morte, ma première visite est pour sa tombe...

— Ah !... Vous ne devez donc pas vous étonner.....

— Du chagrin que vous éprouvez à vous sentir éloigné de madame Delorme ; non, mon ami, non, je ne m'en étonne pas... et, pour alléger autant qu'il sera en mon pouvoir ce chagrin, je vous promets, pauvre exilé, d'être toujours prêt à m'entretenir avec vous de votre chère mère !...

Stéphen serra la main d'Edouard.

— Merci ! dit-il ; c'est cela, quand vous me verrez triste, vous... C'est que... — ne vous moquez pas, mon ami, — mais figurez-vous que, la nuit dernière, à l'hôtel, j'ai fait un rêve tellement horrible que, malgré moi, ce matin, en me réveillant, si j'eusse eu des ailes, je me serais aussitôt envolé vers Paris...

— Oh ! Attachez-vous de l'importance à un rêve, Stephen ?... Songes...

— Mensonges, je le sais bien. Enfin...

— Enfin vous subissez l'impression ordinaire chez les gens sortis brusquement de leur milieu. Vous êtes vaguement inquiet, mal à l'aise...

« Mais qu'une huitaine de jours s'écoulent et, j'en suis persuadé, au sein d'une existence qui, pour vous comme pour moi, ne saurait être sans charmes, votre inquiétude et votre malaise disparaîtront.

— J'en accepte l'augure, mon bon Edouard, et, pour commencer, de ce moment, je ne veux plus m'occuper que de ce qui m'entoure...

« Approchons-nous ?

— Nous sommes à moitié chemin, à peu près.

« Voulez-vous nous arrêter quelques minutes pour laisser reposer nos porteurs ?

— Volontiers.

— Tiens, qu'est-ce que ce grand bâtiment, en face de nous ?

— C'est la pagode de Chillabaram, une des plus renommées du pays, et aussi l'une des plus riches. On y vient en pèlerinage de toutes les provinces environnantes. Elle est vouée au culte de Vichnou et desservie par vingt brahmanes et une centaine de bayadères...

— Oh ! oh ! cinq bayadères par tête !... Pour peu qu'il y en ait quelques-unes de jolies, nos vingt brahmanes ne me semblent pas à plaindre avec un pareil sérail !...

— Les bayadères sont toutes jolies... sinon elles ne seraient pas bayadères. La beauté est une raison, *sine quâ non,* pour être reçue *lakchmi*, c'est-à-dire épouse de Vichnou.

« Au surplus, vous en jugerez bientôt par vos yeux, Stéphen. Nous vous donnerons un de ces soirs, aux Bordes, le spectacle d'un ballet de bayadères.

— Ah! on peut en faire venir danser chez soi...

— Autant qu'on veut... en payant. Oui. Les brahmanes ne demandent pas mieux que d'aider, contre argent, à vos divertissements. Quand une *lakchmi* vous plait, même, il vous est permis,—toujours contre argent,— de la garder un mois, un an, deux ans chez vous.

— Bon! Je conçois, maintenant, Edouard, ce qui vous attache si fort à ce pays! Brahmane *in partibus*, vous puisez, à votre gré, vos amours dans le sérail de la pagode de Chillabaram.

— Vous êtes dans l'erreur, Stéphen. Evidemment, je mentirais en disant que, depuis six ans que je suis ici, je ne me suis pas passé quelques fantaisies de ce genre; mais, — après en avoir goûté, vous penserez comme moi, je gage, — mais, toutes jolies qu'elles sont pour la plupart, les bayadères n'ont rien qui me séduise.....

« Mon cœur et ma raison, près d'elles, imposent le calme à mes sens.

« Qu'est-ce, au demeurant, que ces femmes? Une espèce de courtisanes qui doivent, comme telles, leurs talents érotiques à des maitres... à qui elles rapportent d'autant plus qu'elles en ont d'autant plus appris....

« Eh bien! cette pensée que le baiser qu'on me donne, si doux qu'il soit, on me le donne par métier, m'empêche de le savourer!...

« Je vous le répète, Stéphen: j'en suis sûr, vous direz comme moi après deux ou trois nuits passées en société d'une *lakchmi*; c'est bizarre... c'est curieux... mais, pour un homme qui a un cœur, ça manque de charme.

« Bon pour les fous de s'enivrer de liqueurs fortes! Les sages leur préfèrent les vins généreux! »

*
* *

Tout en devisant ainsi, laissant derrière eux, au bord de la route, leurs *télingas*, couchés sur l'herbe et à l'ombre d'un gigantesque manguier, se rafraichir en buvant fraternellement à la même gourde remplie d'*arack*[1] mélangé d'eau, nos deux jeunes hommes faisaient le tour de la pagode, soigneusement close, bâtiments et dépendances, par de hautes murailles en pisé.

Une partie des jardins, cependant, appartenant aux prêtres de Vichnou, n'était ceinte que d'une haie d'arbustes épineux, et, comme Édouard Bordier, arrêté devant un buisson, écoutait un *boulboul*[2] chanter en se balançant gracieusement au-dessus de son nid, Stéphen Delorme, dont toute l'attention était rivée au lieu qui, lui avait-on affirmé, renfermait une centaine de beautés, Stéphen Delorme crut voir, à un endroit où la haie se faisait moins épaisse, se dresser devant lui une vaporeuse figure de femme.

Il crut... car l'apparition n'eut que la durée d'un éclair. Au cri qu'il poussa involontairement à son aspect, elle s'évanouit.

— Qu'est-ce donc? fit Edouard, en rejoignant son ami.

— Une femme, mon cher! J'ai aperçu une femme... là, tenez!...

— Bah!... C'est possible. Quelque *lakchmi* qui se promène dans les jardins, et qui, en nous entendant, a voulu voir qui est-ce qui causait, au dehors, près d'elle.

— Et il m'a semblé qu'elle était ravissante!...

— C'est possible encore. Je vous ai dit que les bayadères étaient, presque toutes, jolies.

— Mais... ne pourrions-nous pas entrer un moment dans la pagode?

[1] Eau-de-vie de riz.

[2] Oiseau à huppe rouge que l'on ne voit qu'aux Indes.

— Oh! oh! voilà mon libertin en flammes parce qu'une Indienne lui a montré le bout de son nez!...

« Nous pourrions entrer, en effet, dans la pagode, visiter le sanctuaire de Vichnou, et même choisir la troupe de bayadères qui viendront, demain ou après-demain, danser devant nous aux Bordes...

« Mais je vous ferai remarquer, mon cher Stéphen, que tout cela nous prendra une grande heure...

— Et que, pour vous, qui n'aspirez qu'au moment d'embrasser votre père, cette grande heure en vaudra au moins deux!...

« Ne dérangeons donc ni Vichnou ni les bayadères, mon ami, et remettons-nous en route.

« C'est égal, si celle que j'ai entrevue une seconde, tout à l'heure, est au nombre, demain ou après-demain, de nos danseuses, je suis bien sûr que je la reconnaitrai!

— Vraiment! ses attraits vous ont tant frappé que cela!...

« Eh bien! tant mieux! Vous voilà une distraction sur la planche, Stéphen. Mais une distraction seulement! Défiez-vous! Il est dangereux de s'amouracher sérieusement d'une bayadère!...

— Dangereux? Pourquoi? puisque leurs maîtres consentent à les céder pour de l'argent.

— A les céder pendant un certain temps, oui... Mais non pas pour toujours. Et une lakchmî qui tenterait de se soustraire au joug des brahmanes, pour vivre indéfiniment avec un amant, risquerait la mort!...

« Sans compter que l'amant, lui-même, pourrait bien payer de son sang le crime d'avoir ravi à Vichnou une de ses prêtresses.

« Au reste, si cela ne vous ennuie pas, Stéphen, tout en cheminant, je vous dirai ce que je sais de l'origine des bayadères, de leur mœurs, et des lois et usages auxquels elles sont astreintes.

« Cela est assez intéressant, vous verrez.

— Comment donc, mais je n en doute pas, mon ami, aussi m'apprêté-je à vous écouter attentivement...

— Bien!.....

***

Les deux amis étaient remontés dans leurs palanquins, que les porteurs avaient replacés sur leurs épaules....

Stéphen Delorme jeta un dernier regard, — où il y avait comme un nuance de regret, — sur la pagode de Chilabaram....

— *Hawas! Hawas!*... firent les Hindous en se remettant, d'un pas alerte, en marche.

Edouard Bordier entama son récit comme suit [1] :

« Suivant la légende, les bayadères ont une origine céleste : elles descendent des *Apsaras*, courtisanes ou danseuses du ciel d'*Indra*.

« Les poëtes les font sortir de la mer pendant que les *Devas*, génies des sphères inférieures, et les *Assouras*, esprits malins constamment en lutte avec les dieux, fouettaient les vagues blanches d'écume pour essayer d'en obtenir *l'amrita*, c'est-à-dire l'ambroisie.

« Elles se mirent immédiatement à danser sur les flots, si séduisantes et si belles de formes, que les *Devas* et les *Assouras*, oubliant leur besogne, se livrèrent un combat terrible pour s'en emparer.

« Les *Devas*, victorieux, les conduisirent à leur chef *Indra*, qui en fit les danseuses ordinaires du ciel, en leur adjoignant les *Gandharbas*, ou musiciens célestes, qui, seuls, jusqu'à ce jour, avaient eu le privilége de charmer les loisirs de sa cour.

« Une de ces déesses ayant eu commerce avec un mortel qui l'avait séduite par ses chants, mit au monde une fille qui, ne

[1] Tout ce que nous avons mis dans la bouche d'un de nos personnages, concernant l'origine et l'histoire des mœurs, lois et usages des bayadères, est emprunté par nous à l'excellent livre de M. Louis Jacolliot intitulé : *Voyage au pays des Bayadères.*

pouvant habiter le ciel à cause de son origine terrestre, fut confiée à des brahmes, ou brahmanes, qui l'élevèrent dans l'intérieur de la pagode, où, dès l'âge le plus tendre, elle se mit à danser, d'instinct, devant les statues des dieux.

« Elle eut, de ses nombreuses amours, sept filles, qu'elle éleva à danser comme elle, dans le temple, les jours de cérémonies, et trois fils qui furent tout naturellement destinés à la profession de musiciens.

« C'est de là que descendent les *devadassi*, ou bayadères, et les musiciens actuels des pagodes.

« Les bayadères ne se marient jamais; attachées au service des dieux elles ne peuvent être en puissance d'aucun homme; mais liberté pleine et entière leur est laissée de former des liaisons passagères, à condition toutefois qu'elles ne refuseront jamais leurs faveurs aux brahmes, à qui elles sont dues.

« Primitivement, elles ne devaient point se donner à d'autres, et celles qui observaient strictement cette loi étaient réputées rester constamment vierges.

« Les brahmes furent les premiers à prostituer leur sérail, pour s'en faire une source féconde de revenus.

« Les enfants qui naissent de ces femmes n'ont pas de caste; les filles sont bayadères comme leur mère, les fils sont musiciens; le père est toujours inconnu.

« J'ai vu quelques-unes de ces danseuses qui étaient presque blanches. C'est le sang européen qui avait fait des siennes. Mais elles étaient moins belles que les autres. Les yeux étaient moins grands, les pieds et les mains moins fins d'attache, la poitrine et les hanches moins fournies et moins riches.

« La vie que mènent les bayadères ne les prédispose pas à la fécondité, aussi leur nombre décroîtrait-il avec rapidité s'il ne s'augmentait journellement par l'offrande que les parents de certaines castes font, à la pagode, de leur troisième fille, mais avant l'âge de cinq ans; au-dessus elles ne seraient point acceptées; car, pour qu'elles soient admises dans l'intérieur du temple, il faut des preuves physiques et morales de virginité.

« La caste des tisserands passe pour celle qui fournit le plus de sujets à ces harems religieux. Dans certaines contrées même, le Malayala par exemple, elle jouit pour cela d'un privilège exclusif et s'en fait le plus grand honneur. Il est vrai de dire cependant que cette caste n'est point très-estimée, et que les Hindous des hautes classes ne consentiraient jamais à livrer leurs filles aux brahmes.

« Dès qu'une jeune fille est entrée dans la pagode, elle est perdue pour sa famille, qui ne peut jamais, et sous aucun prétexte, la réclamer; elle perd sa caste, et, jusqu'au moment où l'âge aura déformé ses traits et sa taille, tout son temps est acquis au service du temple et de l'amour.

« Des maîtres, experts dans les poses plastiques, qui forment toute la danse orientale, sont chargés de la préparer pour les cérémonies, et une vieille matrone, bayadère sur le retour, l'initie aux secrets les plus honteux de la débauche.

« Les femmes sont, en général, si faciles dans l'Inde, que les jeunes indigènes préfèrent de beaucoup se choisir une maîtresse à leur gré, dans leur caste, au luxe coûteux d'entretenir une bayadère, qui doit se faire une loi de ne jamais refuser ses faveurs au plus offrant, la dîme des dons étant réservée aux brahmes. Ces derniers ne plaisantent point sur ce chapitre et ne permettraient pas aisément une faiblesse du cœur qui se traduirait par une diminution dans les revenus.

« Dès que la bayadère qui a été consacrée toute jeune à la pagode devient pubère, sa virginité est littéralement mise à l'encan. Des offres montent souvent à des sommes fabuleuses, dix et quinze mille roupies [1], suivant la beauté du sujet, la richesse des

[1]. La roupie d'or des Indes vaut environ 38 francs. La roupie d'argent, et c'est de celle-là qu'il est question ici, vaut 2 francs.

concurrents, et le nombre de mois ou d'années que la bayadère doit rester au pouvoir de son acquéreur.

« Rien n'égale l'adresse des brahmes pour faire monter ces enchères, où l'orgueil de caste, d'influence ou de fortune, joue un plus grand rôle que la passion.

« Le *rajah* [1] ne voudra pas être distancé dans ses offres par le *babou* [2], et ce dernier par des gens d'une caste inférieure à la sienne.

« Aussi la jeune fille devient-elle, la plupart du temps, la proie de quelque vieillard impotent qui la conserve soigneusement dans l'intérieur de son palais comme un objet de luxe...

« Mais l'éducation reçue porte ses fruits. On ne l'a pas impunément, pendant deux ou trois ans, exercée aux honteuses pratiques de son métier. Si bien closes que soient les portes du palais du rajah, et quelle que soit la surveillance dont on l'entoure, la bayadère saura forcer les unes, éluder l'autre, et se procurer des heures nombreuses de liberté...

« Jusqu'à ce que, surprise en flagrant délit par le maître, elle soit renvoyée à sa pagode, où, à partir de ce moment, elle aura toute liberté de se livrer à ses goûts.

« Si ses débordements ont été trop publics, elle n'est plus reçue dans l'intérieur de la pagode, et va grossir la catégorie des filles qui se donnent à toutes les castes. Mais, si bas qu'elle soit tombée, chose digne de remarque, elle ne partagera jamais la couche d'un paria.

« Fort honorée d'un côté, comblée de présents même par les gens les plus respectables qui n'ont jamais recours à ses talents, et, de l'autre, méprisée par le dernier des *coolis* [3] qui ne lui permettrait ni de manger ni de s'asseoir à côté de sa femme légitime, quand la bayadère meurt, la même singularité s'observe dans ses funérailles. Elle est brûlée avec tout le cérémonial et tout le luxe employés à la crémation des Hindous des plus hautes castes, mais sur un emplacement différent, et ses restes sont jetés au vent.

« Dans certaines provinces du haut Bengale, elle n'est brûlée qu'à moitié, et son cadavre est abandonné aux chacals et aux vautours.

« N'y a-t-il pas là un profond enseignement? Sans s'en douter, peut-être, et malgré l'abaissement de leur niveau moral, ces peuples ne rendent-ils pas ainsi un éclatant hommage aux chastes et pudiques vertus qu'ils ont chassées de leurs foyers ? »

[1] Seigneur.
[2] Bourgeois.
[3] Indiens de la dernière classe.

***

Édouard Bordier avait terminé sur cette réflexion philosophique sa manière de précis de l'histoire des bayadères...

— Eh bien ! fit gaiement Stéphen Delorme, me voilà édifié, mon ami. Grâce à vous, je sais maintenant que, tout comme à Paris, les jolies maîtresses se paient souvent plus qu'elles ne valent aux Indes.

« Mais qu'est-ce, je vous prie, que ce que j'aperçois là-bas, venant vers nous, au milieu de la route ? On dirait un homme sur un éléphant. »

Édouard Bordier porta ses yeux dans la direction indiquée, et :

— C'est en effet un homme, monté sur un éléphant, que nous allons croiser en passant, répliqua-t-il, et cet homme n'est pas seul sur sa monture....

« Voyez ce qui est couché derrière lui, ou plutôt ce sur quoi il est couché.

« Vous ne distinguez pas?

— Je distingue comme une masse noire.

— Eh bien ! cette masse noire vous représente, tout simplement, un couple de tigres du Bengale, mâle et femelle.

« Cet homme, — un Malabare ; je le connais : il nous a donné deux ou trois représentations de ses exercices aux Bordes ; — cet

A Pondichéry, où l'on est très-avide de ses exercices. (Page 106.)

homme est un dompteur et un jongleur. Il se nomme Chérumal.

— Ah ! ce sont des tigres qu'il a avec lui !... Ah ! ce sont des tigres !...

Stéphen avait prononcé ces mots d'une voix dont l'altération, si légère qu'elle fût, n'échappa point à Édouard.

Et comme ce dernier le regardait, surpris :

— Oh ! poursuivit-il avec un sourire forcé, si... — je le confesse... — je suis un peu ému en cet instant, ce n'est point par peur, au moins ! non.

« C'est !... c'est parce que, par suite de cette rencontre, voilà, comme disent les bonnes femmes, *mon rêve effacé !*

— Bah ! vous avez rêvé de tigres la nuit dernière ?

— Justement. Et, dans mon rêve, j'ai même eu l'agrément d'être dévoré vif par un de ces aimables animaux. Si bien dévoré, déchiqueté, que vous ne retrouviez plus, de toute ma personne, que ma tête, que vous rapportiez, embaumée, à ma mère, en lui disant : « Ce n'est pas ma faute, madame, mais c'est là tout ce qu'il reste de votre fils ! »

— Ah ! ah ! ah !... Une jolie commission que je remplissais là !... Ah ! ah ! ah !...

Songes, mensonges ! Édouard Bordier riait, ainsi que Stéphen Delorme; mais lorsque le dompteur et ses bêtes ne furent plus qu'à quelques pas des palanquins, chacun des deux jeunes hommes, cédant instinctivement à une impression pénible, fruit d'une désagréable pensée, devint grave.

Lui, pourtant, le Malabare, au teint couleur de bronze florentin, comme les Hindous de castes inférieures, lui, le dompteur, mollement renversé sur son ménage de tigres, qui sommeillaient en faisant entendre ce murmure particulier à la race féline que, par onomatopée, on a baptisé du nom de *ronron*, lui, Chérumal, paraissait aussi tranquille qu'un berger au milieu de ses moutons.

Sans se redresser, se contentant d'ôter son bonnet d'une main, pour saluer les Européens, il tendit l'autre en criant :

— Une *fanam*, *sahebs* [1], une *fanam* pour nourrir mes bêtes.

— Tiens, l'ami, fit Stéphen, en lui jetant une pièce d'or que l'éléphant attrapa au vol avec sa trompe.

— Que les dieux vous soient propices, saheb ! dit le dompteur joyeux de la richesse de l'aumône.

— Merci ! conclut à demi-voix Stéphen, — en riant franchement, cette fois, — et que tes bêtes ne me mangent pas !

Le Malabare, son éléphant et ses tigres étaient loin.

— Alors, Stéphen, reprit, — en riant gaiement, à son tour, — Édouard, vous ne vous souciez que médiocrement que Chérumal vienne, un de ces jours, pour vous, avec ses tigres, aux Bordes ?

[1] La *fanam* est une pièce d'argent valant 85 centimes; *saheb* veut dire : seigneur, maître.

— Que très-médiocrement, mon cher. Et cela, non point à cause de mon rêve... — ainsi que vous le supposiez tout à l'heure, je ne suis pas si niais que d'attacher de l'importance à un rêve... — mais à cause de l'aversion que je professe pour tous les animaux, en général, du genre féroce : tigres, lions, crocodiles ou serpents.

« C'est plus fort que moi : j'aimerais mieux avoir affaire à une vingtaine de bandits qu'à un caïman ou à un de ces odieux reptiles de votre pays dont vous m'avez parlé : un *cobra-capella* ou un *corallilo*. — C'est bien leurs noms, n'est-ce pas ?

— Oui, mais le *corallilo* et le *cobra-capella* sont rares sur les côtes...

— Tant mieux !

— Ce n'est guère que dans l'intérieur des grandes forêts ou les *jungles* [1] qu'on en rencontre... comme les tigres et les caïmans.

— Bravo ! Ce n'est pas moi qui irai les y chercher !...

« Et ce Chérumal, ce dompteur, — qui a une bien mauvaise figure, par parenthèse, — d'où vient-il et où va-t-il comme cela ?...

— Il vient probablement de *Karikal* [2], où l'avait appelé quelque fête, et il va à Pondichéry, où l'on est très-avide de ses exercices.

« Il s'arrêtera sans doute, pour y passer la nuit, à la pagode de Chillabaram.

— Ah ! les brahmanes hébergent les jongleurs ?

— Très-bien ! Ils les aiment beaucoup même, et les protégent. Une protection intéressée. Je vous conterai une autre fois quels liens mystérieux unissent, dit-on, ces gens.

« Une autre fois, car nous touchons au terme de notre course.

— Nous sommes arrivés ?

— A peu près. Vous voyez ce bois sur votre droite ? Eh bien ! ce bois dépend des

[1] Plaines couvertes de roseaux.

[2] Comptoir français situé à trente lieues de Pondichéry.

Bordes. Et... je ne m'abuse pas!... *Hawas! Hawas! télingas!...* — On nous guettait et mon père vient au-devant de nous avec tout le monde de l'habitation. Cher père! qu'il va être content de m'embrasser!... Qu'il va être heureux aussi de vous connaître, Stéphen, car je lui ai bien souvent parlé de vous!

—Si nous descendions de nos palanquins? Nos porteurs vont vite, mais ne vous semble-t-il pas que nous irions plus vite encore?

— C'est une excellente idée!... Halte, *télingas!...*

***

Nous écririons un roman que nous aurions toute liberté ici de nous étendre, et sur la description de l'établissement de MM. Bordier, les cultivateurs d'indigo aux Indes françaises, et sur l'accueil, non-seulement cordial mais quasi-princier, qu'y reçut Stéphen Delorme, le fils de famille envoyé au vert par son père désireux de laisser reposer un peu ses écus.

Mais cet ouvrage est une série d'histoires *vraies*, pour le développement de chacune desquelles nous sommes obligés de nous renfermer dans des limites prescrites; sinon notre livre ne compterait plus ses pages.

Donc, pour en arriver plus vite aux événements, nous nous bornerons à dire que l'établissement de MM. Bordier, en tant qu'indigoterie, sur les bords du lac Oussoudou, était d'une extrême importance, puisqu'on n'y employait pas moins de deux cents personnes, ouvriers indigènes et commis de bureaux; — ceux-ci, pour la plupart, français...

En tant qu'habitation particulière, que c'était un séjour enchanteur, où toutes les jouissances du confortable le mieux entendu se trouvaient réunies aux agréments naturels.

Stéphen Delorme avait cru tomber chez des marchands, dans une manière de demeure rustique où on le traiterait *à la bonne franquette*, soucieux qu'on serait toujours des soins de son négoce, et il était chez des grands seigneurs, dans une belle et vaste maison meublée avec un luxe et un goût tout parisiens, où il dînait et déjeunait comme, pour son argent, il n'eût ni déjeuné ni dîné à Paris, dans les restaurants le plus en vogue!..

Certes, le cuisinier du *Café anglais* n'avait pas le talent de celui de MM. Bordier, et les vins de Bordeaux, de Madère et de Champagne, qu'on buvait à leur table, valaient ceux qu'on pouvait boire aux Tuileries.

Et quand on était à dîner, ou bien encore en train de causer, au jardin, ou de jouer, sous la *vérandah* [1], une partie de wist ou de trictrac, était-on dérangés quelquefois pour raison d'affaires?

Jamais!... Allons donc! Mais les affaires, cela regardait l'intendant de la plantation et les commis! Tout au plus, de temps en temps, comme distraction bien plutôt que par nécessité réelle, MM. Bordier père et fils allaient-ils à Pondichéry donner un coup d'œil à leur comptoir.

Chasser, pêcher, se promener ou lire, telles étaient les principales occupations de ces messieurs aux Bordes; leur fortune s'augmentait toute seule. Au début, il est vrai, ils avaient, comme on dit communément, *mis la main à la pâte...* La pâte faite, et bien faite, à leurs serviteurs, employés et ouvriers, désormais, la peine, — largement rétribuée, — de confectionner et de vendre les gâteaux; pour eux, il ne leur restait plus que celle d'empocher les recettes.

***

Huit jours s'étaient écoulés depuis que Stéphen Delorme était aux Bordes, et il croyait encore n'y être arrivé que de la veille!...

« Les Bordes sont un paradis, » — avait il écrit à sa mère, — « un paradis terrestre, « pour lequel, si tu y étais à mes côtés, je « renoncerais, sans un soupir, au céleste. « Tu ne t'imagines pas comme les jours s'u-

[1] La *vérandah* est une galerie couverte qui s'étend devant les habitations de maîtres.

« sent vite ici à ne rien faire, tout en étant « continuellement occupé.

« Le matin, à mon réveil, sous ma fenêtre, « c'est un oiseau qui chante dans un tama- « rinier, ou un *flamboyant*, — un arbre ainsi « appelé à cause de ses belles grappes de « fleurs rouges, — et qui chante si bien, cet « oiseau, que je passe des heures à l'enten- « dre.....

« Dans la journée, c'est une course à che- « val dans les bois, les vallées bordées de « rizières, de caféiers, où chaque centaine de « pas vous fournit l'occasion d'une extase « en face d'un panorama toujours nouveau « et toujours splendide...

« Puis, le soir, sur les bords du lac ou dans « les jardins de l'habitation, ce sont, venant « de la montagne, des forêts, des bruits, « d'une indéfinissable harmonie, qui vous « ravissent... Les étoiles même, en ce pays « béni, semblent prendre à tâche de vous « émerveiller en descendant du ciel autour « de vous sous la forme de milliers de *lucio- « les*[1]. C'est féerique !... »

Il y en avait, sur ce ton, quatre pages, et Stéphen promettait à sa mère une lettre aussi remplie pour la semaine suivante!...

La vérité est, nous le répétons, que notre Parisien se plaisait infiniment aux Bordes. Esprit léger, de forme, mais, au fond, intelligent, il ne pouvait demeurer insensible aux beautés de la nature... et de la nature comme il ne lui avait pas été donné, jusque-là, de l'admirer!...

Maintenant, ainsi qu'Edouard Bordier, se fût-il accommodé de se fixer, pour des années, en ce lieu par lui traité de « paradis terrestre ? » Ceci, nous en doutons. A un moment donné, reprenant le dessus, le viveur se fût plaint que le *paradis* manquât de théâtres, de clubs et de boulevard des Italiens.

Quoi qu'il en soit, huit jours durant, l'hôte de MM. Bordier n'avait pas manifesté soupçon d'une minute d'ennui, si bien que

[1] Mouches lumineuses.

quand son ami Edouard lui dit, une après-déjeuner :

— Vous savez, Stéphen : ce soir, une troupe de bayadères vient danser aux Bordes.

— Bah ! répliqua-t-il ; vraiment, vous en avez commandé pour ce soir?

— Une douzaine. Oui. Vous ne teniez pas à en voir si tôt?

— Ma foi ! parole d'honneur, je n'y songeais plus ! Je me trouve tellement heureux chez vous que je ne désire rien autre que de continuer le plus longtemps possible l'existence que j'y mène!...

— Ah ! ah ! j'étais donc prophète en vous disant que vous ne voudriez plus nous quitter ?...

« Mais, c'est égal, une ou deux jolies têtes de femmes dans le paysage ne gâtent rien, vous verrez cela !...

« Surtout si l'une de ces jolies têtes est celle qui vous est apparue derrière la haie des jardins de la pagode de Chillabaram, hein ?

— Eh ! au fait, vous réveillez ma curiosité, Edouard ; je ne serais pas mécontent de revoir ma nymphe indienne !...

« Et à quelle heure doivent venir vos *deva.... deva?...*

— *Devadassi*. Vers huit heures. J'ai envoyé mon *dobachy*[1] tout à l'heure à la pagode, il reviendra avec les bayadères à la tombée du jour.

*
* *

Dans la soirée, en effet, comme les maîtres des Bordes et leur hôte, encore à table, achevaient de prendre le café, Nicalantha, le premier valet de chambre d'Edouard Bordier, entra annoncer que les bayadères, arrivées depuis une petite demi-heure, étaient prêtes à paraître devant ces messieurs.

— Mais, dit Stéphen à Edouard, le voyage a dû les fatiguer, ces pauvres danseuses, et

[1] Valet de chambre.

il serait généreux, de notre part, de les laisser se reposer un peu ?

— Oh ! repartit, en souriant, le domestique indien, les *devadassi* ne sont pas plus fatiguées que moi, saheb. Si j'étais à cheval, moi, pour aller à la pagode, elles en sont venues, elles, à dos d'éléphant.

— Bon ! bon ! reprit Stéphen, c'est différent !.. J'ignorais que ces demoiselles eussent des éléphants à leur service pour faire leurs courses !...

— Et sur le dos desquels elles sont, assurément, plus à l'aise qu'une élégante de Paris dans son coupé ! dit M. Bordier père. Vous n'avez pas encore vu un *haoudah*, monsieur Stéphen ?

— Non, monsieur. Qu'est-ce ?

— Une sorte de chambre, munie de portes et de fenêtres, qu'on installe sur un éléphant, et qui peut facilement contenir six personnes.

« Nous avons, ce soir, douze bayadères ; donc, elles étaient dans deux *haoudahs*, sur deux éléphants.

— Mais qui conduisait les éléphants ?

— Un *bohi* [1] appartenant à la pagode, je suppose, n'est-ce pas, Nicalantha ?

— Non, saheb ; c'est Chérumal, le dompteur, qui se trouvait à la pagode quand je m'y suis présenté, que les brahmanes ont chargé de conduire ici les bayadères.

— Ah ! fit Stéphen, en regardant Édouard, Chérumal .... le monsieur aux tigres !

Édouard se mit à rire.

— Oui, le monsieur aux tigres, répliqua-t-il, mais sans ses tigres !... ne vous effarouchez pas, mon ami !

« Connaissant votre antipathie pour ces animaux, nous nous garderions bien d'en faire venir, — fussent-ils doux comme des agneaux, — aux Bordes !...

« Allons, messieurs, s'il vous plaît de passer dans la salle de danse ?... »

[1] Valet d'écurie.

La salle de danse était un grand salon, au rez-de-chaussée, dont, pour la circonstance, on avait retiré les meubles, à l'exception d'un divan circulaire.

Le tapis d'Aubusson avait été remplacé, sur le parquet, par une natte de bambous, plus fraîche, paraît-il, que la laine aux pieds nus des danseuses.

Au plafond, on avait allumé le lustre en cristal de Bohême, aux cent bougies.

Les trois Européens s'assirent, et, d'abord, — à titre de connaissance, sans doute, car l'exhibition des bayadères ne le concernait point ; si quelqu'un les avait *domptées*, ce ne pouvait certes pas être lui, — et, d'abord, Chérumal, le Malabare, vint saluer les maîtres des Bordes et leur hôte....

Puis les *devadassi* entrèrent.

Elles étaient onze.

— Eh ! s'écria Edouard Bordier, après avoir constaté ce nombre en désaccord avec son programme, mais il nous manque une danseuse ! Pourquoi ?

Chérumal s'avança et, saluant de nouveau :

— Radaaflora, une des *lakchmis*, s'est trouvée mal en route, dit-il. Elle est restée dans un *haoudah*.

— Bien ! bien ! reprit Edouard ; si mademoiselle Radaaflora est malade, laissons-la dormir. Faute d'un sujet le ballet n'en sera pas moins brillant, j'espère !

Et, se penchant vers Stéphen, qui examinait, l'une après l'autre, chaque danseuse :

— Eh bien ! poursuivit, à demi-voix, M. Bordier fils, votre nymphe indienne est-elle dans la troupe, mon ami ?

Stéphen secoua négativement la tête.

— Non, repartit-il ; il y a de très-jolies filles là, mais il n'y a pas celle que j'ai vue à à la pagode.

Très-jolies, réellement, étaient les bayadères ; et très-jeunes ; la plus âgée n'avait pas dix-sept ans. Toutes, la peau bronzée, sans cependant, pour cela, avoir rien qui rappelât le type nègre. Les traits fins, au contraire ; la bouche petite et rose ; des yeux magnifiques, toutes.

Leur vêtement consistait en une pièce de soie de l'Inde, bleue, rose, blanche ou jaune, qui, s'enroulant autour des hanches, remontait sur la poitrine pour cacher les seins, et se rattachait par derrière à la ceinture.

Trois d'entre elles s'accroupirent au centre du salon, tenant sur leurs genoux, celle-ci un tambourin, celle-là un gong ou tam-tam, cette autre une manière de guitare.

Les musiciennes donnèrent le signal....

Les danses commencèrent.

A propos de ces danses, qui l'ont eu vingt fois pour spectateur, laissons encore ici parler M. Louis Jacolliot, le spirituel auteur du *Voyage au pays des bayadères*.

« Prenez les poses les plus gracieuses consacrées par l'art et les tableaux des maîtres, faites-leur succéder des élans de bacchantes enivrées par des libations et de mystérieux parfums, puis, représentez-vous ces femmes se traînant à vos genoux, souples et caressantes, l'œil noyé, éperdu de langueur, le sein palpitant d'excitations fiévreuses, les membres tressaillant sous l'action du *haschisch*, comme aux approches d'une crise nerveuse, et vous aurez une faible idée du spectacle étrange et fascinateur que représente un ballet de bayadères.

« Ces femmes étaient exaltées jusqu'au délire par une préparation extraite du gingembre, de la cantharide et du chanvre, et telle est l'adresse de ceux qui manipulent cet ingrédient, qu'il excite sans être nuisible d'une manière immédiate, et permet un long usage avant qu'on puisse en ressentir les effets destructeurs.

« La danse doit toujours finir, pour ces prêtresses de l'amour, par l'épuisement complet de toutes leurs forces. Si elles résistent aux premières exaltations, à ces spasmes qu'une longue habitude leur fait presque se procurer à volonté, elles se mettent à tourner sur elles-mêmes avec une incroyable rapidité, jusqu'à ce que, n'en pouvant plus, et prises de vertige, elles tombent anéanties et demi-nues sur le parquet. »

*
* *

Habitués de longue date au spectacle de ces exercices chorégraphiques, MM. Bordier ne les considéraient plus guère qu'au point de vue de l'art. Comme le peintre, pour qui la femme qui lui loue, par état, ses beautés, n'est plus une femme, mais un modèle, ces messieurs ne voyaient dans les *devadassi* que des machines humaines, stylées à représenter, avec plus ou moins de talent, des tableaux voluptueux, mais indignes de leur inspirer une seule velléité galante....

Quant à Stéphen Delorme, nous n'affirmerions pas que les danses des bayadères l'eussent laissé aussi calme que ses hôtes, mais, semblable à l'enfant qui, parce qu'il ne trouve pas dans le nombre celui qu'il désirait, tourne dédaigneusement le dos aux jouets qu'on lui présente, n'apercevant point, parmi les desservantes de la pagode de Chillabaram, celle dont il avait gardé le souvenir, il ne se laissa séduire par aucune.

Lorsque, le ballet terminé, Edouard Bordier, l'emmenant à l'écart, lui dit, en riant :

— Et puis, mon ami, y a-t-il une de ces demoiselles qui vous ait assez plu pour qu'un de ces matins nous allions demander aux Brahmanes, ses maîtres, de vous la prêter trois ou quatre jours?

— Vraiment non ! répliqua vivement Stéphen ; pas une de ces filles ne m'a tenté !...

— Ah ! Ah !.... L'inconnu qui fait tort au connu !

« C'est votre poétique apparition.... c'est votre nymphe qu'il vous fallait, avouez-le ?...

— Je l'avoue : Si elle eût été dans la troupe....

— Eh bien ! demain, si vous voulez, en poussant, à cheval, jusqu'à la pagode de Chillabaram, nous aviserons à dénicher votre bijou.

— Oh! ce n'est pas plus pressé que cela!...

— Pourquoi donc? Vous êtes chez des garçons, ici, où il n'y a ni mère, ni sœur, ni femme dont vous puissiez craindre d'effaroucher les justes susceptibilités; donc la satisfaction d'un caprice... très-légitime... vous est permise.

« Nous recauserons de cela demain... »

En attendant, — les bayadères parties, avec Chérumal, sur leurs éléphants, — comme il se faisait tard, — près de minuit, — chacun, aux Bordes, songea à prendre du repos.

Pour qu'il fût plus libre de ses actions, de ses mouvements, MM. Bordier avaient affecté, comme demeure, à leur hôte, un pavillon sis au milieu des jardins, à une portée de fusil des bâtiments principaux de l'habitation.

Reconduit jusqu'à la porte de ce pavillon par Edouard, Stéphen, après avoir échangé une: « bonne nuit! » avec son ami, était monté dans sa chambre à coucher, meublée, selon la coutume aux Indes, d'un lit et d'un hamac, tous deux entourés de moustiquaires.

La nuit était magnifique; par la fenêtre ouverte, la lune et les étoiles prodiguaient leur lumière dans la chambre de façon à dispenser Stéphen de la peine d'allumer des bougies. Et telle fut aussi son opinion, car, tout en fumant sa cigarette de tabac parfumé de Coringuy, il commença de se déshabiller, s'interrompant de minute en minute pour jeter un regard dans les jardins.

C'était dans le hamac qu'il voulait reposer cette nuit-là; vu la chaleur, il pensait y être mieux que dans le lit.

Tout à coup, venant de ce hamac qui, par la manière dont il était placé, échappait à la clarté de Phœbé, le jeune homme crut entendre comme le bruit d'un soupir.

Quelque animal familier, — un chien ou un chat, — des Bordes, qui s'était blotti en cet endroit.

Stéphen s'approcha... leva la moustiquaire.

Et, malgré lui, il jeta un cri de surprise.

C'était une femme..... c'était une femme qui était dans le hamac!...

Et qui n'y dormait pas, car lorsque la moustiquaire s'écarta, légère comme une biche, d'un bond, elle sauta hors de sa couche suspendue au milieu de la chambre....

En provoquant chez Stéphen un second cri... non pas seulement d'étonnement, celui-là, mais de joie!...

Une joie qui avait raison d'être!... Et nous vous en faisons juge, lecteur :

Cette femme... cette jeune fille, plutôt; cette enfant, — elle n'avait pas quinze ans, — c'était celle que Stéphen avait entrevue une seconde, à travers la haie des jardins de la pagode de Chillabaram !... Celle qu'il avait entrevue pour l'admirer... la désirer!...

Et voilà que l'objet de cette admiration, de ces désirs, se trouvait, à cette heure, chez lui! Près de lui! A lui!...

Car, sans fatuité de sa part, il n'y avait pas à se méprendre sur le motif de la présence de l'Indienne dans sa chambre !...

Mais, en vérité, cela avait l'air d'un conte de fées!... Un de ces délicieux contes d'amour dont tout homme de vingt à trente ans, — mettons même jusqu'à quarante, — acceptera toujours, sans marchander, d'être le héros.

Cependant, ne fût-ce que pour l'acquit de sa conscience, un semblant d'explications était nécessaire...

— Mais qui êtes-vous? demanda Stéphen, en se contentant, — non point timide, mais surpris encore, — de porter à ses lèvres les petites mains que lui abandonnait l'Indienne.

— Je suis Radaaflora.

— La bayadère qu'on nous avait dit être souffrante?...

— Mais qui ne l'était pas... qui feignait la souffrance pour rester à l'écart, et, tandis que ses sœurs danseraient, pouvoir se glisser jusqu'ici.

— Mais....

— Dès le premier moment que je t'ai vu, beau Français, je t'ai aimé... et je me suis juré d'être à toi!

— Un serment dont je vous sais gré, chère petite, je vous prie de le croire!...

« Mais comment avez-vous su...

— Que tu habitais dans ce pavillon? C'est Chérumal qui me l'a appris.

— Ah! Chérumal... ce monsieur si laid!...

— Chérumal n'est pas beau comme toi, mais il est bon. Je lui avais confié mon amour pour toi, il a consenti à le servir.

— Très-bien! très-bien!...

— Il a questionné les domestiques de l'habitation, et, pendant les danses...

— Il est allé te retrouver dans ton *haoudah* pour t'instruire, te guider, peut-être. Je comprends.

— Est-ce que tu es mécontent, beau Français, que je sois venue à toi?

— Mécontent!... mécontent!...

Stéphen avait ponctué chacun de ces derniers mots d'un baiser qui, mieux que des paroles, devait prouver à la bayadère qu'il ne se sentait nullement disposé à se formaliser de sa démarche... un peu légère peut-être!... Mais bah!... aux Indes!... Et puis, Radaaflora était si jolie!... Et, avec cela, elle avait l'air si fin, si spirituel!... Et c'est que, sans s'exprimer aussi facilement que nous l'avons dit, elle ne parlait pas trop mal français, vraiment, cette petite, entremêlant ses phrases, prononcées avec un accent tout particulier, de locutions indiennes dont l'étrangeté ajoutait au charme de son langage!...

Et puis, bien qu'il n'eut pas de grandes prétentions aux avantages physiques, cela flattait Stéphen de s'entendre répéter qu'il était beau... et qu'on l'aimait.....

Bref, sans plus s'inquiéter du passé que de l'avenir, oubliant que sa conquête n'était, au demeurant, qu'une courtisane, dont,—on l'avait averti, — dont la possession dans certaines conditions était susceptible d'attirer sur lui des dangers, Stéphen ne voulut voir... et ne vit dans cette aventure que ses côtés poétiques.

Quelle nuit!... Et pourtant, il eût eu le courage de conserver une lueur de raison au sein de son ivresse, que la somme de plaisirs qu'il goûta dans les bras de la bayadère, en l'effrayant, par son excès même et sa savante diversité, eût mis Stéphen delorme en garde contre les séductions de la sirène. Trop de métier!... Radaaflora n'était, décidément, qu'une artiste en amour. Une grande artiste, soit!... Mais c'était justement pour cela qu'on ne pouvait l'accepter comme une amoureuse!....

***

Neuf heures sonnaient, le lendemain matin. M. Bordier et son fils venaient de se lever et se promenaient, en causant, devant la grille d'entrée de l'indigoterie, quand ils virent s'avancer un brahmane à barbe blanche, — traînant majestueusement ses babouches et laissant flotter sur ses genoux les plis ondoyants de son pagne, — qui, étendant les mains vers l'habitation, proféra ces paroles, d'une voix sonore :

— La fugitive est là! Il faut qu'on me la rende à l'instant même!...

— A qui en a ce bonhomme avec sa fugitive? dit Édouard.

Et, s'adressant au vieillard :

— Que demandes-tu, brahmane?

— Je demande une bayadère de la pagode de Chillabaram qui est dans cette maison.

— Dans cette maison? Mais tu te trompes. Une troupe de *devadassi* de la pagode de Chillabaram est venue, il est vrai, — et tu dois le savoir si tu appartiens à cette pagode, — est venue, hier au soir, aux Bordes; nous l'avions payée pour cela. Mais, après avoir dansé, cette troupe s'en est retournée tout entière à Chillabaram.

— Tout entière, non! Il en est resté une, ici, la plus jeune! La plus belle!... Radaaflora.

— Radaaflora?... attends donc?... Radaaflora?... Ah! je me souviens.... et vous vous souvenez aussi, mon père?... Si Radaaflora était la plus jeune et la plus belle des douze bayadères que tu nous as envoyées, brahmane, ç'a été pour nous tout comme si elle en était la plus vieille et la plus laide, car nous ne l'avons pas vue.

Les danses commencèrent. (Page 110.)

— En effet, intervint M. Bordier père, cette *lakchmi* était malade, nous a dit Chérumal, le conducteur de la troupe ; aussi, pendant toute la danse, n'a-t-elle pas bougé de son *haoudah*.

« Donc si elle n'est point rentrée à la pagode avec ses compagnes, prends-t'en à Chérumal et non à nous. »

Le vieux brahmane secoua dédaigneusement la tête.

— Je ne me paye pas de ces raisons, reprit-il. Je soutiens que Radaaflora est ici, et je répète qu'il faut qu'on me la rende !...

« Ou malheur... Malheur sur elle !... Malheur sur vous !...

« La vengeance de Vichnou est terrible, et c'est outrager Vichnou que de lui ravir une de ses vierges !...

« Radaaflora, tu dois m'entendre ?... Radaaflora, je t'adjure de revenir immédiatement te ranger sous l'autorité de Tirupatty, le chef des brahmes de la sainte pagode de Chillabaram !....

— Me voici, Tirupatty. Je t'ai entendu en effet, tu le vois, et j'accours à ton appel.

« Mais c'est pour te dire qu'au lieu de me résoudre à te suivre, je refuse, au contraire, de ce moment, de t'obéir !..

« Libre je suis née ; libre, désormais, je veux vivre !.. Libre je veux mourir !.... »

***

C'était Radaaflora, elle-même, qui s'exprimait en ces termes en se montrant tout à coup, suivie de Stéphen Delorme, aux yeux stupéfaits de M. Bordier, aux yeux courroucés du vieux brahmane.

Fatiguée, non rassasiée, — *lassata, non satiata,* — comme la courtisane antique, après une nuit de voluptés, la jolie bayadère reposait aux côtés de son amant, quand les éclats de voix du chef des brahmes avaient vibré jusqu'à son oreille.

Interpellant aussitôt, brusquement, Stéphen, également réveillé par le bruit :

— M'aimes-tu ? lui avait-elle dit.

— De toute mon âme !

— Veux-tu me garder à toi ? rien qu'à toi ?

— Toujours ! — Viens donc !...

En quelques secondes, nos amoureux s'étaient habillés. — Et, pour la bayadère, surtout, cette hâte avait été besogne facile ; son costume était si peu compliqué !...— Puis, elle marchant devant, tous deux étaient arrivés, dans le jardin, derrière la grille, à l'endroit où se passait, entre le vieux brahmane et MM. Bordier, la scène que nous venons d'esquisser.

Et nous n'avons pas exagéré en disant que si l'apparition subite de la bayadère, en compagnie de leur hôte, étonna au dernier point les maîtres des Bordes, l'impression qu'elle produisit sur le chef des prêtres de la pagode de Chillabaram fut celle de la colère...

Les yeux du vieillard avaient lancé des éclairs en se fixant sur la jeune fille.

Lorsqu'elle eut parlé, il poussa une sorte de rugissement sauvage !...

Elle, pourtant, très-calme, les bras croisés sur sa poitrine : — A ton tour, tu m'as entendue, Tirupatty ? reprit-elle. Je brise mes fers.

« Des fers que toi et les tiens m'avez forcée de porter depuis cinq ans.

« Je ne suis pas de ce pays, et tu ne l'ignores point ! Les prêtres de Vichnou n'ont pas d'autorité sur moi. Je suis de la vallée de Dsangbo-Tsiou, dans le Thibet ; enfant, j'ai été volée à mes parents et amenée, comme une victime, à la pagode...

« Je n'y rentrerai pas.

« Quand ce beau Français, que j'aime, ne voudra plus de moi, eh bien ! je mourrai peut-être, de douleur et de misère, au coin d'un bois...

« Mais, au moins, je mourrai dans ma liberté.

« Va-t-en ! Va-t-en ! Va-t-en !...

« Tu peux me maudire, je te brave, Tirupatty !... Adieu !... »

Radaaflora souriait en articulant ce dernier mot : adieu ! » Un sourire qui fit venir la bave de la rage aux lèvres du brahmane.

Il n'y eût pas eu une grille entre eux qu'on eût pu craindre qu'il ne s'élançât sur la téméraire *lakchmi*, pour la broyer.

Mais, ô prodige !... par un effort surhumain de volonté, comprimant soudain sa fureur... mieux encore : remplaçant l'irritation que révélait son visage par une expression de bonhomie..... — que Judas lui eût enviée pour mentir à Notre-Seigneur...

— Il suffit !... dit le prêtre de Vichnou, il suffit !... Tu aimes, Radaaflora, et tu veux être, de cette heure, toute et toujours à ton amant !...

« Adieu donc ! Je vais dire à tes compagnes de la pagode qu'elles ne te reverront plus !... Sois heureuse !... et plus heureux encore soit celui qui possède ton cœur !... Adieu, Radaaflora !... »

Et, sur ce, le brahmane tourna les talons et s'éloigna à grands pas.

Stéphen Delorme riait comme un fou de l'issue aussi brusque qu'inattendue de l'incident.

— Eh bien ! disait-il, il n'est pas entêté, au moins, le bonhomme ! Mais pourquoi d'abord s'est-il mis si fort en colère ? Si c'est de l'argent qu'il désirait pour le dédommager du vide que va laisser Radaaflora dans son sérail, il n'avait qu'à le dire franchement, je lui aurais donné ce qu'il m'aurait demandé, moi !...

Cependant MM. Bordier ne riaient pas, eux.

— Va, dit Edouard à Radaaflora, va au pavillon, mon enfant. M. Stéphen t'y rejoindra tout à l'heure.

La bayadère obéit. Elle se retira.

— Qu'est-ce donc ? reprit Stéphen, un peu refroidi dans sa gaieté par la contenance sérieuse de ses hôtes. M'en voulez-vous, messieurs, de...

— Nous ne vous en voulons et n'avons à vous en vouloir de quoi que ce soit, mon ami, interrompit Edouard Bordier. Une jolie fille s'est offerte à vous... vous ne l'avez pas repoussée... c'est tout naturel !...

— D'autant plus naturel, ajouta M. Bordier père, que cette *lakchmi* est vraiment belle !

— N'est-ce pas ? s'exclama Stéphen.

— Superbe ! reprit Edouard. Mon père a raison. Depuis que nous sommes aux Indes nous n'en avons pas encore vu une qui la vaille !...

« C'est celle que vous aviez aperçue, il y a huit jours, à la pagode, n'est-il pas vrai, Stéphen ?...

— Oui.

— Et elle vous avait remarqué aussi, paraît-il ; et, profitant d'une visite ici, elle a su se glisser jusqu'à vous...

— Aidée de Chérumal ; guidée par Chérumal.

— Ah! Chérumal était son confident amoureux !... Ah ! ah !...

« Eh bien ! maintenant, mon bon Stéphen, il ne vous reste plus qu'à vous préparer à quitter, ce soir, les Bordes. »

Stéphen fit un bond, d'étonnement.

— Quitter les Bordes, ce soir ! répéta-t-il. Et pourquoi ?

— Parce que...

« Radaaflora vous plaît assez, n'est-ce pas, pour la garder une quinzaine de jours ?

— Une quinzaine de jours... un mois. Oui. Ah ! je conçois !... Et il ne serait pas convenable que, dans votre maison...

— Ce n'est pas de convenances qu'il s'agit en ce moment, mon ami, mais de quelque chose de beaucoup plus important.

— Et de quoi donc ?

— De votre vie et de celle de la jolie bayadère.

— Ma vie ?... Celle de... Expliquez-vous, de grâce, messieurs !

— En deux mots, mon cher monsieur Stéphen, dit M. Bordier père. Écoutez-moi bien :

« En soustrayant de fait, sinon d'intention, une bayadère à la pagode de Chillabaram, vous vous êtes fait un ennemi acharné du chef des brahmanes.

« Les brahmanes ne pardonnent pas.

« Vous ou elle, et vous et elle, peut-être, de ce jour, êtes sous le coup des effets du ressentiment de Tirupatty.

— Tirupatty ?... Ah ! le vieil Hindou à barbe blanche. Mais vous plaisantez !... Il nous a souhaité, en s'éloignant, toutes les prospérités imaginables !...

— Un motif de plus pour qu'un de ces soirs, en vous promenant dans les jardins, vous marchiez sur un *corallilo* ou un *cobra-capella* qui vous mordra ; pour qu'en respirant une fleur, que vous trouverez sur votre fenêtre, en buvant un verre d'eau... que vous servira un de nos valets indigènes... vous tombiez foudroyé !

Stéphen pâlit.

— Réellement, dit-il, les brahmanes ont-ils une telle puissance ?

— Les brahmanes peuvent tout ce qu'ils veulent, repartit gravement Édouard Bordier.

« Et c'est pourquoi, dans ce pays, les Européens se gardent, comme du feu, de la haine des prêtres de Vichnou.

— Mais n'est-il pas possible, en offrant de l'or à cet homme...

— Vous lui offririez des millions, à présent, qu'il les refuserait.

« Vous l'avez offensé. Sa vengeance avant tout !

— Et ce qui me déplaît principalement dans l'aventure, dit M. Bordier père, c'est l'assistance singulière qu'y a prêtée Chérumal !...

« Il est évident pour moi qu'après avoir été le complice de la démarche amoureuse de Radaaflora, cet homme en a été le délateur.

— Vous croyez ?... Enfin, messieurs, vous connaissez mieux le pays... ses habitants et ses mœurs... que moi, et si vous jugez prudent que Radaaflora et moi nous nous éclipsions pour quelque temps...

— Plus que prudent, nécessaire ! conclut Édouard Bordier. D'ailleurs je vous accompagnerai, mon cher Stéphen ; j'avais quelques correspondants à visiter, ces jours-ci, à Karikal ; je hâterai mon voyage, voilà tout !...

— Ah ! c'est à Karikal que nous allons. Est-ce loin ?

— Non ; à une vingtaine de lieues. Et soyez tranquille : nous voyagerons sous bonne escorte ; je m'en vais m'en occuper tout de suite.

— Et, à Karikal ?...

— Rien à redouter des brahmanes de la pagode de Chillabaram ! Ce sont ceux de la pagode de Pouliar qui sont les maîtres par là, et jamais ces messieurs ne se permettent de marcher sur les brisées les uns des autres !

« Vous resterez, avec votre conquête, le temps qu'il vous conviendra, à Karikal, dans une maison que nous y possédons, mon père et moi ; et, pour vous être agréable, j'y resterai avec vous ; puis, votre passion pour la belle bayadère apaisée, et après lui avoir donné de quoi faire figure en attendant qu'elle vous ait trouvé un successeur, — car, maintenant qu'elle a abandonné la pagode, elle va vivre de ses charmes, — nous nous embarquerons pour Pointe-de-Galles, une toute gentille ville dans l'île de Ceylan où mon père nous rejoindra et où nous passerons ensemble, s'il vous plaît, quelques semaines à chasser et à pêcher, jusqu'à ce que vous songiez à retourner en France. »

Stéphen tendit la main à Édouard et à son père.

— Soit! dit-il ; je me laisse conduire et gouverner par vous, messieurs.

« Mais voilà bien de l'embarras que je vais vous causer avec tous ces déplacements !

« Et cela, pour une folie... que je serais tenté de me reprocher comme une faute, à cette heure!...

— Une faute!... reprit gaiement M. Bordier père ; mais il n'y a ni faute ni folie de votre fait, en cette circonstance, cher monsieur!...

« Une jolie fille s'éprend de vous et vient vous le dire, dans votre chambre, à minuit. Vous l'accueillez à bras ouverts. Encore une fois, rien, là-dedans, que de tout simple!...

« S'il y a un reproche à adresser à quelqu'un, c'est à celui que vos amours avec mademoiselle Radaaflora offusquent à ce point de vouloir vous les faire payer d'un prix qui n'a pas cours en Europe!

— Allez donc retrouver votre belle, Stéphen, dit Édouard, et préparez-la à notre prochain départ, tandis que, sans plus tarder, je donnerai des ordres à ce sujet.

« Nous nous reverrons à déjeuner.

— A déjeuner?... Mais...

— Mais vous nous amènerez mademoiselle Radaaflora, n'est-ce pas, mon père?

— Certainement!

— Il faut bien qu'elle déjeune et qu'elle dine, cette petite!... D'ailleurs, nous avons bien reçu onze bayadères dans notre salon, nous pouvons bien en recevoir une à notre table!...

Entre nous, elle était quelque peu inquiète des conséquences de l'entretien prolongé des trois Européens, Radaaflora. L'air radieux de Stéphen, en la rejoignant, l'eut bien vite rassurée! Il lui apprit sa détermination, dictée par ses hôtes et amis, de quitter, le soir même, les Bordes, et elle y applaudit....

Avec son beau Français, elle était prête à s'en aller au bout du monde!

S'il le souhaitait, même, son beau Français, elle le suivrait en France.

En France!... Hum! Un singulier produit du pays que Stéphen rapporterait de son excursion aux Indes!... Une bayadère!... M. Delorme père s'accommoderait peu, sans doute, de l'équipée!...

Oui, mais quel *chic* cela aurait, pour notre Parisien, de se montrer, dans une loge du Gymnase ou des Variétés, avec une maîtresse indienne!

Enfin, à Karikal, il aurait le loisir de réfléchir sérieusement là-dessus!

En attendant, il mena Radaaflora déjeuner et diner à la table des Bordes. Et, fut-ce que se beauté exceptionnelle les rendit indulgents, mais MM. Bordier père et fils trouvèrent la *lakchmî* ravissante, non-seulement comme maîtresse, mais comme femme. On la fit causer, et elle causa avec plus que de l'intelligence, avec de l'esprit. Elle raconta les mystères du culte de Vishnou ; des mystères qui ne brillaient généralement point, quant à ce qui touchait les *devadassi*, par la morale! Et, assurait Radaaflora, c'est ce qui, surtout, lui avait inspiré l'idée de son coup de tête. Destinée à subir bientôt les odieuses caresses des brahmanes, elle avait saisi avec empressement une occasion de leur échapper!

Stéphen buvait du lait en écoutant ces propos de la jeune fille. Il était donc le premier qui l'eût possédée!... Une pensée bien flatteuse pour son amour-propre. Plus sceptiques, MM. Bordier souriaient. Une bayadère vertueuse!... A quinze ans!... C'était terriblement invraisemblable!....

En tout cas, son amour, comme sa vertu, ne fût-il qu'un leurre, Radaaflora méritait certes qu'on ressentit quelque orgueil d'être trompé, sur ce point, par elle!...

Aussi, pour leur ami, MM. Bordier dissimulèrent-ils leurs sourires.

A quoi bon vouloir prouver, à qui se figure être riche d'un diamant, qu'il ne possède qu'un bouchon de carafe!...

Cependant la nuit était venue avec la fin du diner. Il était l'heure de partir.

Edouard Bordier avait commandé qu'on sellât, pour Stéphen et pour lui, deux des meilleurs chevaux des écuries des Bordes. Deux petits chevaux de Singapoor, rebelles à la chaleur et à la fatigue.

Quatre *dobachy*, ou valets de chambre,

également à cheval, — et chacun bien armé, — suivraient ces messieurs à Karikal.

Radaaflora voyagerait dans un palanquin aux quatre *télingâs*, ou porteurs, choisis.

Enfin, pour escorte, il y avait huit *péons*[1], arrivés, depuis midi, de Pondichéry aux Bordes.

Comme on voit, ainsi gardés, Stéphen et sa maîtresse pouvaient se croire à l'abri de tout péril. La vengeance du chef des brahmes de la pagode de Chillabaram, — en admettant qu'il songeât si tôt à l'effectuer, — ne se risquerait point contre tant de défenseurs.

A l'exemple d'Edouard, après avoir dit : « au revoir! » à M. Bordier père, et l'avoir cordialement embrassé, Edouard avait sauté en selle.

Radaaflora était déjà dans son palanquin.

La petite troupe se mit en marche.

Comme la nuit précédente, le ciel était superbe, étoilé; la lune resplendissante; l'air tiède. Un peu impressionné, au départ, par la nouveauté, pour lui, de ce voyage nocturne, Stéphen, au bout d'une demi-heure à peine, avait repris sa bonne humeur habituelle....

Il s'entretenait avec son ami, le questionnait sur le pays qu'on traversait, contemplait avec lui un site, un point de vue....

Puis, de temps en temps, — et surtout quand on passait sous l'ombrage d'un bouquet de bois, — poussant son cheval aux côtés du palanquin, il échangeait tout bas avec la bayadère quelques mots dont les derniers, étouffés dans un long baiser, étaient invariablement ceux-ci :

« Je t'aime! ».

Et c'est qu'en vérité, l'aventure tournant de plus en plus à l'extraordinaire, — un extraordinaire attrayant, — notre Parisien finissait par se persuader de plus en plus qu'il était aussi amoureux qu'aimé. Radaaflora était si jolie!... Au résumé, pourquoi ne l'emmènerait-il pas avec lui en France?... Mais qu'en ferait-il en France, quand elle aurait cessé de lui plaire?... Et puis, elle lui coûterait cher, à Paris! Quand on se paye le luxe d'une maîtresse indienne, force est de faire toutes choses à l'avenant!... On ne loge pas une bayadère — une vraie! — comme une danseuse de l'Opéra, dans un petit appartement de la rue Taitbout ou du Helder! Il faut un hôtel à une bayadère; et un hôtel qui ait son cachet, encore!...

Eh! qui vivrait verrait! Ce qu'il y a de positif c'est que, pour peu qu'elle continuât de lui prouver, avec autant de passion, sa tendresse, Stéphen ne se séparerait point de Radaaflora.... comme il s'était, maintes fois, séparé d'une maîtresse. Tant pis! Son père crierait, sa mère pleurerait... mais, somme toute, il était d'âge à marcher sans lisières....

Il était d'âge, même, à manger, s'il en avait envie, certains quatre cent mille francs lui appartenant en propre, par héritage d'un sien parrain, et que son père lui tenait en réserve....

Eh! eh! quatre cent mille francs! On pourrait louer un bel hôtel pour Radaaflora, avec cela!...

O La Fontaine, maître immortel, tu as tout dit, tout prévu dans tes sages leçons sous forme de fables légères!...

Comme *la laitière* sur son *pot au lait*, Stéphen brodait bien des bonheurs sur la possession de sa belle Indienne renforcée de celle, en expectative, de ses quatre cent mille francs...

Quel esprit ne bat la campagne?
Qui ne fait châteaux en Espagne?
Picrochole, Pyrrhus, la laitière, enfin tous,
Autant de sages que de fous!

Mais Perrette, ses châteaux renversés avec son lait, en fut quitte pour une semonce de son mari...

Tandis que Stéphen Delorme...

A sa louange, toutefois, disons qu'au moment où, comme on va voir, par suite d'une catastrophe épouvantable, ses broderies se brisèrent en même temps que sa vie, le jeune homme, oubliant pour une minute ses projets de plaisir, songeait à sa mère...

Sa mère, à qui, empêché qu'il en avait été par son aventure amoureuse, il n'avait pas écrit, comme il se l'était promis la veille, le jour qui venait de s'écouler...

Ce qu'il regrettait de tout son cœur.

Un regret qui dut lui être compté là-haut. Dieu est indulgent à ceux qui meurent sur une bonne pensée.

Il y avait deux heures que la petite caravane marchait. Depuis longtemps déjà elle avait dépassé les plantations dépendant des

[1] On appelle *péons* les soldats d'infanterie aux Indes.

Bordes et des propriétés coloniales environnantes. La route qu'elle suivait maintenant côtoyait une forêt de multipliants, de flamboyants et de tamariniers, dans quelques peu nombreuses parties de laquelle on n'avait encore pénétré qu'en s'y taillant des sentiers à la hache.

Soudain, jaillissant de cette masse obscure d'arbres et de buissons, un coup de sifflet retentit...

— Qu'est-ce que cela? fit Stéphen, qui se trouvait alors près d'Edouard Bordier, en tête de la troupe.

— Je l'ignore, répliqua ce dernier.

« Quelque oiseau de nuit, sans doute.

— Un oiseau qui a une drôle de manière de siffler!...

Stéphen n'avait pas encore achevé sa phrase que, sur un second coup de sifflet plus strident, plus aigu que le premier, un corps noir, s'élançant d'un des arbres de la lisière de la forêt, traversa l'espace et s'abattit sur lui.

Ce corps était celui d'un tigre.

Un cri, dont aucune parole ne saurait rendre l'expression... — un cri où une horreur sans bornes dominait une douleur sans nom... — et ce fut tout!...

Etranglé par la bête féroce, Stéphen tomba et roula avec elle sur le sol.

Réunis, cependant, en un clin d'œil, en peloton, sur l'ordre de leur chef, les *péons* attendaient pour tirer que le tigre eût lâché sa victime; autrement, les deux formes se confondant dans l'ombre, en voulant tuer l'animal ils risquaient de tuer l'homme.

Edouard Bordier, lui-même, son révolver au poing, Edouard Bordier, contenant à grand'peine son cheval qui se cabrait, épouvanté, Edouard Bordier, haletant, fou de désespoir, en était réduit, comme les soldats, à guetter le moment de faire feu.

Deux des *dobachys* avaient tourné bride. Les deux autres, restés près de leur maître, étaient, ainsi que lui et les *péons*, impuissants à secourir le malheureux Stéphen.

Quant aux *télingas*, plantant là le palanquin et la bayadère, il s'étaient enfuis au hasard, à toutes jambes, à travers les jungles, en face de la forêt.

Enfin, effrayé à son tour, probablement, par les clameurs incessantes d'Edouard Bordier, des deux valets et des soldats, le tigre voulut faire retraite...

Il recula en rugissant et bondit vers un arbre...

Mais, si rapide qu'eût été son mouvement, les balles furent plus promptes encore.

Frappé de plus de dix coups de feu, à la fois, l'animal tomba mort.

Hélas! mais Stéphen aussi était mort! Edouard, qui se précipita, le premier, sur lui, ne releva qu'un cadavre.

Il n'avait qu'une blessure... une seule... — mais horrible!... — à la gorge. Un trou rond par où coulaient des flots de sang.

Edouard Bordier s'arrachait les cheveux. Agenouillé près des restes défigurés de son ami, il l'appelait, en pleurant, par son nom... il l'embrassait...

— Tout cela est inutile, allez, monsieur, lui dit le chef des *péons*, tout est bien fini pour ce pauvre jeune homme!

« Il n'y a plus qu'à l'emporter pour le mettre en terre sainte.

« Oh! le brigand de tigre ne l'a pas manqué!...

— Le tigre! répéta Edouard Bordier en frémissant..

Et, sa tête dans ses mains, mentalement, il ajouta, se rémemorant le rêve qui avait si péniblement affecté Stéphen, lors de sa première nuit passée sur le sol de l'Inde :

— Mon Dieu, serait-il donc vrai que vous nous avertissez quelquefois ainsi du sort qui nous est réservé?....

Pas de ressources! Il n'y avait, en réalité, pas d'autre parti à prendre que de retourner, avec le corps, aux Bordes.

Radaaflora céderait sa place au cadavre dans le palanquin.

Misérable Radaaflora! Cause indigne du trépas d'un galant-homme! Elle n'avait pas donné signe de vie pendant toute cette affreuse scène.

L'effroi avait été plus fort, chez elle, que l'amour, si tant est qu'elle aimât l'infortuné Stéphen. Elle s'était évanouie, sans doute, au fond du palanquin.

Non!... Le palanquin était vide. En s'en approchant, Édouard Bordier ne fut pas maître d'une exclamation de surprise.

La bayadère avait disparu.

Rassurés par le bruit des coups de feu,

les *télingas* étaient revenus, mais ils ne purent, tout naturellement, donner le moindre renseignement sur cette étrange disparition...

On appela la jeune fille. Point de réponse!

On la chercha inutilement de tous côtés.

Qu'était-elle devenue?

C'est ce qu'Édouard Bordier ne sut que plus tard et ce que nous allons apprendre tout de suite, nous, au lecteur.

Lorsque les *télingas*, épouvantés, s'étaient enfuis en abandonnant leur fardeau au milieu du chemin, terrifiée elle-même par la vue du tigre, et surtout par le cri qu'avait jeté Stéphen Delorme en sentant les griffes d'acier de la bête féroce s'enfoncer dans ses chairs, Radaaflora, dont le premier mouvement avait été de s'élancer, pour fuir également, n'en avait pas eu la force...

Elle était tombée sans connaissance au fond du palanquin.

Au moment où, le tigre tué, Édouard Bordier et les *péons* se précipitaient vers le corps de Stéphen Delorme, un homme, sortant d'un buisson en rampant à terre comme un serpent, vint à la bayadère et, en moins de temps qu'il ne nous en faut pour l'écrire, la saisit dans ses bras et disparut avec elle dans l'ombre de la forêt.

Quand elle reprit ses sens, Radaaflora était couchée sur un lit de mousse, dans une grotte éclairée par une torche de bois résineux.

Près d'elle, assis, et la contemplant dans une sorte d'extase, se tenait celui qui l'avait apportée en ce lieu étrange...

Chérumal le dompteur.

Elle le regarda, un instant, puis, un instant encore, elle promena ses yeux autour d'elle. Il lui fallait rassembler ses pensées, ses souvenirs, avant de pouvoir parler.

Enfin :

— Pourquoi suis-je ici avec toi? dit-elle.

— Parce que je t'aime! répondit Chérumal.

Elle tressaillit.

— Tu m'aimes?... Toi!...

— Oui, je t'aime... et depuis longtemps... et je veux que tu sois à moi!

— Mais le beau Français?...

— Le beau Français est mort, étranglé par un de mes tigres...

« Et j'avais promis que l'autre t'étranglerait aussi...

— Tu avais promis à qui?

— A Tirupatty.

— Ah! alors, c'est par l'ordre de Tirupatty...

— Le chef des brahmes de la pagode de Chillabaram m'a commandé la mort du beau Français et la tienne...

« J'ai accepté.

« Mais comme je t'aime, je n'ai exécuté que la moitié des ordres de Tirupatty.

« N'es-tu pas contente que je t'aie sauvée?

— Contente d'être sauvée pour être à toi... non!

— Parce que?...

— Parce que je ne t'aime pas, moi! Parce que je te hais au contraire, comme un méchant qui a tué ce beau jeune homme que j'aimais, lui!... parce que je te méprise comme un traître qui m'a vendue après m'avoir servie!

Chérumal haussa les épaules.

— Je ne t'ai servie que pour pouvoir te vendre, dit-il. Si tu étais restée toujours à la pagode je ne t'aurais jamais possédée. Je ne suis pas assez riche pour te payer aux brahmes.....

« L'occasion s'est présentée de t'avoir pour rien... je l'ai saisie.

« D'ailleurs, de quoi te plains-tu? N'as-tu pas passé une nuit dans les bras du beau Français?...

— Que ton tigre a étranglé.

— L'ami du beau Français et ses soldats ont tué, à leur tour, mon tigre. Nous sommes quittes!

« J'avais la paire; il ne m'en reste plus qu'un; c'est bien le moins que tu me dédommages de cette perte par tes baisers, ma belle! »

Radaaflora fronça les sourcils, et, se levant brusquement :

— Je veux m'en aller d'ici tout de suite! s'exclama-t-elle.

Un sourire plissa les lèvres de Chérumal.

— Soit! dit-il. Essaye de sortir.

La *lakchmi* marcha vers l'entrée de la grotte.

— Nirjarra, cria le dompteur. Attention, Nirjarra!...

Un bruit sembable au retentissement d'une trompette répondit à l'appel du Malabare, en même temps que quelque chose barrait le chemin à la bayadère, qui recula, tremblante...

Nirjarra, c'était l'éléphant de Chérumal ; un énorme éléphant noir placé au dehors, près de l'orifice de la caverne, et qui en défendait le passage.

— Ainsi, dit Radaaflora, en revenant au dompteur, il faut que je sois à toi ? Absolument ?

— Oui.

— Et si je cède à tes désirs, me rendras-tu la liberté ?

— Un de ces jours, peut-être.

« Demain ou après-demain, nous partirons pour Mahé ou Chandernagor, et, par là, quand j'aurai assez de toi, nous nous séparerons. »

Tout en écoutant le dompteur, Radaaflora s'était approchée d'une grosse pierre sur laquelle reposait un de ces longs couteaux indiens, appelés *criss*, dont toute blessure est mortelle, la lame en ayant été trempée, des mois, dans un poison subtil.

Chérumal, qui, trop certain de son prochain triomphe, s'étendait sur le lit de mousse, ne remarqua point l'action de la *lakchmi*.

— Viens-tu ? fit-il ; viens-tu, Radaaflora ? Je vaux bien ton beau Français, va, comme amant !...

« Viens-tu que je t'embrasse !... »

Il lui tendait les bras...

Elle se pencha, rougissante, comme retenue encore par un sentiment de crainte et de pudeur...

Puis, tout à coup, plongeant le *criss* jusqu'au manche dans la poitrine du Malabare :

— Tiens ! dit-elle, tiens, traître et méchant, embrasse la mort !....

— Ah ! hurla Chérumal, ah ! maudite !....

« Nirjarra !.... A moi, Nirjarra !.... »

Son coup frappé, la *lakchmi*, oublieuse de la vigilante sentinelle qui défendait l'accès comme la sortie de la grotte, s'était élancée pour fuir.....

Arrêtée dans son élan par l'éléphant dont la trompe s'enroula autour de sa taille comme une liane, elle ne put que pousser un gémissement étouffé....

Puis, plus rien qu'un bruit sourd.... sinistre.....

Nirjarra vengeait son maître assassiné en broyant sous ses énormes pieds l'adorable corps de la bayadère.

C'est Edouard Bordier, revenu définitivement des Indes en France, l'année dernière, avec son père, qui nous a raconté cette histoire.

Edouard Bordier avait, en novembre 1861, rapporté à la mère de Stéphen Delorme, non pas la tête seulement — comme dans le rêve de l'infortuné — mais le corps tout entier, embaumé, de son fils.

Et la pauvre femme n'avait pas longtemps survécu à sa douleur ; elle était morte quelques mois après ces événements.

Donc, jeune homme qui nous lisez et qui êtes susceptible d'aller, un de ces jours, aux Indes, que notre récit vous profite : si, par hasard, vous rencontrez là-bas une bayadère qui vous séduise, payez-en, selon l'usage, la possession à ses maîtres les brahmanes...

Mais gardez-vous de l'avoir pour l'amour de vos beaux yeux...

Ça coûte trop cher !...

www.ingramcontent.com/pod-product-compliance
Ingram Content Group UK Ltd.
Pitfield, Milton Keynes, MK11 3LW, UK
UKHW020238220726
13923UKWH00002B/716